梁衡作品

梁衡游记

梁衡 著

图书在版编目（CIP）数据

梁衡游记 / 梁衡著. — 太原：北岳文艺出版社，2020.1
ISBN 978-7-5378-5843-4

Ⅰ.①梁… Ⅱ.①梁… Ⅲ.①游记－作品集－中国－当代 Ⅳ.①I267.4

中国版本图书馆CIP数据核字（2019）第007161号

梁衡游记
梁衡 著

出品人
续小强

选题策划
王朝军　贾江涛

责任编辑
王朝军

装帧设计
张永文

印装监制
巩璠

出版发行：山西出版传媒集团·北岳文艺出版社
地　址：山西省太原市并州南路57号　邮编：030012
电　话：0351-5628696（发行部）　0351-5628688（总编室）
传　真：0351-5628680
网　址：http://www.bywy.com　E-mail：bywycbs@163.com
经销商：新华书店
印刷装订：山西人民印刷有限责任公司

开　本：890mm×1240mm　1/32
字　数：227千字　印张：10.5
版　次：2020年1月第1版
印　次：2020年1月山西第1次印刷
书　号：ISBN 978-7-5378-5843-4
定　价：58.00元

本书版权为本社独家所有，未经本社同意不得转载、摘编或复制

山水会像绿树释放氧气一样,不停地为我们释放美感;

会像书本润泽我们的心田一样,不停地润泽我们的灵魂。

山水中的一树一石就是一个普通的教员,而那些名山名水就是特级教授了。

我们要永葆一种崇敬、虔诚之心,向自然汲取美感。

这是更高层次的人与自然的和谐。

山水为什么有美感（代序）

人与自然的交流是一个永恒的话题。人从自然中索取物质，维持生命，同时又从它身上感悟美感，培养审美能力。大自然靠什么给人以美感呢？它蕴含有许多美的要素，如对称、和谐、奇巧、虚实、变化、新鲜等等，这些要素我们在人类的精神产品中，如小说、戏剧、绘画、音乐中都可以找到，而在大自然中早就存在，并且更为丰富。这些东西再简化一点就是三样：形状、颜色、声音。形、色、声这三样基本东西，经对称、和谐、奇巧等等的变化组合，就出现无穷无尽的美。美的要素在自然中最多，远远多于人为的创造，所以艺术强调师法自然，所以杜甫说"文章本天成，妙手偶得之"，刘海粟十上黄山，"搜尽奇峰打草稿"。

客观的景物和人怎样沟通、交流、融合而共同创造一件艺术品呢？是通过人与自然的交流，通过艺术家的观察和再创造。刘勰说"目既往还，心亦吐纳"，指的是通过眼睛观察、内心思考，经过一番酝酿吐纳之后才加工出来。这些要素作用于人、激活人的美感有三个步骤。一是以美"形"引人，二是以美"情"感人，三是以美"理"服人，由形及情及理。我们看到鲜艳的花朵、奇伟的山峰、行云流水这些美好之物，就会被吸引。耄耋老人齐白石，见到年轻美丽的新凤霞，惊得目不转睛，旁边人说："你把人家都看差了。"齐说："她就是美嘛！为什么不能看？"对！爱美没有什么特别理由，不论是人还是山水，只要美，人就喜欢。有学者研究出动物也有趋美厌丑的本能，不过与动物不同，人能将这种美感上升到感情，并形成一种定式，于是相应于景色的明暗便有心情的好坏，物象之异可转化为精神之别，王国维先生所谓"一切景语皆情话"。小石潭的凄清，荷塘月色的宁静，范仲淹的所谓"满目萧然，感极而悲"或"把酒临风，其喜洋洋"，这就是意境。

人们还不只满足这客观的形向主观的情的转化，又进而求理。因为哲理本身的逻辑美，在自然中也能找到相似的形象，它们灵犀一点可相通。如山之沉毅、海之激荡、云之多变等，人们从美的形、色、声中不但可以悟到美好的情感，达到美好的意境，还能悟出一种哲理的美、逻辑的美。像周敦颐见莲花就悟出"出淤泥而不染"的做人之理，像孙中山观钱江大潮而高喊出"世界潮流浩浩荡荡，顺之者昌，逆之者亡"的革命道理。朱熹的"半亩方塘一鉴开，天光云影共徘徊，问渠哪得清如许，为有源头活水来"，就是借水塘讲做学问的理。形、情、理这三个阶段，有点类似男女谈恋爱，初见面因貌相悦，既而以情相通，再而以理相知，才敢下决心结婚；又像练气功常说的精、气、神，炼精化气，炼气化神。在散文写作上就是美的三个层次：描述美，抒情美，哲理美。

但是，并不是所有的山、水、树、木、草、石都能产生美感，大自然如人群一样，美人罕见，好景难求。因为美是一种巧合。天下没有完全相同的两个人，也没有完全相同的两处景，不管人，还是自然，是由无数因素随机地排列组合而成的，最佳的组合机会只有那一瞬。我在《草原八月末》一文中就特别感叹只有八月末那几天才有的美。自然美景不可多得，不能再造，不能重复，特别珍贵。我们都知道文物古迹很珍贵，就是因为历史不能重复。自然美景也是这样，失去了就永不再来。所以保护第一，开发第二，这份稀有资源首先要尽量完好地保存它，多留一点原貌给后人。贵州天星桥景区刚开发时，我去采访，那棵长在"寻根壁"上的小树，还可在石面上寻到它细如发丝的毛根，我很激动，当时就写到了文章里。但十几年后再去，毛根已经让人摸光了，只能到石缝里去找粗一些的须根，那份美感也只好留在文章里，凭人去想象了。就像滕王阁被火烧了，只有到《滕王阁序》里去体验它。

风景开发包括物质的和精神的。旅游开发，卖门票挣钱，这是物质方面的开发。把山水的美感挖掘出来，转化为文、诗、歌、影、画等艺术品，提高人们的审美，这是精神方面的开发。为什么名山名水，名人去得多，因为它的审美价值大，便于开发成精神财富。过去讲人战胜自然，现在讲人与自然和谐，这是一种进步。但这只是一小步，是物质层面的生态平衡，其实还有精神层面的交流和审美方面的挖掘利用。一个小康社会，除了物质的充裕，还需要精神丰富。在精神财富中，审美是一大内容。国民教育从小学开始就设有音乐、美术课，大学又有专门的艺术院校，殊不知大自然就是一个最大最好的美育课堂。

山水会像绿树释放氧气一样，不停地为我们释放美感；会像书本润泽我们的心田一样，不停地润泽我们的灵魂。山水中的一树一石就是一个普通的教员，而那些名山名水就是特级教授了。我们要永葆一种崇敬、虔诚之心，向自然汲取美感。这是更高层次的人与自然的和谐。

一、乡愁何处

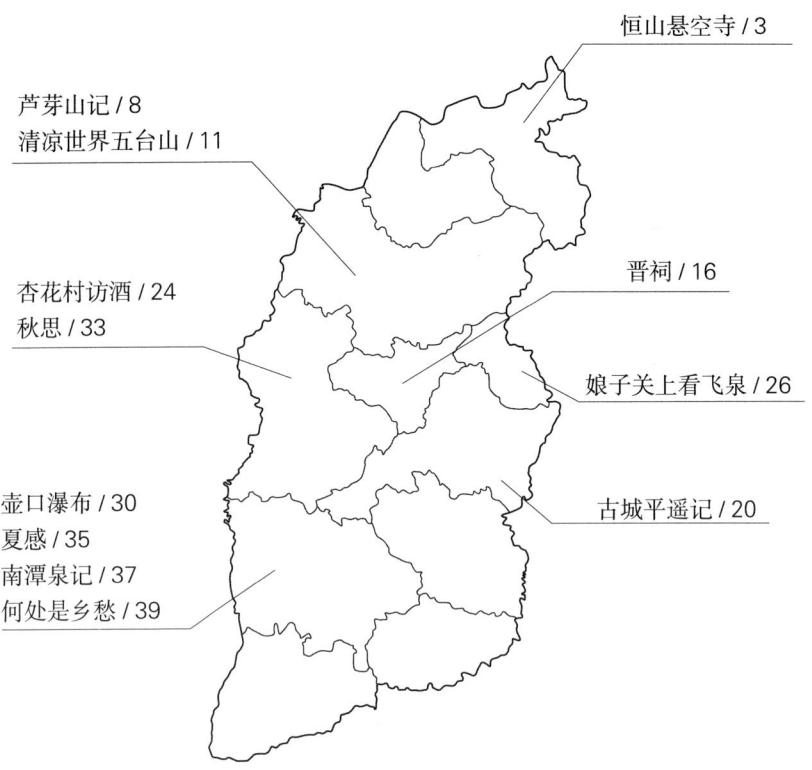

恒山悬空寺 / 3
芦芽山记 / 8
清凉世界五台山 / 11
杏花村访酒 / 24
秋思 / 33
晋祠 / 16
娘子关上看飞泉 / 26
壶口瀑布 / 30
夏感 / 35
南潭泉记 / 37
何处是乡愁 / 39
古城平遥记 / 20

二、豪气西北

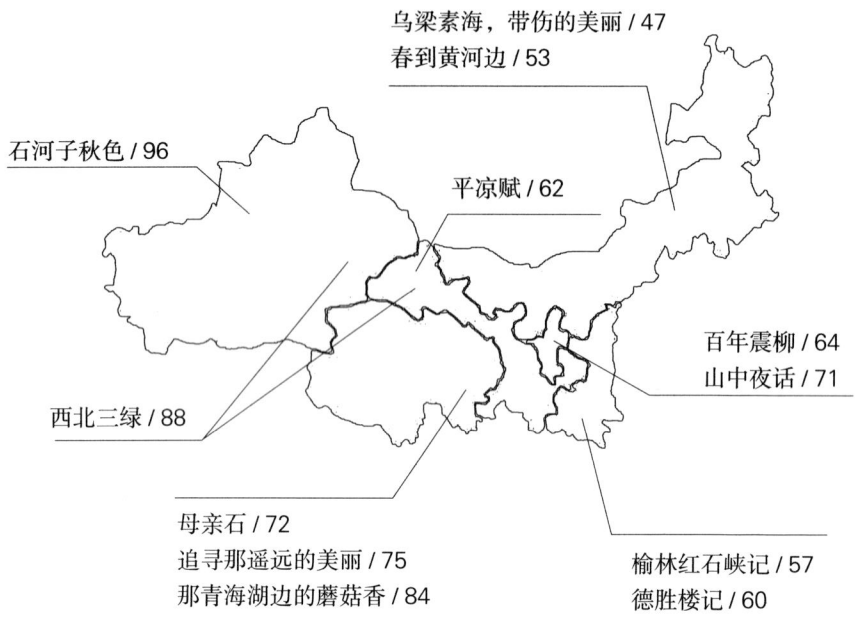

乌梁素海，带伤的美丽 / 47
春到黄河边 / 53
石河子秋色 / 96
平凉赋 / 62
百年震柳 / 64
山中夜话 / 71
西北三绿 / 88
母亲石 / 72
追寻那遥远的美丽 / 75
那青海湖边的蘑菇香 / 84
榆林红石峡记 / 57
德胜楼记 / 60

三、关内关外

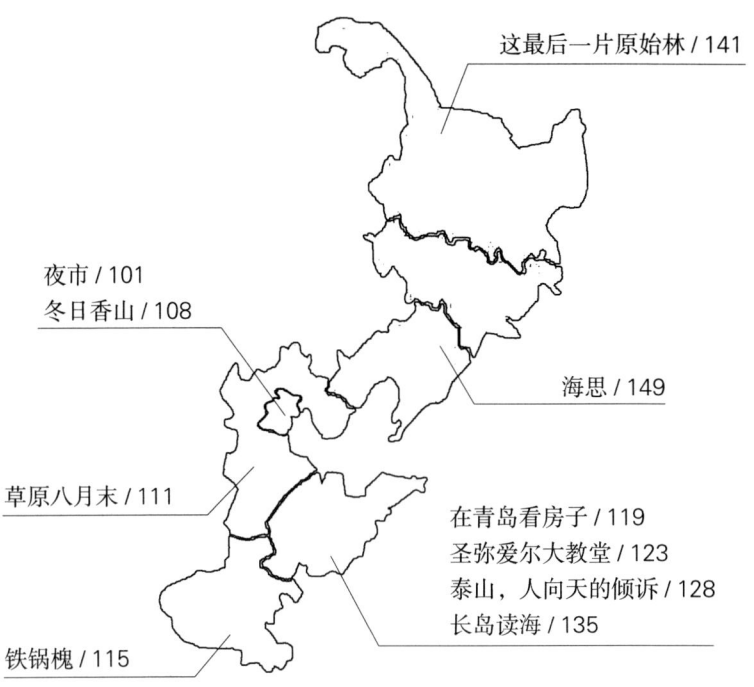

这最后一片原始林 / 141
夜市 / 101
冬日香山 / 108
海思 / 149
草原八月末 / 111
在青岛看房子 / 119
圣弥爱尔大教堂 / 123
泰山，人向天的倾诉 / 128
长岛读海 / 135
铁锅槐 / 115

四、南国烟雨

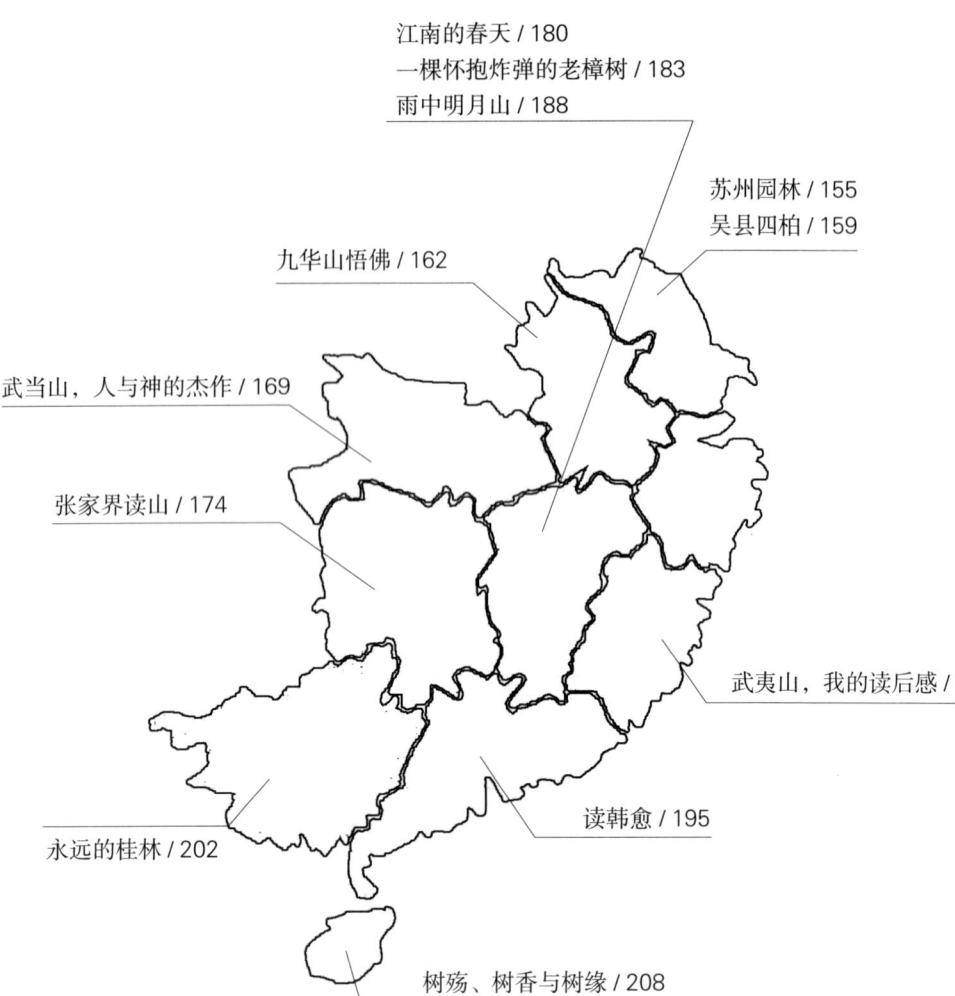

江南的春天 / 180
一棵怀抱炸弹的老樟树 / 183
雨中明月山 / 188
苏州园林 / 155
吴县四柏 / 159
九华山悟佛 / 162
武当山，人与神的杰作 / 169
张家界读山 / 174
武夷山，我的读后感 /
读韩愈 / 195
永远的桂林 / 202
树殇、树香与树缘 / 208

五、云贵川藏

西藏日记 / 244
西藏的佛教艺术 / 254

武侯祠,一千七百年的沉思 / 233
康定情歌后面无情的歌 / 238

冬季到云南去看海 / 219

天星桥,桥那边有一个美丽的地方 / 223
平塘藏字石记 / 229

六、域外驻影

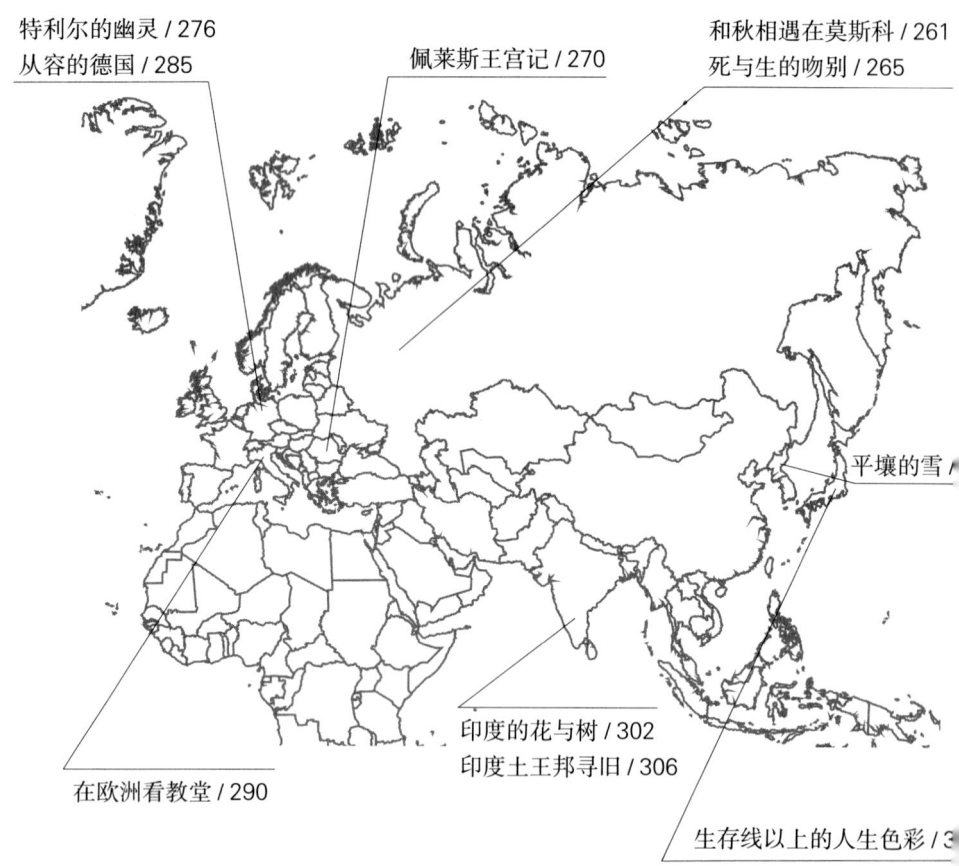

特利尔的幽灵 / 276
从容的德国 / 285
佩莱斯王宫记 / 270
和秋相遇在莫斯科 / 261
死与生的吻别 / 265
平壤的雪 /
在欧洲看教堂 / 290
印度的花与树 / 302
印度土王邦寻旧 / 306
生存线以上的人生色彩 / 3

一

乡愁何处

恒山悬空寺

我国有五岳名山。北岳恒山因交通不便，不及泰山、华山那样为人所知。然而，偏是深山藏宝。随着交通开发、旅游业的兴起，这一地区的恒山风光、云冈石窟、应县木塔等灿烂的文化明珠都光彩熠熠地展现在人们眼前。其中尤以恒山十八景之一的悬空寺，以其悬空结楼的惊绝艺术，使人既增长历史知识，又享受到独特的旅游情趣。

南出浑源县城八里，就是恒山。山之西有翠屏山。两山对峙，中隔峡谷千丈，洪流奔突。翠屏山一侧是万仞绝壁，就在半壁岩上悬着一座古寺。我们来到山下，仰首一望，只见一个建筑群红绿相映，玲珑剔透，像是一幅彩画贴在石壁上，又像无形的线把几座小房系在半空。正如当地民谣说的："悬空寺，半天高，三根马尾空中吊。"陪同的同志说："请登寺吧。"只见一线小路曲曲弯弯向空中升去，飞鸟在半山腰翱翔。过一会儿我们就要进入这个空中楼阁了，我的心倒先悬了起来。

这寺按山的走势院门南向，四十间大小殿宇台阁，紧贴岩壁一字排开，南北长如蟠龙，东西窄如衣带。进得寺门，穿过小院便登楼。楼梯既陡且窄，仅容一人。我们紧跟向导，手扶冰冷的岩石，忽上忽下，忽而又折回，像在石回路转的山洞中慢慢探行。若无人导引，断不知所向，就是到了眼前的殿宇，也无路可近。大家攀梯绕廊，在半空中迂回，兴致盎然。先看三官殿。这是道教的天地，几座泥塑像都是乌眉黑须，衣袖带风，有一种飘尘出世的无为之感。继而是三圣殿。这里则是佛家的世界。看那佛像，丰臂润面，端坐莲席，目光微启，大概雷鸣电闪也不能惊动他的一丝禅心。最后是三教殿。这里集中国封建文化之大成。中间是佛祖释迦牟尼，右边是圣人孔子，左边是道教祖宗老子；他们神态各异，竭力表现出所主宗教的雍容大度。当然，沿途的神龛、小殿里还有许多阿难、护法、韦驮、关公、四大天王等栩栩如生的人物。我聚精会神地欣赏着。一回头，见外面白云缭绕，雾气已乘人不备，潜入殿门，托住众神。好一个仙境神界嘛。妙的是寺院依山砌屋，并无后墙，塑像与山石浑然一体：有的借岩石的突悬，如隐山洞；有的背靠坚壁，更显得端庄大度。还有那衣带、云彩，随风舒展，极为精巧。我奇怪它们是用什么材料塑成的，竟与山石共垂千古而又毫未破损。凑到跟前细看，已有好事者剥开一点"伤口"，像泥，像沙，像灰，像石。向导说，这是特选的泥土、细沙，再加上好的棉花、麻纸，按一定配方调制而成。这可真是我们祖先最早的"钢筋水泥"了。

我们一个殿一个殿地看完后已走到尽头。回首一望，这才看清寺的全貌。原来这条窄窄的衣带，却打了三个结，即全寺精细地分成三个建筑群，每组都有上下左右的殿宇，成为三足鼎立之势，虽是水磨青砖，琉璃彩瓦，但并不落入俗套。同中有异，虚实相生，错落而不零乱，庄严而又精致，布局甚是巧妙。第一组与第二组以小院相通，第二组与第三组则靠一条仅容一人的栈道相接。就在这条悬空栈道上，依石又筑着一个重檐式的二层阁。游人到此，提心吊胆，缘壁而行，如履薄冰。如果大着胆子向下望，但见流云飞鸟，真是身悬半空了。我们退回身来，贴着石壁向上看，这才发现在山下看来像刀切一样的石壁，原来微呈弧形，整座寺就躲在这个弧凹里。向导说，要是遇到下雨，任你头上飞瀑直泻，屋瓦却滴水不沾，所有楼台殿阁都被遮在水帘中。那时遥望恒山，更是云遮雾障，山色有无了。

寺之曰悬空，并不是夸大的命名。整座建筑是在半壁上凿石为基，但这地基又只有一条石坎，并不能承担全部殿堂。这么多危楼耸立，只在岩基上挂了一个边。老人之登山，攀藤附葛，一只脚踏住岩石，一只脚却悬空着。原来修寺时先在石壁上横向凿洞，打入一排木桩做"地基"，再在木地基上铺石为面，砌墙造屋，偌大的一座寺院就这样悬空而起了。为减轻殿宇对木桩的压力，寺下安了几根木柱支撑。但这木柱只有一握之粗，却有丈把长，支于崖上的缝隙中，既无础石，也无钉楔，远看就如几根小棍挑着一个木偶戏台，游人见此，无不惊绝。不但殿基下的木柱如此，就是殿内的木柱也同样纤细修长。原来那横梁也是插入石壁的，木柱只不过是个样子。怪不得民间传说,悬空寺的柱子是假的,用手一推就可以来回摆动。

这寺始建于北魏后期,经金、明、清三代重修,至今已有一千四百多年,还是这样结结实实。聪明的祖先,力学规律在他们手中已运用自如了。

当年这里是晋、冀二省相通的要道,至今半山腰上还残存着栈道的痕迹。那时人来人往,香火不绝。虔诚的善男信女远道来烧香许愿,在半空中求神拜佛。过往的诗人墨客也多题咏,就是"诗仙"李白也在这里留下"壮观"两个大字。你看那石壁上还有这样一首明人题诗:

> 石壁何年结梵宫,
> 悬崖细路小溪通。
> 山川缭绕苍冥外,
> 殿宇参差碧落中。
> 残月淡烟窥色相,
> 疏风幽籁动禅空。
> 停车欲向山僧问,
> 安得山僧是远公。

人要成佛升天,当然不可能。但人为地创造这样的悬空佛地,却大可以加强宣传气氛。你看,"梵宫""苍冥""碧落""残月淡烟""疏风幽籁"……总之,你踩着"悬崖细路"到此一游,或再烧上三炷高香,不就觉得已是飘尘出世、顿悟佛法了吗?这大概是悬空寺所以这样建造、这样命名的用意吧。

　　我继续寻访石上的题咏，在一个亭子里发现了一块清同治年间的重修寺碑。碑文详述了这寺到清咸丰九年已多处坍塌，绅士们计议重修，但苦不得其法。这时，有一个叫刘山玉的木匠自告奋勇，说可以扎架整修，但还未实施就突然病故。直到同治三年春，又有一个木匠张庭秀毛遂自荐。他更有绝招，并不扎架，而在悬崖上结绳为圈，腰缠脚踩，次第更换松木。现在我们看到的寺院就是经这位大师润色后的杰作。

　　千百年来，不管佛也好，道也好，总是在追求空中的天堂。但事实证明，神并不能给人以天堂，倒是人们靠自己勤劳智慧的双手创造了神话般的伟大文明。我抚着碑文临窗远眺，对面恒山蔽空，背后翠屏接日，谷底一线流水绕山而去。这时阳光给古寺的琉璃瓦上镀了一层鎏金，整座建筑，在这深山幽谷中放着异彩。啊，悬空寺，你这颗空中明珠，光照祖国河山，历阅人间沧桑，你仍将继续高悬在历史的长河中，和众多的星汉一起发出灿烂的光芒。

一九八〇年六月

芦芽山记

山西多山,太行、吕梁纵贯南北,分卧东西,全省境内几乎无平地。其间较著名者有历代皇帝封禅祭扫的北岳恒山,有伯夷、叔齐不食周粟而死的首阳山,有介子推不受晋文公之封而焚身的介休绵山。但因这些地方历史掌故的名声太大,倒常常使游人忘记了山水本身的美。所以,若是真游山,还是无名的好。于是,在山西,我们便选中了吕梁山北梢芦芽山自然保护区的主峰——芦芽山。

十一日晨,天微阴。我们备足干粮、水,东南出五寨县城,乘车约行十多分钟,便投入大峡谷中。谷底乱石如斗,两侧峰崖急扑而下,遮天蔽日。车上下颠簸,似浪中行舟,又紧贴山根爬行,缓缓如一豆甲虫。离市井才十数里,便顿如隔世。瞩目窗外,那山有的整石以为峰,拔地而起,节节如笋;有的斜卧如虎豹,周身斑驳有纹,更有其大如房的卵石,以一细尖立于山巅,石上又石,成累卵之危,仿佛一推即可滚落。山少树,石青黑,多水痕。可以想见,史前时期,这里曾是洪水汤汤,这些巨石被漂举如豆丸，山谷被切割如腐乳。后来骤然水退，寂寂石存，山高谷深，悄然至今。

再走，山坡多灌草，郁蔽如棕毡，间有松树散立其间。以后树渐渐增多，松杉直立如筷，密密匝匝，不得深视。这山正如其名，峰多峭拔如出土芦芽，这时一律为绿树所覆，你前我后，纷沓相叠，正是旧县志上说的"芦芽叠翠"。举目越过层峦望开去，满山满野的林子，近处墨绿，稍远深绿，再远浅绿，层层次次，最后只剩下一层朦胧的绿意融入天穹。车子像一叶扁舟，在这片绿海的波峰浪谷中穿行。

约九时半，我们来到主峰下，这时云已阴得沉沉欲坠了。山脚几个看林人说，怕有雨，今天是万不可登山了。远远而来的我们，岂肯悻悻地回去，大家每人折了一根枯树枝，便一头扎进黑林子里。头上云来云往，林中忽明忽暗，落叶积地盈尺，一踏一个虚坑。这里本少人迹，今天又飘着细雨，四周淅淅沥沥，唯闻雨打松枝与风弄树叶之声，越发静得怕人。脚下不时横着倒地的枯木，庞然身躯，用杖一捅就是一个窟窿。两边立着被雷劈死的大树，或中心炸裂，或齐肩削去，皆断躯残肢，一副残酷悲怒之状。朽黑的树身上又生出寸厚的绿苔，奇奇怪怪地立于空林间，如虎狼鬼魅，抬头常给人一身冷汗。领路的老杨说，他上这山已有十一次了，倒有九次走错了路，但愿今天不再犯第十次错误。

爬了约一小时，我们跃上一面斜坡，眼前骤然大亮，两山峰之间现出一片开阔地，虚云轻雾贴着两边的山，笼着坡上的树，在阔地的远处小心地拱合成一个大圆圈。而这个圆形的阔地上却无一棵树，清一色的阔叶绿草，托着大朵的黄花，微雨中灿若群星，又娇如美人出浴，四周绿树白云都是她们的陪伴。大家心情为之一振，高歌狂呼一阵，便东折而上攀小径向顶峰冲去。这时山更陡，峰更峭，景亦更奇。我们攀行在石磴上，雾入衣袖，云拂脚面。俯视脚下则山川无形，天地不分，唯白云一片，滚滚如大海波涛，风振林梢，又隐隐传来千军万马之声。间或脚下石路正过两山谷口时，则浓云团团缕缕厮涌而出，急喷狂走之状，若山下鏖战，硝烟冲天却又寒气逼人，不敢稍留。将凌绝顶时要过一短峡，仅容一人单行，曰束身峡；要过一梯，横棍九节，梯担两峰间，曰九杠梯，下临无底。这是全峰最险之处，过去当地人说，凡不做亏心事者才敢过梯。现在两边更加了栏杆，但仍然令人目眩。过木梯便是芦芽绝顶了。这是一块巨大的孤石，下细上大，状如蘑菇，探伸在半空之中。石上有小庙一座，曰太子殿，是过去求雨人表示虔诚的所在。这时云蒸雾裹，已不辨天上人间。殿宇的檐角时隐时现，云中探出几株古松，我确信自己还未离地而去。

雨还在下，我们挂杖下山了，当钻出密林时衣服早已湿透，鞋帮上满是星星点点的野花瓣子，早已成绣鞋一双。看林人笑道："还从未见过你们这般有兴致的人。"忙招呼我们回屋烤火。这时我们心头贮满了愉快，哪管什么鞋湿衣凉，连忙辞谢，驱车下山。山下雨小。回看林间已挂上了无数条细亮细亮的瀑布，轻柔柔的，从水绿的林梢垂下来，跃在石上汇入谷底。谷底的水比时已很大了，只是不见半点泥沙，还是原来的清。

在别人不愿出门的时候，去游人迹少至的地方，我们的心中泛起一丝莫名的骄傲。

一九八七年四月

清凉世界五台山

　　北岳恒山向东南逶迤而下，在山西东北部撒下了五座山峰，五峰拱卫连绵，圈出一块三百平方公里的地方，这便是国内外闻名的五台山。山区以台怀镇为中心，分成台怀、台内、台外三个层次，像三个渐大的同心圆。在这个奇妙的同心圆内，由近而远，在山顶、谷底与密林中分布了五十七座红墙黄瓦的大小寺院。这里历来是海内外佛教徒朝圣的地方。那披着青松与白杨的冈峦，那映着鲜花与绿草的山泉，那阵阵的松涛和着悠悠的钟声，那绿茸茸的草地衬着古庙琉璃瓦上的夕阳，那从山谷里吹来的习习凉风，使这块小盆地的沟沟洼洼里，到处都有美的色彩与旋律，形成一个游览与避暑的胜地。

　　远在东汉永平年间佛教传入我国时，有两位从印度来的和尚云游中国后看中了这座山，便上书皇帝，说释迦牟尼在经书上说，文殊菩萨的道场原来就在中国的五台山，于是皇帝便恩准在此修庙。从此历代香火相传，极盛时庙宇竟达三百多处。

地方志上有此记载。至于这山的风光之美、气候之好，又别有一段传说故事。说当年文殊初到此山时，酷暑难熬，风沙蔽日。有人说，东海龙王那里有一块"歇龙石"，只要借来镇山，便可玉宇澄清，暑气永消。于是文殊变成一个化缘的老和尚去龙宫，指名要那块歇龙石。老龙王说："只要你拿得动，便拿去。"这老和尚就施展法力，口中念念有词，一块偌大的青石便缩成一粒小丸，飞入他的袍袖，带回五台山。可是那外出的小龙王回来时，发现丢了歇龙石，怒气冲天，便追到五台山区，四处寻找。它将巨尾一扫，就把五个峰顶都削成了平台；利爪乱刨，在山顶上翻起无数黑石。至今这些石块还遍布满山，人称"龙翻石"。当然文殊自有对付它的办法，一声咒语，便飞起两座山，将这条恶龙镇压在山下。现在五台山北面的繁峙县境内有一处秘魔崖，便是小龙王的被囚之处。制服了小龙王之后，文殊将清凉石安放在一个山坡上，盖起一座清凉寺。从此这五台山真的成了一个清凉世界。这自然是传说，但这个美丽的传说，反映了人们对美好生活环境的向往和改造自然的威力。去年八月，我曾专程去造访过那块清凉石，它高与人齐，如炕面之大，面青色，有云纹，人坐其上，顿生凉意。这么大的物体却安安静静地躺在一座大寺庙的院中，真不知它是怎样来的。

五台山的绝妙之处，是气候清新凉爽，所以又名清凉山。去年，正当酷暑季节，我们一进五台山便立即被搂进了一个清凉的怀抱里。这里多的是青松、白杨。在台怀谷地南端有一寺，叫镇海寺，寺前寺后遍植古松。这些松也长得奇，孤高的干子直指天穹，到顶上又横生出枝叶。深深的绿，浓浓的荫，在这浓荫的庇护下，阵阵松涛，将人们身上的汗、心中的热，涤荡得一干二净。在谷地北口有一寺，叫碧山寺，这里是白杨的世界。寺门前，有一片深幽的白杨林，它们一出土便密匝匝地挤在一起，细枝阔叶交错连理，风来枝摇叶动，将一轮烈日的炽焰筛成一缕缕的丝，一点点的亮，给人一种愉悦的清凉。这两寺之间还有南山寺、显通寺、梵仙山、黛螺顶等，皆无寺不树，无山不林，四围远接天际的山顶高坡上全是层层的白杨、茫茫的劲松和如毡似毯的草丛。整个小镇，连同谷里的人、车、马、房，还有那几十座寺院，一起被淹在这冷绿的大盆里，哪还有一丝的暑热能偷存下去？

除树多之外，这里的水也不少，台内各山各寺就流淌着泉水四五十处，清凉河水环绕台怀流过。说它是河，倒不如说它是一匹飘动的锦缎。这河很浅，却宽。它不咆哮，也不喊叫，只是在谷底穿树林，绕古寺，一路轻轻地歌唱着流去。人们在两岸的各处寺庙游览时，总要在这清凉河上穿行，这河水给人们一种凉意。台怀镇口有一泉，名"般若泉"，泉眼圆亮如镜，水质沁凉宜人。清康熙、乾隆先后十五次上五台山，都是专饮此水。现据化验查明其中含有七种对人体有益的矿物质，是一种极好的矿泉。显通寺大院里有一泉，依山势从上落下，流过院心，又一直淌到寺外的石板路上，亮亮的，像一条项链。你若来到这里，可以蹲下来，引颈亲吻一下这来自地心的清凉，也可以像孩子一样，双手提鞋，赤足踏行在清波洗漱着的石板街上。一种无名的凉意会爬上你的双腿、你的腰身，慢慢地弥漫了你的全身，直至心田。浓荫已将烈日从天空隔去，清泉又将新凉从地下送来，好一个清凉世界。

五台山的清凉，自然不是那块清凉石的魔力，实因地势高，暑气很难爬上它的山腰。它的五个台顶都在三千米左右，其中北台高达三千零五十八米，是华北的最高峰。我们游完台怀镇各处后，乘上一部轻车，在这几个台顶之间飞驰，感到两肋生风，通体透凉。路是极险的，左曲右弯，常常将碰壁而猛折，似落沟又急转。这时树也没有了，林带已落到了身下，成了山的围裙。坡上有五光十色的山花，山顶有朵朵飘浮的白云，有的云朵飞过来，拦住车的去路，闯进车厢缠住我们的胳膊和腿脚，脸上也给抹了一层轻轻的湿意。坐过飞机的人，在那个封闭的空间里，哪能体验到这种神仙般的滋味。这时从车窗里看出去，尽是一座座连绵平缓的山头，要知每个台顶都有上百亩油绿绿的平滩，这是绝好的高山牧场。附近几省的骡马牛羊，每年盛夏都要赶来这里避暑放牧和进行交易，人称"骡马大会"。这里既有山地起伏的旋律，又有草原辽阔的情感，如果在山头上静坐一会儿，看山下的庙、眼前的云，听林间的泉，沐浴那习习的风，就会得到一种特殊的、美的享受。从这数千米高的台顶到那飞鸟盘旋的谷底，从台怀镇这一点圆心，到周围三百平方公里的山川，这是多么大的一个清凉世界啊！

自然除了好山好水之外，在这个清凉世界里还有好看的，那便是庙宇。到底是在佛家的圣地，这里的庙不但多，而且大得惊人，无论哪座寺院，动辄左右连院，前后数殿。一座显通寺，竟占地一百二十亩，有殿堂四百余间。塔院寺有一座大白砖塔，高达二十一丈。还有一座木塔是放经书的，能转动，另有一座殿将它裹在其中，取高处的书时，要到二层殿上伸手去拿。金阁寺里有一尊菩萨，高二十七点七米，他一人就占了两层殿，要看他的脸面也得上二层楼去。而这里许多寺又都修在半山上，凿坡为级，凡一百零八个台阶，披云掩绿，形若天梯。第二个可看的，便是这庙宇内外的奇景。台怀镇最高处的菩萨顶上有一座殿，名滴水殿，它那琉璃瓦的屋檐，别说阴雨天，就是晴天，也淅淅沥沥地往下滴着水珠；显通寺里有座铜殿，是用五十吨铜铸成的；又如无梁殿，殿无一木，全砖到顶；明月泉，泉如碗口，可鉴星月；写字崖，崖本无字，水流则见；千佛洞，洞内怪石，如人脏腑；等等。在台外，还有两件国宝，就是如今全国仅存的两座唐代建筑，曰佛光寺、南禅寺，在这两座寺庙里，你可以欣赏到一千二百年前的庙宇建筑和佛像彩塑。

当盛暑难熬时，来这个清凉世界里，参观古建筑群，游览好山好水，增长历史文化知识，听取美丽的传说故事，实在是一件快事。

去五台山，有南北两路。南路从太原市转五台县城至台怀镇，凡九十公里，一路山势较缓，我们是在不知不觉中渐渐登山的。北路从山西省繁峙县的砂河镇，经鸿门崖天险，只四十六公里，坡陡路险，天气亦变化无常。我们登五台山是在去年八月里，从南路上山、北路下山的，当我们沿着急速下降的公路落到砂河镇时，便又浑身汗津津的，我们从清凉世界又回到了炎热人寰。

一九八四年一月

晋　祠

出太原西南行五十里,有一座山,名"悬瓮"。山上原有巨石,如瓮倒悬。山脚有泉水涌出,就是有名的晋水。在这山下水旁,参天古木中林立着百余座殿、堂、楼、阁,亭、台、桥、榭。绿水碧波绕回廊而鸣奏,红墙黄瓦随树影而闪烁,悠久的历史文物与优美的自然风景浑然一体,这就是古晋名胜晋祠。

西周时,年幼的成王姬诵即位,一日与其弟姬虞在院中玩耍,随手拾起一片落地的桐叶,剪成玉圭形,说:"把这个圭给你,封你为唐国诸侯。"天子无戏言,于是其弟长大后便来到当时的唐国,即现在的山西做了诸侯。《史记》称此为"剪桐封弟"。姬虞后来兴修水利,唐国人民安居乐业。后其子继位,因境内有晋水,便改唐国为晋国。人们缅怀姬虞的功绩,便在这悬瓮山下修一所祠堂来祀奉他,后人称为晋祠。

晋祠之美,在山美、树美、水美。

这里的山，巍巍的如一道屏障，长长的又如伸开的两臂，将这处秀丽的古迹拥在怀中。春日黄花满山，径幽而香远；秋来草木郁郁，天高而水清。无论何时拾级登山，探古洞，访亭阁，都情悦神爽。古祠设在这绵绵的苍山中，恰如淑女半遮琵琶，娇羞迷人。

这里的树，以古老苍劲见长。有两棵老树，一曰周柏，一曰唐槐。那周柏，树干劲直，树皮皱裂，冠顶挑着几根青青的疏枝，偃卧于石阶旁，宛如老者说古；那唐槐，腰粗三围，苍枝屈虬，老干上却发出一簇簇柔条，绿叶如盖，微风拂动，一派鹤发童颜的仙人风度。其余水边殿外的松、柏、槐、柳，无不显出沧桑几经的风骨，人游其间，总有一种缅古思昔的肃然之情。也有造型奇特的，如圣母殿前的左扭柏，拔地而起，直冲云霄，它的树皮却一齐向左边拧去，一圈一圈，纹丝不乱，像地下旋起了一股烟，又似天上垂下了一根绳。其余有的偃如老妪负水，有的挺如壮士托天，不一而足。晋祠在古木的荫护下，显得分外幽静、典雅。

这里的水，多、清、静、柔。在园内信步，那里一泓深潭，这里一条小渠。桥下有河，亭中有井，路边有溪。石间有细流脉脉，如线如缕；林中有碧波闪闪，如锦如缎。这么多的水，又不知是从哪里冒出的，叮叮咚咚，只闻佩环齐鸣，却找不到一处泉眼，原来不是藏在殿下，就是隐于亭后。更可爱的是水清得让人叫绝。无论多深的渠、潭、井，只要光线好，游鱼、碎石丝纹可见。而水势又不大，清清的波，将长长的草蔓拉成一缕缕的丝，铺在河底，挂在岸边，合着那些金鱼、青苔、玉栏倒影，织成了一条条的大飘带，穿亭绕榭，冉冉不绝。当年李白至此，曾赞叹道："晋祠流水如碧玉，百尺清潭泻翠娥。"你沿着水去赏那亭台楼阁，时常会发出这样的自问：怕这几百间建筑都是在水上漂着的吧！

然而，最美的还是祖先留给我们的文化遗产。这里保存着我国古建筑的"三绝"。

一是圣母殿。这是全祠的主殿，是为虞侯的母亲邑姜所修的。建于宋天圣年间，重修于宋崇宁元年（一一〇二年），距今已有八百八十年。殿外有一周围廊，是我国古建筑中现在能找到的最早实例。殿内宽七间，深六间，极宽敞，却无一根柱子，原来屋架全靠墙外回廊上的木柱支撑。廊柱略向内倾，四角高挑，形成飞檐。屋顶黄绿琉璃瓦相扣，远看飞阁流丹，气势雄伟。殿堂内宋代泥塑的圣母及四十二尊侍女，是我国现存宋塑中的珍品。她们或梳妆、洒扫，或奏乐、歌舞，形态各异，人物形体丰满俊俏，面貌清秀圆润，眼神专注，衣纹流畅，匠心之巧，绝非一般。

二是殿前柱上的木雕盘龙。这是我国现存最早的盘龙殿柱，雕于宋元祐二年（一〇八七年）。八条龙各抱定一根大柱，怒目利爪，周身风从云生，一派生气。距今虽近千年，仍鳞片层层，须髯根根，不能不叫人叹服木质之好与工艺之精。

三是殿前的鱼沼飞梁。这是一个方形的荷花鱼沼，却在沼上架了一个十字形的飞梁，下由三十四根八角形的石柱支撑，桥面东西宽阔，南北翼如。桥边栏杆、望柱都形制奇特，人行桥上，随意左右，如泛舟水面，再加上鱼跃清波，荷红映日，真乐而忘归。这种突破一字桥形的十字飞梁，在我国现存的古建筑中是仅有的一例。

以圣母殿为主的建筑群还包括献殿、牌坊、钟鼓楼、金人台、水镜台等，都造型古朴优美，用工精巧。全祠除这组建筑之外，还有朝阳洞、三台阁、关帝庙、文昌宫、胜瀛楼、景清门等，都依山傍水，因势砌屋，或架于碧波之上，或藏于浓荫之中，糅造化与人工于一体。就是园中的许多小品，也极具匠心。比如这假山上本有一挂细泉垂下，而山下却立了一个汉白玉的石雕小和尚，光光的脑门，笑眯眯的眼神，双手齐肩，托着一个石碗，那水正注在碗中，又溅到脚下的潭里，却总不能满碗。和尚就这样，一天一天，傻呵呵地站着。还有清清的小溪旁，突然跑来一只石雕大虎，两只前爪抓着水边的石块，引颈探腰，嘴唇刚好埋入水面，那气势好像要一吸百川。你顺着山脚，傍着水滨去寻吧。真让你访不胜访，虽几游而不能尽兴。历代文人墨客都看中了这个好地方，至今山径石壁、廊前石碑上，还留着不少名人题咏。有些词工句丽，书法精湛，更为湖光山色平添了许多风韵。

这晋祠从周唐叔虞到任、立国后自然又演过许多典故。当年李世民就从这里起兵反隋，得了天下。宋太宗赵光义，曾于太平兴国四年（九七九年）在这里消灭了北汉政权，从而结束了中国历史上五代十国的分裂局面。一九五九年陈毅同志游晋祠时兴叹道："周柏唐槐宋献殿，金元明清题咏遍。世民立碑颂统一，光义于此灭北汉。"

晋祠就是这样，以她优美的身躯来护着这些珍贵的历史文化。她，真不愧为我国锦绣河山中一颗璀璨的明珠。

一九八二年四月

古城平遥记

听说山西平遥将被定为历史文化名城,我特意去采访。

平遥,北魏时即设县治,名曰平陶,后避魏太武帝拓跋焘讳,改为平遥,至今已一千四百多年。其为文化古城,理由有三:一是至今还有一座保存完好的古代城墙,二是城内还有许多古香古色的店铺和一些古老的手工业工艺,三是近郊有一座艺术价值极高的古寺。在二十世纪八十年代的今天,还有这么一个古代细胞,确属不易。

先说那城,铁钉大门,锯形女墙,长长的护城河,一如我们从古画上看到的那样。县志载,周宣王时,大将尹吉甫北伐猃狁,在这里驻兵,首筑长城。待做了县治后,历代又不断增修,现存城池是明洪武三年扩建后留下的,城墙高三丈二,宽一丈五,周长约十二里,还基本完好。这是全国两千多个县中罕见的一例。城墙上共修有七十二个戍楼。我从那喧嚣的大都市走来,弃车登城,一下子就像回到了古代社会。戍楼上仿佛军旗猎猎，刁斗声声。极目城郊，平畴绿野，阡陌相连。俯视城内，高脊瓦房鳞次栉比，店铺纵横，摊贩沿街，似闻叫卖之声。闭锁性是封建社会的特点，你沿城墙而行，就会发现这城严实得像一个铁桶。过去一般县城只有四门，而这平遥城却有六门。这是因为，当年这里商业已很发达，南来北往的商人、进城出城的农民，终日络绎不绝，因此东西城墙又各增一门。当地人说这城是一只乌龟。你看，南门是头，北门是尾，东、西四门是四条腿。说也巧，南门外又恰有一条叫柳根河的擦城而过。从上往下看，这整座城确实像一个正在吸水的乌龟。奇怪的是，每座城门瓮城的内、外门本应该是垂直一线的，而唯东北一门却偏偏斜了。门外有条路，蜿蜒如蛇状。当地人说，路去十五里，近处有一寺，寺内有一塔，名麓台塔，那实则是一根木桩，龟的一条腿是系在这桩上的，所以这城门是斜的，不然这龟早跑到河里去了。我们听着都笑了，倒也有点道理。

下得城墙，细游市井，更见古味。街极窄，仅容一马车，两旁一律为店铺。我随便走进一家布店，这里没有现代商店的玻璃柜台，全是红木柜面，已磨得油光。缘墙小格货架，室内光线有些暗，却浮着一种异样的味道，正是"古香"。店铺外的每根椽头上原本是一律雕有龙头的，"文化大革命"中大都作为"四旧"被破除了，幸有少数还在，看那雕工是极精细的。县委的同志说，不久将全部修复。街上许多行业的店铺都以"古陶"命名，更见古色。这些房子中还有一种可看的，就是"票号"旧址。票号便是今日的银行。据说中国最早的票号发源于平遥和邻近的太谷县，平遥人过去在外经商的极多，赚了钱，要往家里送，很不安全，还要雇保镖，于是便生出这票号，专管兑取银钱。我看了一处叫"日昇昌"的票号旧址，五进深院层层有门，俨然金库重地。如今是县里一处机关在此办公，不久将腾出来，好专供人考察游览。

平遥还有两样够得上"古"的名产。一是牛肉。我在孩童时便知这是极稀有的珍肴，曾偶得试尝，几十年来常常回味。据说其牛在杀前先灌饱花椒水，牛肉先用当地产的一种硝盐生腌七天，然后再煮，并不加任何作料。多少年来，人们用现代的手段分析，易地易法试制，终不得其味，因此至今还是一绝。

另一种是漆器，其历史可追溯到唐代，现在还可找到明代的原作。它一律选上好的椴木制成，猪血砖灰抹缝，再涂以中国老漆，共四遍。每遍涂后都要用细砂纸蘸水，细细打磨，最后一遍，则要用手掌蘸麻油用力推磨，所以叫"平遥推光漆器"，制成后平光如镜。更绝的是，这种家具不避水火，一壶开水浇上去不起皮，火红的烟头放上去不留痕。据说，某次国外捞得一古代沉船，船上其他物件早已被海水浸泡得面目全非，唯有一个小炕桌，拭去泥沙，光彩照人。翻过桌底，却有"平遥"二字。漆器设计师薛生金同志十六岁拜师学艺，现在已是这种绝技的专家，他领我看了漆器厂的产品陈列室。这里有桌、柜、几、凳、屏，凡生活中各式家具应有尽有。妙的是，这些家具虽千姿百态，却总不脱一种统一的韵味——古色。比如这电视柜，本是现代有了电视机之后才为它设计的，但它色调深沉，腿脚处又微现出弧度，再饰以云纹，谁说不古？更奇的是描金彩绘，有花、草、鸟、兽和全套古典小说人物。这画由一种特别的入漆颜料制成，既有油画的明暗调子，又有国画的精确线条，别是一种艺术。平遥推光漆器已名扬海外，出口是不需检验的。

出城去，近郊还有宋、元、明、清古迹共七十六处，而以佛寺最多。我国历史上崇尚佛教的北魏政权曾在山西建都，留下了以云冈石窟为首的一大批佛教艺术珍品。在平遥郊外也有一座名寺叫"双林"，建于北魏，重修于明，取释迦牟尼圆寂之地各有双木之意。寺内建筑倒也平平，却保存了大量极有艺术价值的悬塑、彩塑。整套的佛祖故事都是用泥塑出来，探出墙壁，悬在空中。所以有人说，连环画应是我国首创。被专家们评为艺术价值最高的是十八尊泥塑罗汉，这些佛国里的神，竟与地上的人是相通的。有一尊名"哑罗汉"，有口不能言，目眦裂，脸通红，一副急迫之状。其余的笑罗汉，面如春风；醉罗汉，两眼惺忪；病罗汉，形容枯槁。人创造了神，看来神还是脱不了人。宗教是内容，艺术是手段，那内容现在对多数人来讲，已晦涩难懂，而这手段自身倒让人探究无穷。这里中外游人日益增多，内有不少是专为艺术而来的。

晚上宿在县委招待所里，这招待所竟也是一件古董。当年大概是一家有钱人的深宅。正房一溜五孔大窑洞，窑上有楼。两侧厢也是五窑五房，成三合大院。东西北角有雕栏玉阶曲折上下。上面大约原是小姐的闺房。据说这样的古宅在城中还所存甚多。晚饭后，我在院中散步，两旁中国式的高屋脊在苍茫暮色中庞然耸立，使我觉得正处在一座幽谷之中。这时明月东升，又将这一片古色罩上了一层朦胧。四周极静，远近隐隐传来三两声火车的笛鸣，叫人知道这不是魏晋。

一九八四年六月

杏花村访酒

　　一般的可游之处，大约有两类。一是风景特别好，悦目赏心，怡人情怀；二是古迹名胜，可惊可叹，长人见识。当我去过汾酒产地山西杏花村后，真不知道该怎样归类。

　　说是村，并名以"杏花"，其实这里是一个大型的酒厂。历史上曾杏林千亩，繁花如云，直到现在也保持着古韵。但凡来晋之人，无不设法去游一次，游人之意却并不在山水间，而在酒。

　　汾酒厂的餐厅是别致的，墙上挂着名人字画，最醒目的是郭沫若手书的那首"杏花村里酒如泉"诗。服务员打开酒坛盖，将酒斟入杯。当液面停止了波动，杯中的汾酒纯净透明，就像刚才并没有注入什么。主人举杯，我试酌一口，唇初沾而馨绵，口将咽又生甜，味柔和而隽远。客人都笑了，但并没有大声赞美，只是微笑着颔首，仿佛怕破坏了这酒的恬静。这汾酒是清香型的代表，它不求那浓那烈，只要这纯这真。这汾酒，如窈窕淑女，淡妆素抹。

相传贵州的"茅台"，是清康熙年间，一个山西盐商传去的。陕西的"西凤"，是"山西客户迁入，始创西凤酒"。至今我国不少地方的酒名中，仍带有"汾"字，如"湘汾""溪汾""佳汾"，可见其渊源。

喝过酒，我们被让到招待所里小憩。这招待所也别致，是一所中国式的四合院，取名曰"醉仙店"。院心有古井，有假山。山下有水，有草。草地上有一条汉白玉的黄牛，牛背上牧童横笛，旁边的碑上题着杜牧那首"借问酒家何处有，牧童遥指杏花村"的名诗。环院，南北为客房，东侧为碑廊，记录着南北朝以来汾酒的历史。西侧为展览馆和历代酒器陈列馆，出出进进的游人无不感受到酒文化的博大精深，馆内也有许多关于汾酒的名人题赠。这时，虽主人已在房中泡好热茶，连声招呼客人休息，但大家却总在院中流连。不错，人们是为访酒而来，但要是这里没有这些酒外之物，那酒何处没有？人们之所以固执地要到杏花村来，实在是要来品味、依恋与凭吊一会儿这酒中所凝聚的民族文化，就像在八达岭长城上远眺，在故宫大殿前的柱础旁沉思。

杏花村，实在是一个特殊的去处。来游的人，其意并不在山水，但也不全在酒。

一九八三年七月

娘子关上看飞泉

娘子关，雄踞在太行山东侧，正当晋、冀两省的交界。史载唐太宗之妹平阳公主曾奉命驻兵于此，创建城关，故而得名。盛夏七月，我们一行数人出平定县城，驱车九十里前来造访。这里山高谷深，草茂树稀，迎着山风还有几丝寒意。山上现存新旧两关，旧关只剩两楼和一些阶梯残石，共二十七级，极陡，人登时需俯身弯腰，手脚并用。新关尚完整，有一条小道直通山下，关门仅能过一车一马，可谓"一夫当关，万夫莫开"。城墙顺山势起伏，逶迤而去，谷底风回水响，声若雷鸣，使人不由生发凭吊古战场的幽情。汉初，韩信曾在这里攻打赵国，背水一仗，大获全胜。如今这山畔、沟下已星散着不少工厂、机关、居民和驻军，给这荒僻的山野增添了无限的生机。再加上这里以泉水著称，那藏在山坳崖后的绿柳青田，使这北国的原野颇带一点江南的景象。

我们先去看玉龙泉，泉已修一电厂，用此水来发电。过去喷水的玉龙头已不复见,只见一处很大的泉口,上加石盖,盖的东西两侧各留六孔。水从泉眼内向上喷出,直顶石盖,然后向两边穿孔而出,汇入一个大池中。我们站在石盖上,脚下膨膨然如立鼓面。水池中建有石舫,舫边另有一个石条砌就的大游泳池。难得的是这急喷横流的大水却无一泥一沙,一池碧波清若空无,这时一群顽童正在池里嬉水,他们一丝不挂,来去翕忽,宛若游鱼。

娘子关的泉眼有一百多处,最壮观的当数水帘洞泉。我们转过一个山崖,只见对面山嘴上一挂飞泉飘然而下。这时人恰好与飞泉的半腰相齐,隔岸平视,看个正好。那泉后的山石在流水的浸润下满是苔藓、葛藤,一层叠一层,厚重,滑腻,像一幅墨绿的挂毯。那飞泉白光一闪,当空划破厚重的浓绿,散成一挂珠帘,轻轻贴着石壁垂下来。又像是一轴素绢,靠着绿壁,浴着艳阳,时舒时卷,楚楚有情,就专等谁来作画题诗了。我看着看着,忽而心里不知足起来,就攀藤附葛,向谷底探去。同伴们直喊使不得,但我哪顾这些。谷底多巨石,光滑,圆润,洁白,是上游洪水冲下来的,其状如卧牛、奔象、驯羊、飞马……而深谷两峰的石壁却另是一种奇观:石形或凸或凹,石面若松针杂陈,若蜂窝相叠,石色又似白似黄,莫能确指,一起构成这面千奇百怪的大浮雕。这时谷底细雾蒙蒙,仰观山岩、飞泉,如面纱相遮。我想,抽象派的艺术家,要是站在这里指石壁而言,说这是人,是兽,是车,是马,是田园村舍,你是不能完全否认的。原来这也是一种钟乳石,不过桂林的钟乳石经大水侵蚀,成柱,成林;这里的经湿雾浸润,成线，成丝。那好比是一座园林，这却如一个盆景，各得其妙。当地群众叫这种石头为上水石。石多孔，取一块置浅水盘中，水可徐徐升到石巅，若再撒些豆、麦、花籽于上，则可发芽抽绿，移青山绿水于案几之上，使室内春意盎然。

到谷底观飞泉，不仅能默察其细微，还可领略其声威，仰望蓝天一线，两山壁立，谷中激流湍急，虎啸雷鸣。水帘后深草茂树，不知其底。传说那里面有个神仙住过的老君洞。我突然记起县志上的一首明人题咏："娘子关头水拍天，老君洞口赤霞悬。惊雷激浪三千丈，洞里仙人不得眠。"稍近帘底，水烟雾气，缠臂绕腿。我大着胆子靠前几步，大珠小珠，立时劈面盖顶。这时仰观水帘，真是银河泻地，云翻水怒。苏东坡观庐山是"横看成岭侧成峰"，我看这娘子关飞泉堪称"远似淑女近如虎"。我喜滋滋地淋了一身水，退坐在远处的一块大石头上。我细品着这水，她是泉，但又不是一般的涓涓细流；是瀑布，但又不是泥沙俱下的洪水。她从山顶进石而出，又飘飘落下。黄河滚滚没有她这样妩媚，长江浩浩没有她这般激越，那排空的海浪又没有这样俊美。她豪爽、多情、开朗、大方，把大把的珍珠悬空撒下，摔得粉碎，然后又在谷底掬拢成一泓清潭，再转山绕石，悠然而去。空谷独坐，我吸着湿润润的雾，听着水在石上弹奏的歌，看着水珠在阳光中幻成的五彩的霓，任清泉在我心头静静地淌。山顶上伙伴们已招手催行了，我却一片痴情，好像对这水还有许多未说完的话。

回来的路上，我问一位水利工作者，才知道这方圆几百里都是石灰岩山区。石间缝隙甚多，地面水全渗到了地下深处。

太行东来,到这关前骤然下降,地层错动,于是那些经石间千过万滤的清清流水,便一起被挤出地面。这关上关下到处是大泉小水,有的老乡在家里搬起一块石板便可汲水呢。这大概就是"蓄之既久,其发必速"的道理吧!

一九八一年七月

壶口瀑布

壶口在晋、陕两省边境上,我曾两次到过那里。

第一次是雨季,临出发时有人告诫:"这个时节看壶口最危险,千万不要到河滩里去,赶巧上游下雨,一个洪峰下来,根本来不及上岸。"果然,车还在半山腰就听见涛声隐隐如雷,河谷里雾气弥漫,我们大着胆子下到滩里,那河就像一锅正沸着的水。壶口瀑布不是从高处落下,让人们仰观垂空的水幕,而是由平地向更低的沟里跃去,人们只能俯视被急急吸去的水流。其时,正是雨季,那沟已被灌得浪沫横溢,但上面的水还是一股劲地冲进去,冲进去……我在雾中想寻找想象中的飞瀑,但水浸沟岸,雾罩乱石,除了扑面而来的水汽,震耳欲聋的涛声,什么也看不见,什么也听不见,只有一个可怕的警觉:突然就要出现一个洪峰将我们吞没。于是,急慌慌地扫了几眼,我便匆匆逃离,到了岸上回望那团白烟,心还在不住地跳……

第二次我专选了个枯水季节。春寒刚过，山还未青，谷底显得异常开阔。我们从从容容地下到沟底，这时的黄河像是一张极大的石床，上面铺了一层软软的细沙，踏上去坚实而又松软。我一直走到河心，原来河心还有一条河，是突然凹下去的一条深沟，当地人叫"龙槽"，槽头入水处深不可测，这便是"壶口"。我依在一块大石头上向上游看去，这龙槽顶着宽宽的河面，正好形成一个"丁"字。河水从五百米宽的河道上排排涌来，其势如千军万马，互相挤着，撞着，推推搡搡，前呼后拥，撞向石壁，排排黄浪霎时碎成堆堆白雪。山是清冷的灰，天是寂寂的蓝，宇宙间仿佛只有这水的存在。当河水正这般畅畅快快地驰骋着时，突然脚下出现一条四十多米宽的深沟，它们还来不及想一下，便一齐跌了进去，更涌，更挤，更急。沟底飞转着一个个漩涡，当地人说，曾有一头黑猪掉进去，再漂上来时，浑身的毛竟被拔得一根不剩。我听了不觉打了个寒噤。

　　黄河在这里由宽而窄，由高到低，只见那平坦如席的大水像是被一个无形的大洞吸着，顿然拢成一束，向龙槽里隆隆冲去，先跌在石上，翻个身再跌下去，三跌，四跌，一川大水硬是这样被跌得粉碎，碎成点，碎成雾。从沟底升起一道彩虹，横跨龙槽，穿过雾霭，消失在远山青色的背景中。当然这么窄的壶口一时容不下这么多的水，于是洪流便向两边涌去，沿着龙槽的边沿轰然而下，平平的，大大的，浑厚庄重如一卷飞毯从空抖落。不，简直如一卷钢板出轧，的确有那种凝重，那种猛烈。尽管这样，壶口还是不能尽收这一川黄浪，于是又有一些各自夺路而走的，乘隙而进的，折返迂回的，它们在龙槽两边的滩壁上散开来，或钻石觅缝，汩汩如泉；或淌过石板，潺潺成溪；或被夹在石间，哀哀打旋。还有那顺壁挂下的，亮晶晶的如丝如缕……而这一切都隐在湿漉漉的水雾中，罩在七色彩虹中，像一曲交响乐，一幅写意画。我突然陷入沉思，眼前这个小小的壶口，怎么一下子集纳了海、河、瀑、泉、雾，所有水的形态；兼容了喜、怒、哀、怨、愁，人的各种情感。造物者难道是要在这壶口中浓缩一个世界吗？

看罢水，我再细观脚下的石。这些如钢似铁的顽物竟被水凿得窟窟窍窍，如蜂窝杂陈，更有一些地方被旋出一个个光溜溜的大坑，而整个龙槽就是这样被水齐齐地切下去，切出一道深沟。人常以柔情比水，但至柔至软的水一旦被压迫竟会这样怒不可遏。原来这柔和之中只有宽厚，绝无软弱，当她忍耐到一定程度时就会以力相较，奋力抗争。据徐霞客游记中所载，当年壶口的位置还在这下游一千五百米处。你看日夜不止，这柔和的水硬将铁硬的石寸寸地剁去。

黄河博大宽厚，柔中有刚；挟而不服，压而不弯；不平则呼，遇强则抗，死地必生，勇往直前。像一个人，经了许多磨难便有了自己的个性，黄河被两岸的山、地下的石逼得忽上忽下、忽左忽右时，也就铸成了自己伟大的性格。这伟大只在冲过壶口的一刹那才闪现出来被我们看见。

一九八六年六月

秋　思

　　十月里有机会到吕梁山中去。一进到山的峰谷间，秋浓如酒，色艳醉人。常年生活在城市里的人，真不知道大自然原来是这样地换着时装。这山，原该是披着一件绿裳的吧，而这时，却铺上了一层花毯，那绒绒的灌木、齐齐的庄禾、蔚蔚的森林，成堆成簇，如烟如织，一起拼成了一幅五光十色的大图案。

　　这花毯中最耀眼的就是红色。坡坡洼洼，全都让红墨汁浸了个透。你看那殷红的橡树、干红的山楂、血红的龙柏，还有那些红枣、红辣椒、红金瓜、红柿子等，都是珍珠玛瑙似的闪着红光。最好看的是荞麦，从根到梢一色娇红，齐刷刷地立在地里，远远望去就如山腰里挂下的一方红毡。点缀这红色世界的还有黄和绿。山坡上偶有几株大杨树矗立着，像把金色的大扫帚，把蓝天扫得洁净如镜。镜中又映出那些松柏林，在这一派暄热的色彩中泛着冷绿，更衬出这酽酽的秋色。金风吹起，那红波绿浪便翻山压谷地向天边滚去。登高远望，只见紫烟漫漫，红光蒙蒙，好一个热烈、浓艳的世界。

我奇怪，这秋色为什么红得这样深浓。林业工作者告诉我，这万山一片在春之初本也是翠绿鹅黄的，一色新嫩。以后栉风沐雨，承受太阳的光热，吸吮大地的养分，就由浅而深，如黛如墨；再渐黄而红，如火如丹。就说这红枣吧，春天里繁花满枝，秋时能成果的也不过千分之二三，要经过多少场风吹雨打、蜂采蝶传，才得收获那由绿而红、一粒拇指肚大的红果，这其中浓缩了多少造物者的心血。那满山火红的枫叶则是因为她的叶绿素已经用完，显现红色的花青素已经出现。这是一年来完成了任务的讯号，是骄傲与胜利的标志。

本来，四时不同，爱者各异，人们大都是用自己的心情去体贴那无言的自然。所以春花灼灼，难免林小姐葬花之悲；秋色如水，亦有欧阳修夜读之凉。其实顺着自然之理，倒应是另一种感慨。芳草萋萋，杨柳依依，春景给人的是勃发的踊跃之情，是幻想，是憧憬，是出航时的眺望；天高云淡，万山红遍，秋色给人的是深沉的思索，是收获，是胜利，是到达彼岸后的欢乐。一个人只要是献身于一种事业，一步步地有所前进，他的感情就应该和这大自然一样的充实。我站在这秋的山巅，遥望那远处春天曾走过的小路，不觉想起《钢铁是怎样炼成的》一书中关于年华的那段名言："人，最宝贵的是生命。生命对每个人只有一次，人的一生应该这样度过：忆往事，他不会因为虚度年华而悔恨，也不会因为生活庸俗而羞愧。"我想，不管是少年、青年还是中年人，都请来这大自然的秋色中放眼一望吧。她教你思考怎样生活，怎样去创造人生。

一九八一年十月

夏　感

　　充满整个夏天的是一个紧张、热烈、急促的旋律。

　　好像炉子上的一锅冷水在逐渐泛泡，冒气而终于沸腾一样。山坡上的芊芊细草渐渐滋成一片密密的厚发，林带上的淡淡绿烟也凝成了一堵黛色的长墙。轻飞曼舞的蜂蝶不见了，却换来烦人的蝉儿，潜在树叶间一声声地长鸣。火红的太阳烘烤着金黄的大地，麦浪翻滚着，扑打着远处的山、天上的云，扑打着公路上的汽车，像海浪涌着一艘艘的船。金色主宰了世界上的一切，热风浮动着，飘过田野，吹送着已熟透了的麦香。那春天的灵秀之气经过半年的积蓄，这时已酿成一种磅礴之势，在田野上滚动，在天地间升腾。夏天到了。

　　夏天的色彩是金黄的。按绘画的观点，这大约有其中的道理。春之色为冷的绿，如碧波，如嫩竹，贮满希望之情；秋之色为热的赤，如夕阳，如红叶，标志着事物的终极。夏正当春华秋实之间，自然应了这中性的黄色——收获之已有而希望还未尽，正是一个承前启后、生命交替的旺季。

你看，麦子刚刚割过，田间那挑着七八片绿叶的棉苗，那朝天举着喇叭筒的高粱、玉米，那在地上匍匐前进的瓜秧，无不迸发出旺盛的活力。这时她们已不是在春风微雨中细滋慢长，而是在暑气的蒸腾下蓬蓬勃发，向秋的终点做着最后的冲刺。

夏天的旋律是紧张的，人们的每一根神经都被绷紧。你看田间那些挥镰的农民，弯着腰，流着汗，只是想着快割，快割。麦子上场了，又想着快打，快打。他们早起晚睡已够苦了，半夜醒来还要听听窗纸，可是起了风；看看窗外，天空可是遮上了云。麦子打完了，该松一口气了，又得赶快去给秋苗追肥浇水。"田家少闲月，五月人倍忙"，他们的肩上挑着夏秋两季。

遗憾的是，历代文人不知写了多少春花秋月，却极少有夏的影子。大概春日融融，秋波澹澹，而夏呢，总是浸在苦涩的汗水里。有闲情逸致的人，自然不喜欢这种紧张的旋律。我却想大声赞美这个春与秋之间的金黄的夏季。

一九八四年六月

南潭泉记

霍州之下马洼村,因唐李世民过此下马而得名。儿时记忆中是一个极美丽的山村。两山一沟,东西走向。窑洞顺北坡而下,高低错落,掩映于黄土绿树之间。鸡犬相闻,炊烟袅袅,有如仙境。南山为翠柏所覆,村民推窗见绿,天生画屏。沟里有三条小河穿村而过。我家院子临近沟底,前后各有一河,朝洗青菜门前溪,夜闻窑后水淙淙。南山之顶不知何年修了文昌阁、文笔塔各一座,倒映于山下池中,取"巨笔砚影"之意。而沟底的杨、柳、椿、槐,为追探阳光,与两山比高,千树如帆,一沟绿风,为远近闻名之奇景。

村中多泉,大小十余处,最美数南潭泉。泉贴南山之根,有一老杏树护于泉上,青枝绿叶,如华盖之张。环泉一片杏林,杏林之上是连绵的古柏,堆绿叠翠,直上蓝天。泉不大,仅一席之地,甘洌沁脾,无论雨旱,涌流如常。水极清,沙粒颗颗、鱼虾往来,清晰可见。杏叶筛落一池阳光,水波陆离万变,宛若龙宫之穴。水极静,如鱼吐泡,从沙中轻轻泛出,细流漫淌,汇于数十步外的一个池塘中，蓄以灌田。池上一大沙果树，偶有鸟啄果落，叮咚有声。杏熟时，孩童攀缘于树，如猿之影。

南潭泉在村人心中是神泉、药泉，可去灾，可保命。天有大旱，于此求雨，屡屡有应。人有病，来提水一罐，涤肠洗心。家父三十一岁时得大病，一年不起，高烧不退，渐至垂危。有老者说，人临走也须还一个清凉。遂到南潭取水一罐，缓缓灌下，未想竟起死回生。遇有山洪暴发，数日内河水不清，而密林中的南潭泉则神清气定，清澈如镜，为全村最后之备用水源。每到夏日，割麦打场，酷日当头，人嗓子里冒烟，牲畜顺毛流汗。大人抢夏，孩子们的任务就是到南潭提水。人喝畜饮，暑气顿消。取水多用孩子，合童贞之纯；必用瓷罐，表质朴之心。不怕头上三尺火，一片冰心在罐中。南潭泉永是村人心中一道清凉的风景。

我是二十世纪五十年代离开故乡的，南潭美景时在梦中。本世纪初某日，有村干部来京，说因开煤矿，全村已河断泉枯，水声不再，杏林不存。我心中怅然有失，断了相思，碎了旧梦。二〇一七年春节回乡，忽闻喜讯，县里发展旅游，将重修南潭泉，追回旧时景。

凡村不可无水，或河或井，最好有泉。才从地心来，又在人心上流。顾盼其影，潺潺其声，一村之魂。我八岁离乡七十回，真正够得上少小离家老大还了，故乡已几经沧桑。六十年一甲子，风水今又转了回来。

南潭归来，山水之幸，吾乡之幸。

二〇一七年三月

何处是乡愁

乡愁，这个词有几分凄美。原先我不懂，故乡或儿时的事很多，可喜可乐的也不少，为什么不说乡喜乡乐，而说乡愁呢？最近回了一趟阔别六十年的故乡，才解开这个人生之谜。

故乡在霍山脚下。一个古老美丽的小山村，水多，树多。村中两庙、一阁、一塔，有很深的文化积淀。

我家院子里长着两棵大树，一棵是核桃，一棵是香椿，直翻到窑顶上遮住了半个院子。核桃，不用说了，收获时，挂满一树翠绿滚圆的小球。大人站到窑顶上用木杆子打，孩子们就在树下冒着"枪林弹雨"去拾，虽然头上砸出几个包也喜滋滋的，此中乐趣无法为外人道。香椿炒鸡蛋是一道最普通的家常菜，但我吃的那道不普通。老香椿树的根，不知何时从地下钻到我家的窑洞里，又从炕边的砖缝里伸出几枝嫩芽。

我们就这样无心去栽花，终日伴香眠。每当我有小病，或有什么不快要发一下小脾气时，母亲安慰的办法是，到外面鸡窝里收一颗还发热的鸡蛋,回来在炕沿边掐几根香椿芽,咫尺之近,就在锅台上翻手做一个香椿炒鸡蛋。那种清香,那种童话式、魔术般的乐趣,永生难忘。当然炕头上的记忆还有很多,如在油灯下,枕着母亲的膝盖,看纺车的转动,听远处深巷里的狗吠和小河流水的叮咚。这次回村,我站在老炕前叙说往事,直惊得随行的人张大嘴合不拢。而村里的侄孙辈也如听古。因为那两棵大树早已被砍掉,河已不在,只有旧窑在,寂寞忆香椿。

出了院子,大门外还有两棵树,一棵是槐树,另一棵也是槐树。大的那棵特别大,五六个人也搂不住,在孩子们眼中就是一座绿山,一座树塔。长记树下总是拴着一头牛或一匹马。主干以上枝叶重重叠叠,浓得化不开。上面有鸟窝、蛇洞,还寄生有其他的小树、枯藤,像一座古旧的王宫。而爬小槐树,则是我们每天必修的功课。隐身于树顶的浓荫中,做着空中迷藏。

槐树枝极有韧性,遇热可以变形。秋天大人们会在树下生一堆火,砍下适用的枝条,在火堆里煨烤,制作扁担、镰把、担钩、木杈等农具,而孩子们则兴奋地挤在火堆旁,求做一副精巧的弹弓架或一个小镰把。有树必有动物,现在野生动物事业就归国家林业部来管。村里的野物当然也不离古树,各种鸟就不用说了,松鼠、黄鼠狼、獾子、狐狸的造访是家常便饭。

夏天的一个中午,正日长,人欲眠,突然老槐树上掉下一条蛇,足有五尺多长,直挺挺地躺在树荫中。一群鸡,虽以食虫为天职,但还从未见过这么大的虫子,一时惊得没有了主意,就分列于蛇的两旁,圆瞪鸡眼,死死地盯着它。双方相持了足有半个时辰。这时有人吃完饭在河边洗碗，就随手将半碗水泼向蛇身。那蛇一惊，嗖地一下窜入草丛，蛇鸡对阵才算收场。现在，就是到动物园里，也看不到这样的好戏。

还有一天的晚上，我一个叔叔串门回来，见树下卧着一个黑影，便上去踢了一脚，说："这狗，怎么卧在当道上！"不想那"狗"嗖地翻身逃去。星光下分明是一条狼。大约是来河边喝水，顺便在树下小憩片刻。第二天听了这故事，很令人神往，我们决心去找这只狼。长期在农村，早得了关于狼知识的秘传：铜头、铁身、麻秆腿。腿是它的最弱项。傍晚时分，四五个孩子结伴向村外走去。随身带上镰刀、斧头、绳子，这都是平时帮大人打柴的家什。大家七嘴八舌，说见了狼，我先用镰刀搂腿，你用斧砍，他用绳捆。正说得热闹，碰见一个大人，问去干什么？答，去找狼。大人厉声训斥道："天快黑了，你们还不都喂了狼？给我回去！"我们永远怀念那次未遂的捕狼壮举。

出大门外几十步即一条小河。流水潺潺，不舍昼夜。河边最热闹的场景是洗衣。在没有自来水和洗衣机之前，这是北方农村一道最美丽的风景。是家务劳动，也是社交活动，还是一种行为艺术。女人和孩子们是主角，欢声笑语，热闹非凡。许多著名的文艺作品都喜欢借用洗衣这个题材，如藏族舞蹈《洗衣歌》、歌剧《小二黑结婚》等。我们山西还有一首原汁原味的民歌就叫《亲圪蛋下河洗衣裳》。印象最深的是河边的洗衣石，有黑、红、青各色，大如案板，溜光圆润。这是多少女子柔嫩白净的双手，蘸着清清的河水，经多少代的打磨而成的呀。河边总是笑声、歌声、捶衣声,声声入耳。偶尔有一两个来担水的男子,便成了女人们围攻的目标。现在想来,那洗衣阵中肯定有小二黑、小青、亲圪蛋等。洗好的衣服就晒在岸边的草地上,五颜六色,天然画图。

我们常在河边的青草窝里放羊,高兴时就推开羊羔,钻到羊肚子下吸几口鲜奶,很是享受。那时也不懂什么过滤、消毒。清明前后,暖风吹软了柳枝,可褪下一截完整树皮管,做成柳笛,"呜哇呜哇"地乱吹。大人不洗衣时我们就在这洗衣石上玩泥,或坐上去感受它的光润。那时洗衣用皂角,村里一棵硕大的皂角树,一季收获,够全村人用上一年。皂角在洗衣石上捶碎后,它的种子会随河水漂落到岸边的泥土里,春天就长出新的皂角苗。小村庄,大自然,草木之命生生不息,孩子们的心里阳光满地。大家比赛,看谁发现了一株最大的皂角苗,然后连泥捧起种到自家的院子里。可惜,这情景永不会再有了,前几年开煤矿破坏了地下水,村里的三条河全部干涸,连河床都已荡平,树也没了踪影。洗衣歌、柳笛声都已成了历史的回声。

忆童年,最忆是黄土。我的老乡,前辈诗人牛汉,就曾以敬畏的心情写过一篇散文《绵绵土》。村里人土炕上生,土窑里长,土堆里爬。家家院里有一个神龛供着土地爷。我能认字时就记住了这副对联:"土能生万物,地可载山川。"黄土是我的襁褓,我的摇篮。农村孩子穿开裆裤时,就会撒尿和泥。这几年城里因为环保,不许放鞭炮,遇有喜事就踩气球,这是都市式的浪费。且看当年我们怎样制造声响。一群孩子,将胶泥揉匀,捏成窝头状,窝要深,皮要薄。口朝下,猛地往石上一摔，泥点飞溅，声震四野，名"摔响窝"。以声响大小定输赢，以炸洞的大小要补偿。输者就补对方一块泥，就像战败国割让土地，直到把手中的泥土输光，俯首称臣。这大概源于古老的战争，是对土地的争夺。孩子们虽个个溅成了泥花脸，仍乐此不疲。这场景现在也没有了，村子成了空壳村，新盖的小学都没有了学生。空空新教室，来回燕穿梭。村庄没有了孩子，就没有了笑声，也没有人再会去让泥巴炸出声了。

农家的孩子没有城里人吃的点心，但他们有自己的土饼干。不是"洋"与"土"的土，是黄土地的"土"。在半山处取净土一筐，砸碎、细筛，炒热。将发好的面拌入茴香、芝麻，切成条节状，与土混在一起，上火慢炒至熟，名"炒节子"。然后再筛去细土，挂于篮中，随时食用。这在城里人看来，未免有点脏，怎么能吃土呢？但我们就是吃这种零食长大的。一种淡淡的土味裹着清纯的麦香，香脆可口。天人合一，五行对五脏，土配脾，可健脾养胃，村里世代相传的育儿秘方。

从春到夏，蝉儿叫了，山坡上的杏子熟了，嫩绿的麦苗已长成金色的麦穗，该打场了。场，就是一块被碾得瓷实平整、圆形的土地。打场是粮食从地里收到家里的最后一道工序，再往下就该磨成面，吃到嘴里了。割倒的麦子被车拉人挑，铺到场上，像一层厚厚的棉被，用牲口拉着碌碡，一圈一圈地碾压。孩子们终于盼到一年最高兴的游戏季，跟在碌碡后面，一圈一圈地翻跟斗。我们贪婪地亲吻着土地，享受着燥热空气中新麦的甜香。一次我不小心，一个跟斗翻在场边的铁耙子上，耙齿刺破小腿，鲜血直流。大人说："不碍，不碍。"顺手抓起一把黄土按在伤口上,就算是止血了。至今还有一块疤痕,留作了永久的纪念。也许就是这次与土地最亲密的接触,土分子进入了我的血液,一生不管走到哪里,总忘不了北方的黄土。现在机器收割,场是彻底没有了,牲口也几乎不见了,碌碡被可怜地遗弃在路旁或沟渠里。有点"九里山前古战场,牧童拾得旧刀枪"的凄凉。

没有了,没有了。凡值得凭吊的美好记忆都没有了。只能到梦中去吃一次香椿炒鸡蛋,去摔一回泥巴、翻一回跟斗了。我问自己,既知消失,何必来寻呢?这就是矛盾,矛盾于心成乡愁。去了旧事,添了新愁。历史总在前进,失去的不一定是坏事。但上天偏教这物的逝去与情的割舍,同时作用在一个人身上,搅动你心底深处自以为已经忘掉了的秘密。于是岁月的双手,就当着你的面将最美丽的东西撕裂,这就有了几分悲剧的凄美。但它还不是大悲、大恸,还不至于呼天抢地,只是一种温馨的淡淡的哀伤,是在古老悠长的雨巷里"逢着一个丁香一样的结着愁怨的姑娘"。乡愁是留不住的回声,是捕捉不到的美丽。

那天回到县里,主人问此行的感想。我随手写了四句小诗:

何处是乡愁,
云在霍山头。
儿时常入梦,
杏黄麦子熟。

二〇一七年三月

二
豪气西北

乌梁素海，带伤的美丽

假如让你欣赏一位带伤流血的美人，那是一种怎样的尴尬。四十年后，当我重回内蒙古乌梁素海时，遇到的就是这种难堪。

乌梁素海在内蒙古河套地区东边的乌拉山下。四十年前我大学刚毕业时曾在这里当记者。叫"海"，实际上是一个湖，当地人称湖为海子，乌梁素海是"红柳海"的意思。红柳是当地的一种耐沙、耐碱的野生灌木。单听这名字，就有几分原生态的味道。而且这"海"确实很大，历史上最大时有一千二百多平方公里，是地球上同纬度的最大淡水湖。

那时我还没有见过真正的大海，每当车行湖边，但见烟水茫茫，霞光滟滟，翠绿的芦苇，在岸边小心地勾起一道绿线，微风吹过，这绿线就起伏着舞动开去，如一首天堂里的乐曲。湖里的水鸟，鸥、鹭、鸭、雁、雀等就竞相起舞，或掠过水波，或猛扎水中，浪花轻溅，像有一只无形的手在弹拨着水面。而水中的鱼儿好像急不可耐，等不到水鸟来抓它，就自动倏地一下跳出水面，闪过一个个白点，像是五线谱上跳动的音符。这时走在湖边，心头会突然涌起那已忘却多时的优美文章，什么"落霞与孤鹜齐飞，秋水共长天一色"，什么"沙鸥翔集，锦鳞游泳，岸芷汀兰，郁郁青青"，我知道从来不是好文章写出了真美景，而是真美景成就了好文章。乌梁素海就是这样一篇写在北国大地上的锦绣文章。每当船行湖上时，我最喜欢看深不可测的碧绿碧绿的水面，看船尾激起的雪白浪花，还有贴着船帮游戏的鲤鱼。而黄昏降临，远处的乌拉山就会勾出一条暗黑色的曲线，如油画上见过的奔突的海岸，当时我真觉得这就是大海了。

那时，"文革"还未结束，市场上物资供应还比较匮乏，城里人一年也尝不到几次肉，但这海子边的人吃鱼就如吃米饭一样平常。赶上冬天凿开冰洞捕鱼，鱼闻声而来，密聚不散，插进一根木杆都不会倒。那个岁月时兴开"学习毛主席著作讲用会"，有一次我们整理材料，在河套各县从西向东采访，很辛苦，伙食也没有什么油水。乌梁素海是最后一站，还有好几天，大家就盼望着到那里去解馋。到达的当晚，我们果然吃到了鱼，而这种吃法，为我平生第一次所见。每人一大碗堆得冒尖的大鱼块，就像村里人捧着大碗蹲在大门口吃饭一样，这给我留下永久的记忆，当时的鱼才五分钱一斤。以后走南闯北，阅历虽多，但无论是在我国南方的鱼米之乡还是在国外以海产为主的国家，再也没有碰到过这种吃法，再也没有过这样的享受。那时，每当外地人一来到河套，主人就说："去看看我们的乌梁素海!"眼里放着亮光,脸上掩饰不住的骄傲。

这次我们真的又来看乌梁素海了,是水务部门的特别邀请,但不是为看海的美丽,而是来参加"会诊"的,来看它的"伤口"。

七月的阳光一片灿烂,我们乘一条小船驶入湖面,为了能更有效地翻动历史的篇章,主人还请了一些已退休的老"海民",与我们同游同忆。船中间的小桌上摆着河套西瓜、葵花籽,还有油炸的小鱼,只有寸许来长。主人说,实在对不起,现在海子里最大的鱼,也不过如此了。我顿觉心情沉重。坐在我对面的王家祥,原乌梁素海渔场的工会主席,他说:"那时打鱼,是用麻绳结的大眼网。三斤以下的都不要,开着七十吨的三桅大帆船进海子,一网十万斤,最多时年产五百万吨。打上鱼就用这湖水直接煮,那才叫鲜呢。现在,这水你喝一口准拉肚子。"(不知是否为验证他的话,当天下午,我们一行中就有俩人拉肚子,而不能正常采访了。)当年的兵团知青、退休干部于秉义说:"二十世纪七十年代时,这里随便打一处井,七米深,就自动往上喷水。"水务公司的秦董事长在一旁补充:"到九十年代已是三十米深才能见水;到二〇〇七年,要一百二十米才见水,十五年水位下降了九十米,年均六米。"

海上泛轻舟,本来是轻松惬意的事,可是今天我们却无论如何也轻松不起来,这应了李清照的那句词:"只恐双溪舴艋舟,载不动许多愁。"我们今天坐的船真的由过去的七十吨三桅大船退化成像一只蚱蜢似的舴艋小舟。河套灌区是我国三大自流灌区之一。黄河自宁夏一入内蒙古地界,便开始滋润这八百里土地，经过总干、干、分干、支、斗、农、毛七级灌水渠道，流入田间，又再依次经总排干、排干等七级排水沟，将水退到乌梁素海，在这里沉淀缓冲后，再退入黄河。所以，这海子是河套平原的"肾"，首先起储水排水的作用。同时，又是河套的"肺"，它云蒸雾霭，吐纳水汽，调节气候，所以才有八百里平原的旱涝保收，才有北面乌拉山著名的国家级森林保护区的美景。但是，近几十年来人口增加，工厂增多，农田里化肥农药增施，而进入湖中的水量却急剧减少，水质下滑。你想，排进湖里的这些水是什么水啊？就是将八百里平原浇了一遍的脏水。河套农田每年施用农药一千五百吨，化肥五十万吨，进入乌梁素海的工业及生活污水三千五百万吨，这些都要洗到湖里啊。当地人说，乌梁素海已经由河套平原的肾和肺，退化为一个"尿盆子"了。这话虽然难听，但很形象，也很警人。

在船舱里坐着，听大家叙往事，说今昔，虽清风拂面，还是拂不去心头的一怀愁绪，我便到后甲板散步。只见偌大的湖面上，用竹竿标出二三十米宽的一条水道，我们的这个"舴艋"小舟只能在两竿之间小心地穿行。原来，湖面的水深已由当年的平均四十米，降为不足一米，要行船，就只好单挖一条行船沟。我再看船尾翻起的浪，已不是雪白的浪花，而是黄中带黑，像一条刚翻起的犁沟。半腐半活的水草，如一团团乱麻在水面上荡来荡去，再也找不见往日的碧绿，更不用说什么清澈见鱼了。乌海难道真的应了它的名字，成了乌黑的海、污浊的海？只有芦苇发疯似的长，重重叠叠，吞食着水面。主管农水的李市长说，这不是好现象，典型的水质富营养化，草盛无鱼，恶性循环。

现在如果你不知内情，远眺水面，芦苇还是一样的绿，天空还是一样的蓝，水鸟还是一样地飞，猛一看好像无多变化。可有谁知道这乌梁素海内心的伤痛。她是林黛玉，两颊微红，弱不禁风，已经是一个病美人了，是在强装笑颜、强支病体迎远客。我举目望去，远处的岸边有些红绿房子，泊了些小游船，在兜揽游客。船边地摊上叫卖着油炸小鱼，船上高声放着流行歌曲。不知为什么，我一下想起那句古诗："商女不知亡国恨，隔江犹唱《后庭花》。"

中午饭就在岸边的招待所里吃。俗话说，无酒不成席，而在内蒙古还要加上一句"无歌不成宴"。乐声响起，第一支歌就是《美丽的乌梁素海》。歌手是一位漂亮的蒙古族姑娘，旋律婉转，琴声悠扬，只是听不清歌词。歌罢，我请歌手重新念一遍歌词，她顿时有几分不自然。李市长出来解围说："不好意思，这还是当年的旧歌词，和现在的实景已经远不相符了。"我说："不怕，我们随便听听。"她就念道："乌梁素海美，美就美在乌梁素海的水。滩头芦苇密，水中鱼儿肥，点点白帆伴渔歌，水鸟空中飞。夜来泛舟苇塘荡，胜游漓江水，暖风吹绿一湖水，船入迷津人忘归。"

刚才人们还沉浸在美丽的旋律中，她这一念倒像戳破了一层华丽的包装。现在水何绿？鱼何肥？帆何见？怎比漓江水？顿时满场陷入片刻的沉默与尴尬，主客皆停箸歇杯，一时无言。客中只有我一人是当年从这里走出去的，四十年后重返旧地，算是亦客亦主。便连忙打破沉默说："是有点找不到这歌词里的影子了。这次回来我发现，四十年来在这块土地上已消失了不少东西。老李、老秦你们还记得三白瓜吗？白籽、白皮、白瓤，吃一口，上下唇就让蜜糊住了；还有冬瓜，有枕头大，专门放到冬天等过年时吃，用手轻轻一拍，都能看到里面蜜汁的流动；糜子米，当年河套人的主食米，煮粥一层油，香飘口水流。现在都一去不回了。"我这几句解嘲的话，又引来主人一阵唏嘘。他们说，都是化肥、农药、人多惹的祸。

乌梁素海啊，过去多么绰约多姿，健康美丽，而现在这样的苍老，这样的伤痕累累。但就是这样的病体，它还在承担着难以想象的重负：每年要给黄河补充一点三亿立方米的下游水，给天空补充三点六亿立方米的气候调节水，给大地补充六千万立方米的地下水。可是它自己补进来的只有四亿立方米溶进了化肥、农药、盐碱的排灌水。入不敷出，强它所难啊！它得的是综合疲劳征，是在以疲弱之躯勉强地支撑危局，为人们尽最后的一丝气力。李市长说，如不紧急施救，它将在数十年内如罗布泊那样彻底干涸。现在设想的办法是，在黄河上引一专用水开渠，于春天凌汛期水有多余时，给它补水输血。大家听得频频点头，都忘了吃饭。正说着，主人忽觉不妥，忙说："不要这样沉重，办法总会有的，饭还是要吃，歌还是要唱的。"于是，乐声又轻轻响起。歌声中又见青山、绿水、帆白、鱼肥。

受伤的乌梁素海，我们祈祷着你快一点康复，快一点找回昨日的美丽。

二〇一〇年八月

春到黄河边

因为写了一篇《江南的春天》，就有读者要求再写一篇北方的春天。我何尝不愿意呢？作为一个北方人，这个春天在我心里已经藏了几十年，只是没有遇到合适的契机。

北国之春自然比南边要来得迟一些，而且脚步也显得沉稳。回想一下，我第一次对春有较深的感受是在黄河边上，那时也就二十出头。按当时的规定，大学毕业先得到农村去劳动一年，我从北京被分配到内蒙古河套劳动。所谓河套，就是我们在中国地图上看到的黄河最北之处的那个大拐弯儿，如一个绳套。满一年后我到县里上班，被派的第一个活儿就是带领民工到黄河边防凌汛。"凌汛"这个词，也是北方早春的专有名词，我也是第一次听到。就是冰封一冬的黄河，在春的回暖中渐次苏醒，冰块开裂，漂流为凌。这流动的冰块如同一场地震或山洪暴发引起的泥石流，是半固体、半液体状，你推我搡，挤挤擦擦，滚滚而下。如果前面走得慢一点，或者还有冰冻未开，后冰叠压，瞬间就会陡立而成冰坝，类似这几年电视上说的堰塞湖。冰河泛滥，人或为鱼鳖。那时就要调飞机炸坝排险了。我就是这样受命于黄河开河之时，踏着春天的脚步走上人生舞台的。

一个小毛驴车拉着我和我的简单行李，在黄河长长的大堤上如一只小蚂蚁般缓缓地爬行。堤外是一条凝固的亮晶晶的冰河，直至天际；堤内是一条灌木林带，灰蒙蒙的，连着远处的炊烟。最后，我被丢落在堤边一个守林人的小木屋里——将要在这里等待开河，等待春天的到来。

我的任务是带着十多个民工和两个小毛驴车，每天在十公里长的河段上来回巡视、备料，特别要警惕河冰的变化。这倒让我能更仔细地体会春的萌动。南方的春天，是给人欣赏的；北方的春天，好像就是召唤人们干活的。我查了写春的古诗词，写北方的极少。大约因它不那么外露。偶有一首，也沉雄豪迈，"羌笛何须怨杨柳，春风不度玉门关"。

一般人对黄河的印象是奔腾万里，飞流直下，或是壶口瀑布那样震耳欲聋。其实她在河套这一段面阔如海，是极其安详平和、雍容大度的。闲着时，我就裹一件老羊皮袄，斜躺在河边的沙地上，静静地欣赏着她的容颜。南方的春天是从空中来的，春风、春雨、春色，像一双孩子的小手在轻轻地抚摸你；而北方的春天却是一个隐身侠，从地心深处不知不觉地潜行上来。脚下的土地在一天天地松软，渐渐有了一点潮气。靠岸边的河冰，已经悄悄地退融，让出一条灰色的曲线。宽阔的河滩上渗出一片一片的湿地，枯黄的草滩上浮现出一层茸茸的绿意。你用手扒开去看，枯叶下边已露出羞涩的草芽。风吹在脸上也不像前几天那么硬了。太阳愈发的温暖，晒得人身上痒痒的。再看远处的河面，亮晶晶的冰床上，撑开了纵横的裂缝，而中心的主河道上已有小的冰块在浮动。终于有一天早晨，当我爬上河堤时，突然发现满河都是大大小小的浮冰，浩浩荡荡，从天际涌来，犹如一支出海的舰队。阳光从云缝里射下来，银光闪闪，冰块互相撞击着，发出隆隆的响声，碎冰和着浪花炸开在黄色的水面上，开河了！一架执勤的飞机正压低高度，轻轻地掠过河面。

不知何时，河滩上跑来了一群马儿，四蹄翻腾，仰天长鸣，如徐悲鸿笔下的骏马。在农机还不普及的时代，同为耕畜，南方用水牛，中原多黄牛，而河套地区则基本用马。那马儿只要不干活时一律褪去笼头，放开缰绳，天高地阔，任其自己去吃草。尤其冬春之际，地里没有什么活，更是自由自在。眼前这群欢快的马儿，有的仰起脖子，甩动着鬃毛，有的低头去饮黄河水，更多的是悠闲地亲吻着湿软的土地，啃食着刚刚出土的草芽。当它们跑动起来时，那翻起的马蹄仿佛传递着在春风中放飞的心情，而那蹄声直接就是春的鼓点。我心里当即涌出一首小诗《河边马》——

俯饮千里水，
仰嘶万里云。
鬃红风吹火，
蹄轻翻细尘。

时间过去半个世纪，我还清楚地记着这首小诗，因为那也是我第一次感知春的味道。

　　南方这个季节该是阴雨绵绵，水波荡漾，春天是降落在水面上的。所以我怀疑"春回大地"这个词是专为北方之春而造的。你看，先是大地上的小溪解冻了，唱着欢快的歌；接着是田野里沉睡一冬的小麦返青了，绣出一道道绿色的线；黄土路发软了，车马走过，轧出一条条的印辙；土里冬眠的虫儿开始鸣唱了，河滩上的新草发芽了，显出一片新绿。大地母亲就这样分娩着生命。农历的二十四节气，基本上是先民按照黄河流域的气候来设定的。南方之春，是冬还未尽春又来，生命做着接续的轮回；而北方之春是在冰雪的覆盖下，生命做着短暂的凝固、停歇，突然来一个凤凰涅槃，死而复生。你听，"惊蛰"的一声春雷，大地压藏了一冬的郁闷之气一吐而尽，它松一松筋骨，伸展着身子，山川河流、树木花草，都在猛然苏醒。就连动物们，也欢快地谈起恋爱，开始"叫春"。人们甩去厚重的冬衣，要下地干活了。地球绕过太阳上圈，又回到了"春分"点上。

　　新的一年开始了。

二〇一九年三月

榆林红石峡记

每个城市都有自己的名片,如巴黎之大铁塔,北京之天安门,上海之黄浦江。在榆林则是红石峡。峡在城北三里。正大漠北来,浩浩乎平沙无垠,忽巨峡断野,黄绿两分,突现奇景。

峡之奇有三。一是沙中见河,曰榆溪河。此大漠之地,人常以为黄沙漫漫,旱象连连。殊不见,却有一河无首无尾涌出沙中,绿波映天,穿峡而过。二是山色全红。大漠有峡已自为奇,而石又赤红,每当晨曦晚照之时,两岸峭壁危岩,就团团火焰,接地映天。三是峡中遍布石刻。刀凿斧痕,题刻满山。这是它的迷人之处。

自秦汉以来,榆林即为北疆要塞,红石峡天险其北,镇北台雄视其上,历代征战以此为烈。古诗云:"屯兵红石峡,斩将黑山城。血染芹河赤,氛收榆塞清。"想当年,鼙鼓震天,马嘶镝鸣。将军战罢归来,弹剑呼酒,分麾下炙,长烟落日,悲笳声声,于是便削石为纸,振河为墨,铁钩银划,直抒胸臆。

个中人物，最知名者有二。

一是清代名臣左宗棠。清朝后期，列强瓜分中国，英、俄染指西北，左于同治五年（一八六六年）受命陕甘总督。其时，朝中正起"海防""塞防"之争。投降派谓塞外不毛之地，不值经营，更欲放弃新疆，任其存亡。左力排谬说，以陕督之职筹粮备饷，又领钦差之命，提兵西进，一举收复新疆，固我中华万世之基业。其用兵之时更植树千里左公柳，春风直度玉门关。他的老部下刘厚基时任榆绥总兵，就向他为红石峡求字，他即大书"榆溪胜地"。左宗棠在陕甘经营十多年，雄图大略，边情难舍，这四字虽赞榆溪，却更赞西北。观其书法，用笔沉着，结字险劲，雄踞壁上，隐隐肱股之臣，浩浩大将之风。

还有一位，是抗日名将马占山。马曾任东北边防军师长，黑河警备司令。一九三一年率部在黑龙江打响抗日第一枪，后受排挤，移驻西北，一腔热血，报国无门。他一九四一年来游此地，眼见祖国河山破碎，愤而连刻两石"还我河山"。其字笔捺沉重，深陷石中，说不尽的臣子恨、亡国痛。石峡中这类慷慨激昂文字还有许多，如"巩固山河""威震九边""力挽狂澜"等，皆横竖如枪戟，点撇响惊雷。今日读来仍虎震幽谷，风卷残云。

中国之大，何处无峡，峡多刻石，何处无字？然红石峡正当中原大漠之分、蒙汉农牧之界。北望牛羊轻牧如白云落地，南眺稻麦初熟又绿浪接天。天荒地老，沉沉一线，地分绥陕，史接秦汉。呜呼，收南北而融古今，唯此一峡。峡全长三百米，南北走向，东西两岸，一川文字，满河经典。除上述边关豪情，还有写风光之秀，如"蓬莱仙岛""塞北江南"；写地势之险，如"天限南北""雄吞边际"；有感念地方官吏的治民之德，如"功在名山""恩衍宗嗣"；有表达民族团结之情，如"中外一统""蒙汉一家"等等。各种汉、满文字题刻凡二百余幅。好一部刻在石壁上的地方志，一枚盖在大漠上的中国印。正是：

赤壁青史，
铁铸文章。
大漠之魂，
中华脊梁。

二〇〇九年九月

德胜楼记

一九四七年春三月,乍暖还寒。蒋介石突然进攻解放区,一时硝烟弥漫,乌云压城。毛泽东与中央机关被迫撤离延安。彭德怀、习仲勋率西北野战兵团与敌周旋。其时,国共双方在陕北的兵力对比是二十四万比二万五千,大约十比一,形势异常危急。毛化名李得胜,周恩来化名胡必成。得胜、必成,可知毛、周临危不乱,成竹在胸。而百姓亦坚壁清野拒顽敌,箪食壶浆迎亲人。随之,毛、周运筹于后,彭、习拼杀于前。借黄土高原之深沟大壑,连布奇阵,四战告捷。一年后,毛与中央东渡黄河,进驻西柏坡;再一年,横扫全国,定都北京城。

毛泽东转战陕北一年,在佳县先后转移居住十五个村庄,凡九十九天。在这里发布了《中国人民解放军宣言》《中国土地法大纲》等重要文献,指挥全局,扭转乾坤。一九四七年,成为中国革命走向最后胜利之拐点。而时势造英雄,毛泽东从一九二七年秋收起义,星火湘江;到一九四七年转战陕北,饮马黄河。二十年间，也从一介书生成长为一个伟大的军事家和人民领袖。毛痛感党和军队离不开人民，遂就地题词："站在最大多数劳动人民的一面"。二〇一七年，当往事越七十周年之际，佳县于黄河西岸、高山之巅，修德胜楼一座，以记其事，壮其举，思其理。

德胜者，得胜也，有德者胜。今登德胜楼，西眺昆仑，东望沧海，大河奔流，不舍昼夜。想三千年青史，改朝换代，胜败几何。七十年前蒋坐拥八百万大军，四面出击，其势何凶，瞬间灰飞烟灭。而我于一九四七年大转折之后，迅即建国，百废俱兴，前程似锦。谁料这之后又迭遭挫折，痛遇"文革"，教训殊深。是知凡事，危则如履薄冰，慎心怀德，德而必胜；胜则纵情傲物，骄离民心，德失政亡。今走复兴路，更知民为重。

德胜楼者，非记一人一事之胜，是记一党一国之理。政德在民，民心是天。德存德失，载舟覆舟。高山峣峣，顶天柱地；大河滔滔，逝者如斯；往事历历，日月可鉴。

二〇一七年八月

平凉赋

中国以平命名的地名何其多也,然甘肃之平凉别有深意。其得名于前秦苻坚在此建郡,欲平定前凉,一统天下。后岁月推移,疆域西展,平凉遂渐居华夏版图之中心。其接昆仑而下关中,控南北而带东西,崆峒一柱,顶天立地。登高一望,九万里江山来眼底,三千年文明在心头。

平凉之地,苍天厚爱。戈壁西去,独留崆峒一柱绿;漠风北来,化作泾川百里波。冬无严寒,暖风吹得游人醉;夏无酷暑,大树底下故事多。至今,宫庙相望,祭拜不息,多少美丽的传说代代相续。虽神话无凭,却佛道有据。崆峒山上,黄帝东来问大道;大云寺里,佛祖西遗舍利子。神矣,仙矣,佛矣,道矣!平凉,平凉,神仙的家乡,中华民族梦中的摇篮。

然,人非神仙,大业实难;佛道尚空,青史维艰。平凉地处咽喉,时跨千年,阅尽了多少往事云烟。周文王伐密,李世民破阵;吴氏抗金,朱元璋分藩。飞将军李广,"不教胡马度阴山";皇甫谧,在此写就中华针灸奠基篇。落日城头,丝路西去驼影重;笳声鸣咽,将军东归车马喧。长路漫漫,大漠孤烟。李商隐怀才不遇,泾州城头,"欲回天地入扁舟";林则徐禁烟获罪,含恨西行,"楼头倚剑接崆峒";左宗棠柳湖扎营,平乱抗俄,收复新疆,湖湘子弟满天山;更可贵,其为民生,开国门,中国第一次引进西洋机械开渠在平凉。谭嗣同仗剑北上,"划开天路岭为门",返身去做变法流血第一人;冯玉祥五原誓师下平凉,新军新学推新政,于城乡遍立民国"为民碑"。天道轮回,人盼和平,开国前夕,彭德怀推兵布阵在平凉,又重演苻坚、左宗棠剑指西北定边陲。马踏祁连,人唱阳关,大军西行,红旗插遍陕、甘、宁、青、新。美丽河山,破镜又圆,重描仙境在人寰。分矣,合矣,乱矣,治矣!平凉,平凉,新的起点,中华民族翻越文明的一道门槛。

  青史不绝,地覆天翻,不废寒来暑往。任朝代更迭,王母宫里香火不断,人民企盼的是四时平安;任将来相去,柳湖畔左公柳常绿如烟,百姓记住的是留给了他们多少阴凉。为政之道,平平常常,国富民安;为官之德,平平淡淡,不躁不贪;治世之方,公平公正,同热同凉。崆峒山高,泾河水长,大道无形,佛法无边。平凉,平凉!天道有常,神人合一,人心是天。天不变,道亦不变。

二〇一三年十二月

百年震柳

地震能摧毁一座山，却不能折断一株柳。

约在百年前，一九二〇年十二月十六日晚八时，在宁夏海原县发生了一场全球最大的地震，震级八点五，裂度十二，死二十八万人，震波绕地球两圈，余震三年不绝，史称环球大地震。这远远大于后来我国一九七六年的唐山大地震和二〇〇八年的汶川大地震。虽已过去近百年，海原大地震仍然是全球地震界说不完的话题。

一九二〇年的中国，民国初立，军阀混战，天下大乱，贫穷落后的西北忽又遭此奇祸。是年秋，海原的小气候突然变好。田野丰收，谷物满仓，梨子硕大无比，直把枝条压得喘不过气来。而树上秋果未落，春花又开，灿若白雪。当人们正惊异于天降祥瑞之时，进到十二月却怪象频频，群狼夜嚎，畜不归圈。平日里温顺服帖的家狗瞪眼、炸毛，疯狂地咬人。天边黑烟滚滚，地心雷声隐隐。深夜里山民静卧窑洞，望见远山红光罩顶，又闻炕下的土层深处，有如撕布裂木之声，令人毛骨悚然，惊为魔鬼作祟。

到十六日晚八时，忽风暴大起，四野尘霾，大地开始颤动，如有巨怪在土下钻行。霎时山移，地裂，河断，城陷。黄土高原经这一抖，如骨牌倒地，土块横飞。老百姓惊呼："山走了！"有整座山滑行三四公里者，最大滑坡面积竟毗连三县，达两千平方公里。山一倒就瞬间塞河成湖，形成无数的大小"海子"。地震中心原有一大盐湖，为西北重要之产盐地。湖底突然鼓起一道滚动的陡坎，如有人在湖下推行，竟滴水不漏地将整个湖面向北移了一公里，被称之为"滚湖"。至于道路断裂、田埂错位、村庄塌陷等，随处可见。所有的地标都被扭曲翻腾得面目全非。

这些被破坏的还都是些非生命之物，而受灾最重的是人，有生命的人。当地百姓一向生活苦寒，平日居住全靠依山挖洞为窑。这种既无梁木支撑，又无砖石为基的土窑，大地轻轻一抖就轰然垮塌，整村、整寨、一沟、一坡的人，瞬间就被深埋黄土之中，如意大利庞贝古城之灾。水灾之患，还可见尸；火灾之患，还可寻骨；而地震之灾人影全无。所谓"死者伏尸于黄土之中，无骨可葬；生者蛉居于露天之下，无家可归"。震中的海原县有人口十二三万，粗略统计就死了七万余人。有一户人家正在为过世老人做周年祭，请来亲朋三十多人，全数被捂在土中。震后常有孑遗者指某处说："这里埋我全家。"整个震区在多少年后才大略统计得死亡人数约二十八万人。至今，这仍是全球史上死亡人数最多之天灾。当时的甘肃省省长给大总统徐世昌的十万火急电报说:"人心惶恐,几如世界末日将至,所遗灾民,无衣、无食、无住,游离惨状目不忍见,耳不忍闻。"但北洋政府也只是以大总统的名义,捐一万大洋了事。

海原大地震实是因地球的印度洋板块与太平洋板块相互挤压所致,与近年来的汶川大地震同出一因。在这条地震带上有两个巨人一直在扛着膀子,艰难地较劲。这种相持,大约千年左右就会打破一次平衡,两身相错,大地轻轻一抖。有案可查,一九八二年国家地震局曾在当地开深槽验土,探得六千年来,在海原地区这两个板块就有六次因较劲失手而引发地震。第一、二次大约在五千年前,第三次在两千六百年前,第四次在一千九百多年前,第五次在一千年前,第六次即海原大地震,在一百年前。不要小看两个板块轻轻一擦,世界会因此几死几活,如同末日降临。

远的没有记载,就说百年前的这一次,大地瞬间裂开一条两百三十七公里长的大缝,横贯甘肃、陕西、宁夏。裂缝如闪电过野,利刃破竹,见山裂山,见水断水,将城池村庄一劈两半,庄禾田畴撕为碎片。当这条闪电穿过海原县的一条山谷时,谷中正有一片旺盛的柳树,它照样噼噼啪啪,一路撕了下去。但是没有想到,这些柔枝弱柳,虽被摇得东倒西歪,断枝拔根,却没有气绝身死。狂震之后,有一棵虽被撕为两半,但又挺起身子,顽强地活了下来,至今仍屹立在空谷之中。

为了寻找这棵树,我从北京飞到银川,又坐汽车颠簸了四个多小时,终于在一个深山沟里找到了它。这条沟名哨马营,一听这个名字,就知道是古代的屯兵之所。宋夏时,这里是两国的边界。明代时，因沟里有水，士兵在这里饮马，又栽了许多柳树供拴马藏兵。后几经更迭，这里成了一个小山庄，住着五户人家，过着被外界遗忘的桃源生活。直到一九八一年由中国、美国、加拿大、法国组成的联合考察队，沿着两百三十七公里长的地震裂缝徒步考察时才发现了它。我们从县城出发，车子在大山的肚子里翻上翻下，左拐右折，沿途几乎没有看到人家，偶有几座扶贫搬迁后留下的废院子，散落在梁峁沟坎之中。坡上大多是退耕后的林地，树苗很小还遮不住黄土。可想百年之前，这里更是怎样的荒凉寂寞。正当我心头一片落寞之时，身下的沟里闪出一团翠绿，车头一拐，驶入谷底。行到路尽之处，眼前的一棵大柳树挡住了去路，原来这条路就是专为它修的，这就是那棵有名的震柳。

它身高膀阔，蹲在那里足有一座小楼那么大。枝叶茂盛繁密，纵横交错，遮住了半道山沟。难怪我们在山顶上时就看见这里有一团绿云。沟的尽头依稀还有几棵古柳，脚下有一股清泉静静地淌过，湿润着这道沟。几头黄牛正低头吃草，看见来人，好奇地摆动尾巴，瞪大眼睛。这真是一个世外桃源。欲问百年事，深山访古柳。但我不知道这株柳，该称它是一棵还是两棵。它同根，同干，同样的树纹，头上还枝叶连理。但地震已经将它从下一撕为二，现两半个树中间可穿行一人。而每一半，也都有合抱之粗了。人老看脸，树老看皮。经过百年岁月的煎熬，这树皮已如老人的皮肤，粗糙，多皱，青筋暴突。纹路之宽可容进一指，东奔西突，似去又回，一如黄土高原上的千沟万壑。这棵树已经有五百年，就是说地震之时它已是四百岁的高龄,而大难后至今又过了一百岁。

　　看过树皮,再看树干的开裂部分,真让你心惊肉跳。平常,一根木头的断开是用锯子来锯,无论横、竖、斜,从哪个方向切入,那剖面上的年轮图案都幻化无穷,美不胜收。以至于木纹装饰成了我们生活中不可或缺的风景,木纹之美也成了生命之美的象征。但是现在,面对树心我找不到一丝的年轮。如同五马分尸,地裂闪过,先是将树的老根嘎嘎嘣嘣地扯断,又从下往上扭裂、撕剥树皮,然后再将树心的木质部分撕肝裂肺,横扯竖揪,惨不忍睹。正如鲁迅所说,悲剧就是将人生有价值的东西撕裂给人看。你看,这一棵曾在明代拴过战马,清代为商旅送行,民国时相伴农夫耕作的德高望重的古柳,瞬间就被撕得纷纷扬扬,枝断叶残。天灾无情,世界末日。

　　但是这棵树并没有死。地震揪断了它的根,却拔不尽它的须;撕裂了它的躯干,却扯不断它的连理枝。灾难过后,它又慢慢地挺了过来。百年来,在这人迹罕至的桃源深处,阳光暖暖地抚慰着它的身子,细雨轻轻地冲洗着它的伤口,它自身分泌着汁液,小心地自疗自养,生骨长肉。它就是那二十八万亡灵的转世再生。百年的疤痕,早已演化成许多起伏不平的条、块、洞、沟、瘤,像一块凝固的岩石,为我们定格了一个难忘的岁月。我稍一闭目,还能听到雷鸣电闪,山摇地动。

　　柳树这个树种很怪。论性格,它是偏于柔弱一面的,枝条柔韧,婀娜多姿,多生水边。所以柳树常被人做了多情的象征。唐人有折柳相送的习俗,取其情如柳丝,依依不舍。贺知章把柳比作窈窕的美人:"碧玉妆成一树高,万条垂下绿丝绦。不知细叶谁裁出，二月春风似剪刀。"但在关键时刻，这个弱女子却能以柔克刚，表现出特别的顽强。西北的气候寒冷干旱，是足够恶劣的了，它却能长年扎根于此。在北国的黄土地上，柳树是春天发芽最早，秋天落叶最迟的树，它尽力给大地最多的绿色。当年左宗棠进军西北，别的树不要，却单选中这弱柳与大军同行。"新栽杨柳三千里，引得春风度玉关。"柳树有一种特殊的本领，遇土即根，有水就长，干旱时就休息，苦熬着等待天雨，但绝不会轻生去死。它的根系特别发达，能在地下给自己铺造一个庞大的供水系统，远远地延伸开去，捕捉哪怕一丝丝的水汽。它木性软，常用来做案板，刀剁而不裂；枝性柔，立于行道旁，风吹而不折。它有极强的适应性，适于各种水土、气候，也能适应突如其来的灾难。美哉大柳，在人如女，至坚至柔；伟哉大柳，在地如水，无处不有。唯我大柳，大难不死，百代千秋。

我想，那海原大地震，震波绕地球两圈，移山填河，夺去二十八万人的生命，为什么单单留下这一株裂而不死的古柳？肯定是要对后人说点什么。地震最常见的遗址是倒塌的房屋、错裂的山体和沉默的堰塞湖。但那都是些无生命之物，只能苦着脸向人们展示过去的灾难。而这株灾后之柳却不同，它是一个活着的生命，以过来人的身份向我们宣示，战胜灾难唯有坚守。一百年了，它站在这里，敞开胸怀袒露着伤痕；又举起双臂，摇动青枝。它在说，活着多么美好，这个世界上没有什么能够扼杀生命，地球还照样转动。

我出了沟口翻上山头，再回望那株百年震柳，已看不清它那被裂为两半的树身，只见一团浓浓的绿云。一百年前，在这里地震撕裂了一棵树；一百年后，这棵树化作一团绿色的云，缝合了地缝，抚平了地球的伤口。我知道县里已经建了地震博物馆，有文字，有图片，但是最生动的，莫如就在这里建一座"震柳人文森林公园"，再种它一沟的新柳。震柳不倒，精神绵长，塞上江南，绿风浩荡。这不只是一幅风景的画图，更是一座活着的博物馆，一本历史教科书。

二〇一六年七月

山中夜话

宁夏南部山区，地广人稀。入夜后的山村格外寂静。

有友人讲一事。那年他在当地下乡，晚饭后无事，数人在村头老槐树下听一老者说古。众人正听得入迷，老者忽戛然不言，徐而曰："有动静。"众人侧耳，不闻一声。老者曰："再听。"座中有人俯耳于地，果然有声。时断时续，橐橐而至。满座皆惊，若寒蝉之噤。山高月小，唯闻山风过草之声，俄顷，一人说，有两人走来；又一人说是一大一小；又一人说，是一人与一狗。正议论间，天际一线，月照山脊，有绰绰之影，又续闻踢踏之声。渐近，是一个人，两手各牵一只猴。老者喜曰："是玩猴人来了！"忙上前问候。知夜行数十里，还未吃饭，返身回屋，取来一饼，说："先压压饥。"玩猴人接过，一分为三，先予两猴各一块，猴饥不择食。众即雀跃，围着猴与人，兴奋有加。

山中清远，无以为乐，看玩猴，亦是难得一乐事。

二〇〇〇年八月

母亲石

那一年我到青海塔尔寺去,被一块普通的石头深深打动。

这石其身不高,约半米;其形不奇,略瘦长,平整光滑。但它却是一块真正的文化石。当年宗喀巴就是从这块石头旁出发,进藏学佛,他的母亲每天到山下背水时就在这块石旁休息,西望拉萨,盼儿想儿。泪水滴于石,汗水抹于石,背靠石头小憩时,体温亦传于石。后来,宗喀巴创立新教派成功,塔尔寺成了佛教圣地,这块望儿石就被请到庙门口。这实在是一块圣母石,现在每当虔诚的信徒们来朝拜时,都要以他们特有的习惯来表达对这块石头的崇拜。有的在其上抹一层酥油,有的撒一把糌粑,有的放几丝红线,有的放一枚银针。时间一长,这石的原形早已难认,完全被人重新塑出了一个新貌,真正成了一块母亲石。就是毕加索、米开朗琪罗再世,也创作不出这样的杰作啊!

我在石旁驻足良久,细读着那一层层的,在半透明的酥油间游走着的红线和闪亮的银针。红线蜿蜒曲折如山间细流，飘忽来去又如晚照中的彩云。而散落着的细针，发出淡淡的青光，刺着游子们的心微微发痛。我突然想起自己的母亲。那年我奉调进京，走前正在家里收拾文件书籍，忽然听到楼下有"笃笃"的竹杖声。我急忙推开门，老母亲出现在楼梯口，背后窗户的逆光勾映出她满头的白发和微胖的身影。母亲的家离我住的地方有几里地，街上车水马龙，我真不知道她是怎样拄着杖走过来的。我赶紧去扶她，她看着我，大约有几秒钟，然后说："你能不能不走?"声音有点颤抖。我的鼻子一下酸了。父亲文化程度不低，母亲却基本上是文盲，她这一辈子是典型的贤妻良母。小时每天放学，一进门母亲问的第一句话就是："肚子饿了吧?"菜已炒好，炉子上的水已开过两遍。大学毕业后我先在外地工作，后调回来没有房子，就住在父母家里，一下班，母亲还是那句话："饿了吧?我马上去下面。"

　　我又想起我第一次离开母亲的时候。那年我已是十七岁的小伙子，高中毕业，考上北京的学校。晚上父亲和哥哥送我去火车站。我们出门后，母亲一人对着空落落的房间，不知道该做什么，就打来一盆水准备洗脚。但是直到几个小时后父亲送我回来，她还是两眼看着窗户，两只脚搁在盆边上没有沾一点水，这是我寒假回家时父亲给我讲的。现在，她年近八十，却要离别自己最小的儿子。我上前扶着母亲，一瞬间觉得我是这世上一个最不孝顺的儿子。我还想起一个朋友讲起他的故事。他回老家出差，在城里办完事就回村里看了一下老母亲，说好明天走前就不见了。然而，当他第二天到机场时，远远地就看见母亲扶着拐杖坐在候机厅大门口。可怜天下父母心，儿女对他们的报答，哪及他们对儿女关怀的万分之一。

　　我知道在东南沿海有很多望夫石，而在荒凉的西北却有这样一块温情的望儿石，一块伟大的圣母石。它是一面镜子，照见了所有慈母的爱，也照出了所有儿女们的惭愧。

二〇〇九年十二月

追寻那遥远的美丽

　　快二十年了,总有一个强烈的向往,到青海去一趟。这不只是因为小学地理上就学到的柴达木、青海湖的神秘,也不只是因为近年来西北开发的热闹。另有一个埋藏于心底的秘密,是因为一首歌,那首《在那遥远的地方》,还有它的作者,像一个幽灵似的王洛宾。

　　大概是上天有意折磨,我几乎走遍了神州的每一个省,每一处名山大川,就是青海远不可及,机不可得。直到去年,才有缘去朝圣。当汽车翻过日月山口的一刹那间,我像一条终于跳过龙门的鲤鱼。山下是一马平川,绿草如茵,起起伏伏地一直漫到天边,我不由想起了"天似穹庐,笼盖四野"的古老民歌。远处有一汪明亮的水,那就是青海湖,是配来映照这蓝天白云的镜子。

　　这里的草不像新疆的草场那样高大茂密,也不像内蒙古的草场那样在风沙中透出顽强,它细密而柔软,蜷伏在地上,如毯如毡，将大地包裹得密密实实，不见黄沙不见土，除了水就是浓浓的绿。而这绿底子上又不时钻出一束束金色的柴胡和白茸茸的香茅草，远望金银相错，如繁星在空，这真是金银一般的草场。当年二十六岁的王洛宾云游到这里，只因那个十七岁的卓玛姑娘用鞭子轻轻地抽了他一下，含羞拍马远去，他就痴望着天边那一团火苗似的红裙，脑际闪过一个美丽的旋律：《在那遥远的地方》。

卓玛确有其人，是一个牧主的女儿，当时王洛宾在草原上采风，无意间捕捉到这个美丽的倩影，这倩影绕心三日，挥之不去，终于幻化为一首美丽的歌，就永远定格在世界文化史上。试想，王洛宾生活在大都市北平，走过全国许多地方，天下何处无美人，何独于此生灵感？是这绿油油的草，草地上的金花银花、草香花香，还有这湖水、这牧歌、这山风、这牛羊，万种风物万般情，全在美人一鞭中。卓玛一辈子也没有想到她那轻轻的一鞭会抽出一首世界名曲。

当后人听着这首歌时，总想为它注释一个具体的爱情故事，殊不知这里不但没有具体的爱，就是在作者的实际生活中也没有找到过歌唱中的甜蜜。王洛宾好像生来就负有一种使命，总是去追寻美丽——美丽的旋律、美丽的女人，还有美丽的情感。王洛宾是"美令智昏""乐令智昏"，他认为生活甚至生命就是美丽的音乐。他一入社会就直取美的内核，而不知这核外还有许多坚硬的甚至丑陋的外壳。所以他一生屡屡受挫，直到一九八二年六十九岁时，才正式平反，恢复正常人的生活。一九九二年七十九岁时，中央电视台首次向社会介绍他的作品。这时，全社会才知道那许多传唱了半个世纪的名曲原来都是出自这个白胡子老头。内地许多媒体，还有我国香港、新加坡纷纷为他举办各种晚会。我曾看过一次盛大的演出，在名曲《掀起你的盖头来》的伴奏下，两位漂亮的姑娘牵着一位遮着红盖头的"新娘"慢慢踱到舞台中央，她们突然揭去"新娘"的盖头，水银灯下站着一个老人，精神矍铄，满面红光。他那把特别醒目的胡须银白如雪，而手里捏着的盖头殷红似血。全场响起有节奏的掌声，人们唱着他的歌，许多观众的眼眶里已噙满泪花。这时，离他的生命终点只剩下两三年的时间。

王洛宾的生命是以歌为主线的，信仰、工作，甚至生活中的衣食住行都成了歌的附属，就像一棵树干上的柔枝绿叶。一九三七年，他到西北，这本是一次采风，但他被那里的民歌所迷，就留下不走了。他在马步芳和共产党的军队里都服过役，为马步芳写过歌，也为王震将军的词配过曲。他只知音乐而不知其余。甚至他已成了一名解放军的军人，却忽发奇想要回北京，于是不辞而别。正当他在北京的课堂上兴奋地教学生唱歌时，西北来人将这个开小差的逃兵捉拿归案。我们现在读这段史料真叫人哭笑不得，甚至在劳改服刑时他宁可用维持生命的一个小窝头，去换取人家唱一曲民间小调。他也曾灰心过，有一次他仰望厚墙上的铁窗，抛上一根绳，挽成一个黑洞似的套圈。就要踏向另一个世界时，一声悠扬的牧歌，轻轻地飘过铁窗，他分明看到了铁窗外的白云红日，嗅到了原野上湿润的草香。他终于没有舍得钻进那个死亡隧道，三两下扯掉了死神递过来的接引之绳。音乐，民间音乐才真正是他生命的守护神。

我们至今不知道这是哪一位牧人的哪一首无名的歌,这也是一根"卓玛的鞭子",又一回轻轻地抽在了王洛宾的心上。这一鞭,为我们抽回来一只会唱歌的老山羊,一个伟大的音乐家。

为了寻找那种遥远的感觉,我们进入金银滩后选了一块最典型的草场,大家席地而坐,在初秋的艳阳中享受这草与花的温软。不知为什么,一坐到这草毯上,就人人想唱歌。我说,只许唱民歌,要原汁原味的。当地的同志说,那就只有唱情歌。青海的"花儿"简直就是一座民歌库,分许多"令"(曲牌),但内容几乎清一色歌唱爱情。一人当即唱道:

尕妹送哥石头坡,
石头坡上石头多。
不小心踒了妹的脚,
这么大的冤枉对谁说。

这是少女心中的甜蜜。又一人唱道:

黄河沿上牛吃水,
牛影子倒在水里。
我端起饭碗想起你,
面条捞不到嘴里。

这是阿哥对尕妹急不可耐的思念。又一人唱道:

菜花儿黄了,
风吹到山那边去了。
这两天把你想死了,
不知道你到哪儿去了。

黄河里的水干了,
河里的鱼娃见了。
不见的阿哥又见了,
心里的疙瘩又散了。

　　一个多情少女正为爱情所折磨,忽而愁云满面,忽而眉开眼笑。

　　秦时明月汉时关。卓玛的草原、卓玛的牛羊、卓玛的歌声就在我的眼前。现在我才明白,我像王洛宾一样鬼使神差般来到这里,是因为这遥远的地方仍然保存着清纯和美丽。六十四年前,王洛宾发现了它,六十四年后它仍然这样保存完好,像一块闪着荧光,不停放射着能量的放射物质;像一座巍然耸立,为大地输送着溶溶乳汁的雪山。青海湖边向来是传说中仙乐渺渺,西王母仙居的地方,现在看来,这传说其实是人们对这块圣洁大地的歌颂和留恋,就像西方人心中的香格里拉。

　　我耳听笔录,尽情地享受着这一份纯真。

　　我们盘坐草地,手持鲜花,遥对湖山,放浪形骸,击节高唱,不觉红日压山。当我记了一本子,灌了满脑子,准备踏上归途时,突然想到一个问题,怎么这么多歌声里倾诉的全是一种急切的盼望、憧憬，甚至是望而不得的忧伤，为什么就没有一首来歌唱爱情结果之后的甜蜜呢？

晚上青海湖边淅淅沥沥下起当年的第一场秋雨，我独卧旅舍，静对孤灯，仔细地翻阅着有关王洛宾的资料，咀嚼着他甜蜜的歌和他那并不甜蜜的爱。

闯入王洛宾一生的有四个女人。第一位是他最初的恋人罗珊，两人都是洋学生。一开始，他们从北平出来，卿卿我我，甜甜蜜蜜，但一经风雨就时聚时散，若即若离，最终没能结合。王洛宾承认她很美，但又感到抓不住，或者不愿抓牢。他成家后，剪掉了贴在日记本上的罗珊的玉照，但随即又写上"缺难补"三个字，可想而知，他心中是怎样的剪不断理还乱。直到一九四六年王洛宾已是妻儿满堂，还为罗珊写了一首歌：

你是我黑夜的太阳，
永远看不到你的光亮。
偶尔有些微光呃，
也是我自己的想象。

你是我梦中的海棠，
永远吻不到我的唇上。
偶尔有些微香呃，
也是我自己的想象。

你是我自杀的刺刀，

永远插不进我的胸膛，
偶尔有些微疼呃，
也是我自己的想象。

你是我灵魂的翅膀，
永远飘不到天上。
偶尔有些微风呃，
也是我自己的想象。

意大利名曲《我的太阳》中的那位女郎是一个灿烂的太阳，而王洛宾的这个太阳却朦朦胧胧，只是偶尔有些微光，有时又变成了梦中的海棠。留在心中的只是飘忽不定、彩色肥皂泡似的想象。

第二位便是那个轻轻抽了他一鞭的卓玛，他们相处只有三天，王洛宾就为她写了那首著名的歌。回眸一笑甜彻心，瞬间美好成永远。卓玛不但是他的太阳，还是他的月亮。她那粉红的笑脸好像红太阳，她那美丽动人的眼睛好像晚上明媚的月亮。为了那"一鞭情"，他甚至愿意变作一只小羊，永远跟在她的身旁。但是也只跟了三天，此情此景就成了遥远的回忆。

第三位是他的正式妻子，比他小十六岁的黄静，结婚后六年就不幸去世。

第四位是他晚年出名后，前来寻找他的台湾女作家三毛。三毛的性格是有点执着和癫狂的，他们相处了一段后三毛突然离去，当时在社会上曾引起一阵轰动，一阵猜测。我们现在看到的是王洛宾在三毛去世之后为她写的一首歌《等待》：

> 你曾在橄榄树下等待再等待，
> 我在遥远的地方徘徊再徘徊。
> 人生本是一场迷藏的梦，
> 且莫对我责怪，
> 为把遗憾赎回来，
> 我也去等待，
> 每当月圆时，
> 我对着那橄榄树独自膜拜。
> 你永远不再来，我永远在等待，
> 等待等待，等待等待，
> 越等待，我心中越爱。

四个人中，只有黄静与他实实在在地结合，但他却偏偏为那三个遥远的人儿各写了一首动情的歌。

第二天我们驰车续行。雨还在下，飘飘洒洒，若有若无，草地被洗得油光嫩绿。我透过车窗看远处的草原，全然是一个童话世界。雨雾中不时闪出一条条金色的飘带，那是黄花盛开的油菜；一方方红色的积木，那是牧民的新居；还有许多白色的大蘑菇，那是毡房。这一切都被洇浸得如水彩，如倒影，如童年记忆中的炊烟，如黄昏古寺里的钟声。我一次次地抬头远望，一次次地捕捉那似有似无的海市蜃楼。脑际又隐隐闪过五彩的鲜花，美妙的歌声，还有卓玛的羊群。

我突然想到，这自然世界和人的内心世界在审美上是多么相通。你看遥远的东西是美丽的，因为长距离为人们留下了想象的空间，如悠悠的远山，如沉沉的夜空；朦胧的东西是美丽的，因为它舍去了事物粗糙的外形而抽象出一个美的轮廓，如月光下的凤尾竹，如灯影中的美人；短暂的东西是美丽的，因为它只截取最美的一瞬，如盛开的鲜花，如偶然的邂逅；逝去的东西也是美丽的，因为它留给我们永不能再的惆怅，也就有了永远的回味，如童年的欢乐，如初恋的心跳，如破灭的理想。王洛宾真不愧为音乐大师，对于天地间和人心深处的美丽，"提笔撮其神，一曲皆留住"。他偶至一个遥远的地方，轻轻哼出一首歌，一下子就幻化成一个叫我们永远无法逃脱的光环，美似穹庐，直到永远。

二〇〇二年三月

那青海湖边的蘑菇香

小时长在农村，食不为味只求饱。后来在城市生活，又看得书报，才知道有"美食家"这个词。而很长时间，我一直怀疑这个词不能成立。我们常说科学家、作家、画家、音乐家等，那是有两个含义：其一，它首先是一份职业、一个专业，以此为工作目标，孜孜以求；其二，这工作必有能看得见的结果，还可转化为社会财富，献之他人，为世人所共享。而美食家呢？难道一个人一生以"吃"为专业？而他的吃又与别人何干？所以我对"美食"是从不关心，绝不留意的。

十年前，我到青海采访。青海地域辽阔，出门必坐车，一走一天。那里又是民歌"花儿"的故乡，天高路远，车上无事就唱歌。省委宣传部的曹部长是位女同志，和我们记者站的马站长一递一首地唱，独唱，对唱，为我倾囊展示他们的"花儿"。这也就是西北人才有的豪爽，我走遍全国各地未见哪个省委的部长肯这样给客人唱歌的，当然这也是一种自我享受。但这种情况在号称文化发达的南方无论如何是碰不到的。一天我们唱得兴起，曹部长就建议我们到金银滩去，到那个曾经产生了名曲《在那遥远的地方》的地方去采访，她在那里工作过，人熟。到达的当天下午我们就去草滩上采风，骑马，在草地上打滚，看蓝天白云，听"花儿"和藏族民歌。曹部长的"继任者"桑书记是一位藏族同志，土生土长，是比老曹还"原生态"的干部。

晚上下了一场小雨。第二天早饭后桑书记领我们去牧民家串门，遍野湿漉漉的，草地更绿，像一块刚洗过的大绒毯，而红的、白的、黄的各色小花星布其上，真是一个名副其实的金银滩。和昨天不一样，草丛里又钻出了许多雪白的蘑菇，亭亭玉立，昂昂其首，小的如乒乓球，大的如小馒头，只要你一低头，随意俯拾，要多少有多少。这些小东西捧在手里绵软湿滑，我们生怕擦破它的嫩肤，或碰断它的玉茎。我这时的心情，就是人们常说的"天上掉下烙饼"，喜不自禁。连着走了几户人家，看他们怎样自制黄油，用小木碗吃糌粑，喝马奶酒，拉家常。老桑从小在这里长大，草场上这些牧马、放羊的汉子，不少就是他光屁股时候的伙伴。蒙蒙细雨中，他不停地用藏语与他们热情地问候，开着玩笑，又一边介绍着我们这些客人。印象最深的是，每当我们踩着一条黄泥小路走向一户人家时，一不小心就会踢飞几个蘑菇，而每户人家的门口都已矗立着几个半人高的口袋，里面全是新采的蘑菇。

老桑掀开门帘，走进一户人家。青海湖畔高寒，虽是八月天气，可一到雨天家里还是要生火的。屋里有一盘土炕，地上还有一个铁火炉。这炉子也怪，炉面特别的大，像一个吃饭的方桌，油光黑亮，这是为了增加散热和方便就餐时热饭、温酒。雨天围炉话家常，好一种久违了的温馨。

我被让到炕头上，刚要掏采访本，老桑说："别急，咱们今天上午不工作，只说吃。娃子！到门口抓几个菌子来。"一个八九岁的红脸娃就蹿出门外，在草丛里三下两下弯腰采了十几个雪白的蘑菇，用衣襟兜着，并水珠儿一起抖落在炕沿上。我突然想起古人说的十步之内必有芳草，这娃迈出门外也不过五六步，就得此美物。而城里人吃的鲜菇也至少得取自百里之外吧，至于架子上的干货更不知是几年以上的枯物了。老桑挽了挽袖子说："看我的，拿黄油来。"他用那双粗大的黑手，捏起一个小白菇，两个指头灵巧地一捻，去掉菇把，翻转菇帽，仰面朝上；又轻撮三指，向菇帽里撒进些黄油和盐，那动作倒像在包三鲜馄饨；然后将蘑菇仰放在热炉面上，齐齐地排成一行，像年夜包的饺子。

不一会儿，炉子上发出咝咝的响声，黄油无声地融进菇瓢的皱褶里，那鲜嫩的菇头就由雪白而嫩黄，渐渐缩成一个绒球状，不知不觉间，莫名的香味已经弥漫左右而充盈整个屋子了，真有宋词里"暗香浮动月黄昏"的意境。也不要什么筷子、刀叉，我们每个人伸出两指，捏着一个蘑菇球放入口中。初吃如嫩肉，却绝无肉的腻味；细嚼有乳香，又比奶味更悠长。像是豆芽、菠菜那一类的清香里又掺进了一丝烤肉的味道，或者像油画高手在幽冷的底色上又点了一笔暖色，提出了一点亮光。总之是从未遇见过的美味。

从草原返回的路上，我还在兴奋地说着那铁炉烤香菇，司机小伙子却回头插了一句嘴："这还不算最好的，我们小时候在野地里，三块砖头支一个石板，下面烧牛粪，上面烤蘑菇，比这个味道还要香。"大家轰地一阵笑，又引发了许多议论，纷纷回忆一生中遇到的最好的美味。但结论是，再也吃不到从前那样的好东西了。这时，老马想起了一首"花儿"，便唱道："上去高山（着）还有个山，平川里一朵好牡丹。下了高山（着）折牡丹，心乏（着）折了个马莲莲。"曹部长就对了一首："山丹丹花开刺刺儿长，马莲花开到（个）路上。我这里牵来你那里想，热身子挨不到（个）一打上。"啊，最好的美味只能是梦中的情人。

回到北京后，我十分得意地向人推荐这种蘑菇新吃法。超市里有鲜菇，家里有烤箱，做起来很方便，凡试了的，都说极好。但是我心里明白，无论如何也比不上草原上、雨天里、热炕边、铁炉上那个土黄油烤鲜菇的味道，更不用说那道"牛粪石板菇"了。人的一生不能两次蹚过同一条河流，世界上最好的东西只能是记忆中的一瞬。物理学上曾有一个著名的"测不准原理"，两个大物理学家玻尔和爱因斯坦为此争论不休。爱氏说能测准，玻氏反驳说不可能，比如你用温度计去量海水，你读到的已不是海水的温度。我又想起胡适的话，他说真正的文学史要到民间去找，到口头上流传的作品中去找，一上书就变味了。确实，时下文学又有了"手机段子"这个新品种，它常让你捧腹大笑或拍案叫绝，但却永远上不了书，你要体验那个味道，只有打开手机。

看来，城里的美食家是永远也享受不到"牛粪石板菇"这道美味了。

二〇一二年六月

西北三绿

古曲有《阳关三叠》,如怨如诉,叙西北之荒凉,写旅人之悲怆。今天,当我也作西北之行时,却感到别有一番生机,即兴所记,而成《西北三绿》。

刘家峡绿波

当我乘交通艇,一进入黄河上游的刘家峡水库时,便立即倾倒于她的绿了。这里的景色和我此时的心情,是在西北各处和黄河中下游各段从来没有过的。

一条大坝拦腰一截,黄河便膨胀了,宽了,深了,而且性格也变得沉静了。那本是夹泥带沙、色灰且黄的河水,那本是山间的湍流,或在垣上漫溢的河床,这时却突然变成了一汪百多平方公里的碧波。我立即想起朱自清写梅雨潭的那篇《绿》来。他说:"那醉人的绿呀,仿佛一张极大极大的荷叶铺着……"我真没有想到，这以"黄"而闻名于世的大河，也会变成一张绿荷叶的。水面是极广的。向前，看不到她的源头；向后，望不尽她的去处。我挺身船头，真不知该做怎样的遐想。朱自清说，西湖的绿波太明，秦淮河的绿波太暗，梅雨潭的特点是她的鲜润。而这刘家峡呢？我说她绿得深沉，绿得固执，沉沉的，看不到河底，而且几尺深以下就都看不进去，反正下面都是绿。我们平时看惯了纸上、墙上的绿色，那是薄薄的一层，只有一笔或一刷的功底。我们看惯了树木的绿色，那也只不过是一叶、一团或一片的绿意。而这是深深的一库啊，这偌多的绿，可供多少笔来蘸抹呢？她飞化开来，不知会把世界打扮成什么样子。大湖是极静的，整个水面只有些微的波，像一面正在晃动的镜子，又像一块正在抖动的绿绸，没有浪的花、涛的声。船头上那白色的浪点刚被激起，便又倏地落入水中，融进绿波；船尾那条深深的水沟刚被犁开，随即又悄然拢合，平滑无痕。好固执的绿啊。我疑这水确是与别处不同的，好像更稠些，分子结构更紧些，要不怎会有这样的性格？

　　这个大湖是长的，约有六十五公里，但却不算宽，一般处只有二三公里吧，总还不脱河的原貌。一路走着，我俯身在船舷，平视着这如镜的湖面，看着湖中山的倒影，一种美的享受涌上心头。山是拔水而出的，更确切点，是水漫到半山的。因此，那些石山，像柱，像笋，像屏，插列两岸，有的地方陡立的石壁，则是竖在水中的一堵高墙。因为水的深绿，那倒影也不像在别处那样单薄与轻飘，而是一溜庄重的轮廓，使人想起夕阳中的古城。在这样的地方，这样的时刻，即使游人也不敢像在一般风景区那样轻慢,那样嬉戏,那样喊叫。人们偏在舷边,伫望两岸或凝视湖面。这新奇的绿景,最易惹人在享受之外思考。我知道,这水面的高度竟是海拔一千七百多米。李白诗云"黄河之水天上来",那么,这个库就是一个人们在半空中接住天水而造的湖,也就是说,我们现时正坐看半空水上游呢。我国幅员辽阔,人工的库、湖何止万千,刘家峡水库无论从高度,从规模,都是首屈一指的。当年郭沫若游此曾赋词叹道:"成绩辉煌,叹人力,真正伟大。回忆处,新安鸭绿,都成次亚。"那黄河本是在西北高原上横行惯了的,她从天上飞来,一下子被锁在这里。她只有等待,在等待中渐渐驯顺。她沉落了身上的泥沙,积蓄着力量,磨炼着性格,增加着修养,而贮就了这汪沉沉的绿。她是河,但是被人们锁起来的河;她是海,但是人工的海。她再没有河流那样的轻俏,也没有大海那样的放荡。她已是人化了的水泊,满贮着人的意志,寄托着人们改造自然的理想。她已不是一般的山洼绿水,而是一池生命的乳浆,所以才这样固执,这样深沉,才有这样的性格。

　　船在库内航行,不时见两边的山坡上探下一根根的粗管子,像巨龙吸水,头一直埋在湖里,那是正修着的扬水工程。不久,这绿水将越过高山,去灌溉戈壁,去滋润沙漠。当我弃舟登岸,立身坝顶时,库外却是另一种景象。一排有九层楼高的电厂厂房,倚着大坝横骑在水头上。那本是静如处女的绿水,从这厂房里出来后,瞬即成为一股急喷狂涌的雪浪,冲着、撞着向山下奔去,她被解放了,她完成任务了,她刚才在那厂房里已将自己内含的力转化为电。大坝外,铁塔上的高压线正向山那边穿去,像许多一齐射出的箭。它们带着热能,东至关中平原,西到青海高原,北至腾格里沙漠,南到陇南。这里的工作人员说,他们每年要发五十六亿度电,只往天水方向就要送去十六亿度,相当于节煤一百二十万吨呢。我环视四周,发现大坝两岸山上的新树已经吐出一层茸茸的绿意,无数喷水龙头正在左右旋转着将水雾洒向它们。是水发出了电,电又提起水来滋润这些绿色生命。这沉沉的绿水啊,在半空中做着长久的聚积,原来是为了孕育这一瞬的转化,是为了获得这爆发的力。现在刘家峡的上游又要建十一个这样大的水库了,将要再出现十一层绿色的阶梯。黄河啊,你快绿了,你将会"碧波绿水从天来,奔流到海不复回"。刘家峡啊,你这一湖绿色会染绿西北,染绿全国的。我默默地祝贺着你。

天池绿雪

雪,自然不会是绿的,但是它却能幻化出无穷的绿。我一到天池,便得了这个诗意。

在新疆广袤的大地上旅行,随处可以看见终年积雪的天山高峰。到天池去,便向着那个白色的极顶。车子溯沟而上,未见池,先发现池中流下来的水,成一条河。因山极高,又峰回沟转,这河早成了一条缠绵无绝的白练,纷纷扬扬,时而垂下绝壁,时而绕过绿树。山是石山,沟里无半点泥沙,水落下来,摔在石板上,跌得粉碎;河床又不平,水流过七棱八角的尖石,激起团团的沫。所以河里常是一团白雾、千堆白雪。我知道这水从雪山上来，先在上面贮成一池绿水，又飞流而下的。雪水到底是雪水，她有自己的性格、姿态和魅力。当她一飞动起来时，便要还原成雪的原貌。她在回忆自己的童年，她在留恋自己的本性。她本来是这样白，这样纯，这样柔，这样飘飘扬扬的。她那飞着的沫，向上溅着，射着，飘着，好像当初从天上下来时舒舒慢慢的样子。她急慌慌地将自己撞碎，成星星点点，成烟，成雾，是为了再乘风飘去。我还未到天池边就想，这就是天池里的水吗？

等到上了山，天池是在群山环抱之中。一汪绿水，却是一种冷绿，绿得发青，发蓝。雪峰倒映在其中，更增加了她的静寒。水面不似一般湖水那样柔和，而别含着一种细密、坚实的美感，我疑她会随时变成一面大冰的。一只游艇从水面划过，也没有翻起多少浪波，轻快得像冰上驶过一架爬犁。我想，要是用一小块石片贴水漂去，也许会一直漂滑到对岸。刘家峡的绿水是一种能量的积聚，而这天池呢？则是一种能量的凝固。她将白雪化为水，汇入池中，又将绿色做了最大的压缩，压成青蓝色，存在群山的怀中。

池周的山上满是树，松、杉、柏，全是常青的针叶，近看一株一株，如塔如蠹，远望则是一海墨绿。绿树，我当然已不知见过多少，但还从未见过能绿成这个样子的。首先是她的浓，每一根针叶，不像是绿色所染，倒像是绿汁所凝。一座山，郁郁的，绿得气势，绿得风云。再就是她的纯。别处的山林在这个季节，也许会夹着些五色的花、萎黄的叶，而在这里，却一根一根，叶子像刚刚抽发出来；一树一树，像用水刚刚洗过。空气也好像经过了过滤。你站在池边，天蓝，水绿，山碧，连自身也觉通体透明。我知道，这全因了山上下来的雪水。只有纯白的雪，才能滋润出纯绿的树，雪纯得白上加白，这树也就浓得绿上加绿了。

我在池边走着，想着，看着那池中的雪山倒影，我突然明白了，那绿色的生命原来都冷凝在这晶莹的躯体里。是天池将她揽在怀中，慢慢地融化，复苏，送下山去，送给干渴的戈壁。好一个绿色的怀抱雪山的天池啊，这正是你的伟大、你的美丽。

丰收岭绿岛

从戈壁新城石河子出发，汽车像在海船上一样颠簸了三个小时后，我登上了一个叫丰收岭的地方。这已经到了有名的通古特大沙漠的边缘。举目望去，沙丘一个接着一个，黄浪滚滚，一直涌向天边。没有一点绿色，没有一点声音，不见一个生命。我想起瑞典著名探险家斯文·赫定在我国新疆沙漠里说过的一句话："这里只差一块墓碑了。"好一个死寂的海。再往前跨一步，大约就要进入另一个世界。一刹那，我突然感到生命的宝贵，感到我们这个世界的可爱。我不由回过身来。

沙枣、杨、榆、柳，筑起莽莽的林带。透过绿墙的缝隙，后面是方格的农田，红的高粱、黄的玉米、白的棉花，正扬着笑脸准备登场。这大概就是丰收岭名字的由来。起风了，风从沙漠那边来。那苍劲的沙枣，挺起古铜色的躯干，挥动厚重的叶片;那伟岸的白杨,拔地而起,在云空里傲视着远处的尘烟;那繁茂的榆、柳拥在白杨身下,提起她们的裙裾,笑迎着扑面的风沙。绿浪澎湃,涛声滚滚,绿色就在我的身后,我不觉胆壮起来。这绿色在原始森林里,叫人恐怖;在无边的大海上,让人寂寞;在茫茫的草原上,使人孤独。而现在,沙海边的这一点绿色啊,使人振奋,给人安慰,给人勇气,只有在此时此地,我才真正懂得,绿色就是生命。现在,这许多的绿树,连同她们的根须所紧抱着的泥沙,泥沙上覆盖着的荆棘、小草,已勇敢地深入到沙海中来,形成一个尖圆形的半岛。我沿半岛的边缘走着,想到最前面去看看那绿色和黄沙的搏斗。前面杨、榆、柳那类将帅之木已经没有,只派着些与风沙勇敢肉搏着的尖兵。她们是红柳、梭梭树、沙拐枣、沙打子旺等灌木,一簇簇,一行行。要论容貌,她们并不秀气,也不水灵,干发红,叶发灰,而且稀疏的枝叶也不能尽遮脚下的黄沙。但这是一个伟大的群体,方圆几百亩,我抬头望去,一片朦胧的新绿,正是"沙间绿意薄如雾,树色遥看近却无"。这绿雾虽是那样的淡,那样的薄,那样的柔,但却是一张神奇的网,她罩住了发狂的沙浪,冲破了这沉沉的死寂。我沿着人工栽植的灌木林走着,只见一排排的沙土已经跪伏在她们的脚下,看来这些沙子已被俘获多时,沙粒已经开始黏结,上面也有了稀疏的草,有了鸟和兔子的粪,已有了生命的踪迹。治沙站的同志告我,前两三年这脚下是流动的沙丘,他们引进这些沙生植物后,沙也就驯服多了。梭梭林前涌起的沙梁,虽将头身探起老高,像一匹嘶鸣的烈马,但还是跃不过树丛。那树踩着它的身子往上长，将绿的枝去抽它的背，用绿的叶去遮它的眼，连小草也敢"草假树威"，到它的头上去落籽生根。它终于认输了，气馁了，浑身被染绿了。治沙站的同志又转过身子，指着远处那些高大的防风绿墙说："七八年前，连那些地方也是流沙肆虐之地。"我停下脚来重新打量着这个绿岛，她由南而北，尖尖地伸进沙漠中来，像一支绿色的箭，带着生命世界的信息，带着人们征服荒原的意志，来向这块土地下战表了。漠风吹过来，这个绿岛上涛声滚滚，潮起潮落，像一股冲进荒漠里的绿流，正浸润着黄沙，慢慢地向内渗移。我联想到，千百年来流水剥去了大地的绿衣，黄河毁了多少田园，挟带着泥沙冲进碧波滔滔的大海。黄色在入海口渐渐蔓延，渐渐推移，于是我们的海域内竟出现了一片黄海。这是大自然的创造。而现在，人们却让沙海边出现了一座绿岛。这是人的创造。

我在这座人工绿岛上散步，细想着，这里的绿不同于黄河上碧绿的水库，也不同于天山上冷绿的天池，那些绿的水，是生命的乳汁，是生命的抽象，是未来的理想。而这里的绿，就是生命自己，是生命力的胜利，是伟大的现实。

丰收岭的绿岛啊，就从这里出发，我们会收获整个世界。

一九八四年十月

石河子秋色

国庆节在石河子度过,假日无事,到街上去散步。虽近晚秋,秋阳却暖融融的,赛过春日。人皆以为边塞苦寒,其实这里与北京气候无异。连日预告,日最高气温都在二十三摄氏度。街上菊花开得正盛,金色与红色居多。花瓣一层一层,组成一个小团,茸茸的,算是一朵,又千朵万朵,织成一条条带状的花圃,绕着楼,沿着路,静静地闪耀着她们的光彩。还有许多的荷兰菊,叶小,状如铜钱,是专等天气凉时才开的。现在也正是她们的节日,一起簇拥着,仰起小脸笑着,蜜蜂和蝴蝶便专去吻她们的脸。

花圃中心常有大片的美人蕉。一来新疆,我就奇怪,不论是花,是草,是瓜,是菜,同样一个品种,到这里就长得特别的大。那美人蕉有半人高,茎粗得像小树,叶子肥厚宽大,足有二尺长。她不是纤纤女子,该是属于丰满型的美人。花极红,红得像一团迎风的火。花瓣是鸭蛋形,又像一张少女羞红的脸。而衬着那花的宽厚的绿叶，使人想起小伙子结实的胸膛。这美人蕉，美得多情，美得健壮。这时，她们挺立在节日的街心，拉着手，比着肩，像是要歌，要说，要掏出心中的喜悦。有一首歌里唱道："姑娘好像花一样，小伙儿心胸多宽广。"这正是她们的意境。

　　石河子，是一块铺在黄沙上的绿绸。仅城东西两侧的护城林带就各有一百五十米宽。而城区又用树行画成极工整的棋盘格，格间有工厂、商店、楼房、剧院。在这些建筑间又都填满了绿色——那是成片的树林。红楼幢幢，青枝摇曳；明窗闪闪，绿叶婆娑。人们已分不清，这城到底是在树林中辟地盖的房、修的路，还是在房与路间又见缝插针栽的树。全城从市中心推开去，东西南北各纵横着十多条大路，路旁全有白杨与白蜡树遮护。杨树都是新疆毛白杨，树干粗而壮，树皮白而光，树冠紧束，枝向上，叶黑亮。一株一株，高高地挤成一堵接天的绿墙，一直远远地伸开去，令人想起绵延的长城，有那气势与魄力。而在这堵岸立的绿墙下又是白蜡。这是一种较矮的树，它耐旱耐寒，个子不高，还不及白杨的一半，树冠也不那样紧束，圆散着，披拂着。最妙是它的树叶，在秋日中泛着金黄，而又黄得不同深浅，微风一来就金光闪烁，炫人眼目。这样，白杨树与白蜡树便给这城中的每条路都镶上了双色的边，而且还分出高、低两个层次。这个大棋盘上竟有这样精致的格子线，而那格子线的交叉处又都有一个挤满美人蕉与金菊的大花盘，算是棋子。

　　我在石河子的街上走着，以新奇的目光打量着，打量着这个棋盘式的花园城。这时夕阳斜照着街旁的小树林，林中有三五只羊在拣食着落叶，放学的孩子背着书包绕树嬉戏。落日铺金，一片恬静。这里有城市的气质，又有田园的姿色，美得完善，她完全是按照人们的意志描绘而成的一幅彩画。我想这彩画的第一笔，应是在一九五〇年七月二十八日。这天，刚进军新疆不久的王震将军带着部队策马来到这里。举目四野，荆棘丛生，芦苇茫茫，一条遍布卵石的河滩穿过沙窝，在脚下蜿蜒而去。将军马鞭一指："我们就在这里开基始祖，建一座新城留给后世。"三十多年过去了，这座城现在已出落得这般秀气。在我们这块古老的国土上，勤劳的祖先不知为后世留下了多少祖业。他们在万里丛山间垒砖为城，在千里平原上挖土成河。现在我们这一代，继往开来，又用绿树与鲜花在皑皑雪山下与千里戈壁滩上打扮出了一座城，要将她传给子孙。他们将在这里享用这无数个金色的秋季。

一九八三年十一月

三
关内关外

夜　市

题记：忽见二〇一六年六月二十五日的《北京日报》发稿《三十二年东华门夜市灯熄人散》，一时心底说不出是什么滋味。真是三十年河东，三十年河西。当年开夜市是新鲜事物，发展市场经济；今天关夜市因大城市病凸显，要还市民一个清静。事物总是波浪式前进。又忽然想起当时我刚调进京，单身一人，机关距东华门一站之遥，晚饭后无事，最大的消遣就是逛东华门夜市。顺手留下了一篇旧稿。翻看其中，当时的风土人情，包括市场价格，历历在目。今再投之报章，或许能与读者共享一点怀旧之情，也算是为夜市和那个时代存档送别。别梦依稀咒逝川，夜市三十二年前，耳旁还闻碗瓢声，眼前大道一扫宽。

晚饭后，待夕阳西沉，柏油马路上的灼热稍稍散去一些，我便短衫折扇，向王府井北口的东华门街慢慢走去。来得早了一点，摆好的摊子还不多。这时拐弯处飞出一辆平板三轮，蹬车的是个长发短裤的小伙儿，口里哼着流行曲，身子一左一右地晃，两条腿一上一下地踩，那车就颠颠簸簸地冲过来，车上筐子里装满了碗和勺，叮叮当当地响。筐旁斜坐着一位姑娘，向他背上狠狠地捣了一拳，骂声："疯啦!"小伙子就越发美得扬起头，敞开胸，使劲地蹬。突然他一捏闸，车头一横，正好停在路旁一个画好白线的方格里。两人跳下车，又拖下十几根铁管，横竖一架，就是一个小棚子。雪白的棚布，车板正好是柜台，劈劈啪啪地摆上一圈碗。姑娘扯起尖嗓子，高喊一声："绿豆凉粉!"刹那间，一溜小摊就从街的这头伸到另一头，夜市开张了。

人行道上的路灯唰地一下亮了，夕阳还没有收尽余晖，但人们已感觉不到它的存在。灯光逼走了日光，温和地来到人们身旁。夜灯一出来，这个世界顿时便加了几分温柔和许多随便。人们悠闲地，并无目的地从各个巷口向这里走来。白日里恼人的汽车一辆也没有了，宽阔的街面上全是推着自行车的人流、互相牵着手的男女、嬉笑奔跑着的儿童。国营商店这时大都关了门，个体小贩们似唱似叫地，就在它们的门前摆起了地摊。

一个煎饼摊吸引了我。三轮车上放了一个火炉，炉上一块油黑的方形铁板，一位中年汉子左手持一把小勺，伸向旁边的小盆，从盆里舀起一勺稀面糊，向铁板上一浇。右手持一柄小木耙，以耙的一角为圆心，飞快地绕了几圈，那面糊汁立即被拉成一张白纸，冒着热气。我正奇怪这张纸饼的薄，他左手又抓过一只鸡蛋，右手一耙砍下去，一团蛋黄正落在煎饼心上，那小耙又再画几个圈，白纸上便依稀挂了一层薄薄的黄，热气腾腾中更增加了一种隐隐的诱惑。只见他右手扔下小耙，取过一把小铲，却又不去铲饼，先在铁板上有节奏地敲三下，然后将铲的薄刃沿饼的边唰地划出一个圆圈，那张薄饼已提在他的手中。只见他喊道："五毛一张！"那架势不像是卖饼，倒像在卖一张刚刚制作完的水印画。这一套熟练的动作，大概不过三分钟。那小勺、小耙的精致，也如工艺品，至于那把小铲，干脆就是油画家用的画铲。我立即觉得自己迈进了一个艺术的大观园，心中微微得到一种愉快的满足。

前面人群的头顶上闪出一幅挑帘，大书"道家风味"四字，十分引人。平地放着四个铁筒改装的火炉，炉口上正好压了一个鼓肚铁鏊，鏊子上有一个很厚的圆盖。和刚才做煎饼不同的是，黄色的稀面糊从鼓肚处流下，自然散成一个圆饼，这在我们家乡叫"摊黄"，是乡间极平常的吃食。但在这里就别有出处了。守摊的一男二女，像夫妻姑嫂三人，那男子不干活，只管大声招揽顾客："真正道家秘传，请看中国两千年前就有的高压锅，道人就用这种炉子炼丹做饼，长命百岁。我家这祖传的道家炊饼已有四十二年不做，今年挖掘整理，贡献给首都夜市……"这时一个青年上前插问："是不是回民食品？"他大概分不清道教和伊斯兰教。那炉边的女子耳尖，迅即答道："回民、汉民都能吃，小米、玉米、黄豆，真正小磨香油。不腥不腻，养人利口。"就有人纷纷去讨。这家人可真聪明。要是白天，这宽阔的马路、这两边洁净的店堂、街上疾行的车辆、西服革履的人群，哪能容他们在这里论饼说道呢。但这是夜晚，暮色一合，城换了装，人也变了性，大家都来享受这另一种的心境。

离开这"道家食摊"没有几步，又有一个偌大的广告牌立在当地，红底白字，大书"芙蓉镇米豆腐"，旁边还有几行小注："芙蓉镇米豆腐以当地特有白米及传统秘法精制，特不远千里专程献给首都夜市。"我忍不住哈哈大笑。这芙蓉镇本是一个小说和电影里的地方，作品中有一个卖米豆腐的漂亮女郎，惹出一段曲折离奇的故事，想不到竟也拿来做了广告的由头。

香味本来是听不见看不见的，但是我此刻却明明是用耳朵和眼睛来领略这些食品的味道了。先说那大小不同、高低起伏的叫卖声，只靠听觉就可以知道这食阵的庞大综杂。有的起声突峻，未报货名，先大喊一声："哎！快来尝尝。"有的故念错音，将"北京扒糕"念成"北京扒狗"；有的落音短截，前字拉长，后字急收，如"炒——肝儿！"；有的学外地土话，要是卖烤羊肉，总是忘不了戴顶新疆小花帽，舌头故意不去伸直。闭目听去，七长八短，沸沸扬扬，宛如一曲交响乐在街空回荡，但再细细辨认，笛、琴、管、鼓，又都一一分明。那每一种频率，每一个波段，实在都代表着每一种香味和每一块六尺见方的地盘。

这些商贩艺术家们不但叫卖有声有韵，堆货站摊也极讲造型。卖馅饼的就故将案上的肉馅堆成一个圆球，表面撒上木耳、葱、姜、香菜之末，杂陈黑、白、黄、绿之色，远远看去五彩缤纷。卖凉粉的更构思奇巧，在一块晶莹透明的方形大冰上凿出几排圆坑，凉粉碗就一一稳在其中，白冰、白碗、白粉，冰清玉洁，素娴雅静，目光一接触就凉气袭人。再看那案边锅旁的师傅们，头上的白帽多不正而稍歪，腰间的围裙虽系实又轻撩，本是一口京腔却又故意差字走音，要是有外国人走过，还会高喊一声"OK！"。整条街面上漾着一种幽默、活泼的气氛。顾客不知不觉中有了一种替摊主辩护的宽恕心理，摆在这里的货自然就是最有特点、最该叫好的。艺术本是在劳动中创造，这时，他们手舞口唱，那火烤油灼的燥热、腰酸腿困的劳顿，全在这一声声的叫卖中，在这擀面杖有节奏的敲打声中化作了顾主的笑语和他们手中的钞票。无声的夜以她迷人的色调，将这一切轻轻地糅合在一起，连游人也一起糅了进去，糅得你心旷神怡。

这条街，前半条是吃的世界，后半条便是穿的领地。跨过半条街，香味渐稀，却色彩纷呈。服装摊的摆法自与小吃摊不同，干净，漂亮，耀目。几十条彩色锁链从铁架顶端垂下，每隔几个链孔就挂进一个衣架，架上是一件短衫或一条长裙，层层叠叠，拥锦压翠。这些时装不但用料华贵，形式也实在出奇，有一件上衣活像蒙古族的摔跤服，没有纽扣，只一根腰带，并不讲究合体，随便前后两片而已。有一件裙子，灰土色，上面的图案竟全是甲骨文字，就像出土文物。一个摊位的最高处挂着一件连衣裙，上身的丝格如将军胸前的绶带，一身显贵之气，罩在透明塑料袋中，标明价格四百八十七元。我怕看错又问一遍，看摊的一个小女子说："这还贵啊，两天已卖出三件！"再看其他摊上一二百元一件的衣服已极平常。我不觉环顾一下周围的人，也都是一鼻两眼，真想不出他们何以能这样在夏夜的凉风中一掷千金。

　　如果说食品摊讲究的是风味,这里要的便是时髦。那边力求土一点,强调传统;这里却极力求洋一点,专反传统。有一个摊位专营男式短裤,却围着不少女客。按说穿短裤是为凉快,这些料子却厚如帆布,颜色青灰相杂,像深色大理石,陈旧滞重。但买的人很多,偏要这种"流行"。一位姑娘在货摊里提起一件,便在人群的挤搡间套进双腿,拉至腰际,再将外面的裙子一褪,两条粉白的大腿和两只随便穿着一双拖鞋的赤脚,在白炽灯下分毫毕现。我立时神色大窘,而那两个小胡子摊主却连声叫好:"您穿上真正盖帽!赛过好莱坞的影星、电影上的模特儿!"还伸手在裤口边摸摸,指指点点。这姑娘也不在意,掏出钱包,直视两个小伙儿:"便宜一点行不行?人家还是学生呢!""好,二十,零头不要了。"一个大姑娘,当街脱裙试裤,无论如何总觉不雅,又听说还是学生,我更觉惊奇,便插了一句:"是中学生还是大学生?""当然大学生!"那女孩嫌我这样提问轻看了她,硬硬地回了一句,随手抽出两张十元的票子往摊上一扔,抓起她的裙子,穿着那件大理石短裤扬长而去。

　　这时逛夜市的人比刚才更多,摩肩接踵,如沸如滚。夜与昼的区别是,她较白天紧张、明朗、有节奏,而更显得松弛、朦胧、散漫。所以这时候街上的人其心也并不在购物。腹不饿,亦要一碗小吃,不在吃而在品;衣不缺,又买一件新衣,不为衣身而为赏心。看他们信马由缰,随逛随买,其形其神已完全摆脱了白天的重负。年轻女子们穿着大袒胸的薄衫,脖间只要一根细项链点缀,再赤脚拖一双凉鞋。小伙子则牛仔短裤、T恤衫,上些年纪的男女衣着轻软宽松,或有的就穿睡衣前来走动。借着一层暮色,大家都将自己放松到白天没有的极限。人行道栏杆上坐着一男一女,两个大人却只买了一小盘扒糕,女的端着盘,张大口便要男的来喂。那男子用竹签插一小块糕放在她口中,她就笑眯眯地挤一下眼。不用说是一对情人。一对年轻夫妇牵着一个五六岁的男孩从我身边擦过,孩子边跺脚边嚷:"就要吃,就要吃!"父亲说:"再吃肚子就要破了。""破了也要吃。"母亲笑了:"宝贝,咱们每天来一次,把这条街都吃个遍。"三个人一起高兴地大笑起来,那份轻松随便,好像这条街是他家的一样。

  夜深了,游人渐稀渐疏,天上的一轮月亮却更明更圆。树影婆娑,笼着归人尽兴后的醉影;凉风徐起,弄着他们飘飘的衣裙。我踏着月色往回走,想明天还要来,后天也要来。这样热天的晚上,谁耐烦去电影院,又怎能看进书去,而短衫折扇地到这本社会学、艺术学的大辞典里来优游查检一番,随听随看,随尝随想,夏夜里还有比这更好的节目吗?

一九八七年八月

冬日香山

要不是有公务，谁会在这天寒地冻的时节来香山呢？可话又说回来，要不是恰在这时来，香山性格的那一面，我又哪能知道呢？

开三天会，就住在公园内的别墅里。偌大个公园为我们独享，也是一种满足。早晨一爬起来我便去逛山。这里，我春天时来过，是花的世界；夏天时来过，是浓荫的世界；秋天时来过，是红叶的世界。而这三季都游客满山，说到底是人的世界。形形色色的服装，南腔北调的话音，随处抛撒的果皮、罐头盒，手提录音机里的迪斯科音乐，这一切将山路林间都塞满了。现在可好，无花，无叶，无红，无绿，更没有人，好一座空落落的香山，好一个清净的世界。

过去来时，路边是夹道的丁香、厚绿的圆形叶片、白的或紫色的小花；现在只剩下灰褐色的劲枝，头挑着些已弹去种子的空壳。过去来时，林间树下是厚厚的绿草，茸茸地由山脚铺到山顶；现在它们或枯萎在石缝间，或被风扫卷着聚缠在树根下。过去来时，山坡上是些层层片片的灌木，扑闪着已经霜红的叶片，如一团团的火苗在秋风中翻腾；现在远望，灰蒙蒙的一片，其身其形和石和土几乎融在一起，很难觅到它的音容。如果说秋是水落石出，冬则是草木去而山石显了。在山下一望，山顶的"鬼见愁"、黑森森的石崖、蜿蜒的石路，历历在目。连路边的巨石也都像是突然奔来眼前，过去从未相见似的。可以想见，当秋气初收、冬雪欲降之时，这山感到三季的重负将去，便迎着寒风将阔肩一抖，抖掉那些攀附在身的柔枝软叶，又将山门一闭，推出那些没完没了的闲客，然后正襟危坐，巍巍然俯视大千，静静地享受安宁。我现在就正步入这个虚静世界。苏轼在夜深人静时去游承天寺，感觉到寺之明静如处积水之中，我今于冬日游香山，神清气朗，如在真空。

与春夏相比，这山上不变的是松柏。一出别墅的后门就有十几株两抱之粗的苍松直通天穹。树干粗粗壮壮，溜光挺直，直到树梢尽头才伸出几根遒劲的枝，枝上挂着束束松针，该怎样绿还是怎样绿。树皮在寒风中呈紫红色，像壮汉的脸。这时太阳从东方冉冉升起，走到松枝间却寂然不动了。我徘徊于树下，又斜倚在石上，看着这红日绿松，心中澄静安闲，如在涅槃，觉得胸若虚谷，头悬明镜，人山一体。此时我只感到山的巍峨与松的伟岸，冬日香山就只剩下这两样了。苍松之外，还有一些幼松，栽在路旁，冒出油绿的针叶，好像全然不知外面的季节。与松做伴的还有柏树与翠竹。柏树或矗立路旁，或伸出于石岩，森森然，与松呼应。翠竹则在房檐下山脚旁，挺着秀气的枝，伸出绿绿的叶，远远地做一些铺垫。你看他们身下那些形容萎缩的衰草败枝，你看他们头上的红日蓝天，你看那被山风打扫得干干净净的石板路，你就会明白松树的骄傲。他不因风寒而筒袖缩脖，不因人少而自卑自惭。我奇怪人们的好奇心那么强，可怎么没有想到，在秋敛冬凝之后再来香山看看松柏的形象？

当我登上山顶时回望远处，烟霭茫茫，亭台隐隐，脚下山石奔突，松柏连理，无花无草，一色灰褐，好一幅天然焦墨山水图。焦墨笔法者舍色而用墨，不要掩饰，只留本质。你看这山，她借着季节相助，舍掉了丁香的香味、芳草的倩影、枫树的火红，还有游客的捧场，只留下这常青的松柏来做自己的山魂。山路寂寂，阒然无人。我边走边想，比较着几次来香山的收获。春天来时我看她的妩媚，夏天来时我看她的丰腴，秋天来时我看她的绰约，冬天来时却有幸窥见她的风骨。她在回顾与思考之后，毅然收起了那些过眼繁花，只留下这铮铮硬骨与浩浩正气。靠着这骨这气，她会争得来年更好的花，更好的叶和永远的香气。

香山，这个神清气朗的冬日。

一九八八年十二月

草原八月末

朋友们总说,草原上最好的季节是七八月。一望无际的碧草如毡如毯,上面盛开着数不清的五彩缤纷的花朵,如繁星在天,如落英在水,风过时草浪轻翻,花光闪烁,那景色是何等迷人。但是不巧,我总赶不上这个季节,今年上草原时,又是八月之末了。

在城里办完事,主人说:"怕这时坝上已经转冷,没有多少看头了。"我想总不能枉来一次,还是驱车上了草原。车子从围场县出发,翻过山,穿过茫茫林海,过一界河,便从河北进入内蒙古境内。刚才在山下沟谷中所感受的峰回路转和在林海里感觉到的绿浪滔天,一下都被甩到另一个世界上,天地顿然开阔得好像连自己的五脏六腑也不复存在。两边也有山,但都变成缓缓的土坡,随着地形的起伏,草场一会儿是一个浅碗,一会儿是一个大盘。草色已经转黄了,在阳光下泛着金光。由于地形的变换和车子的移动,那金色的光带在草面上掠来飘去,像水面闪闪的亮波,又像一匹大绸缎上的反光。草并不深,刚可没脚脖子,但难得的平整,就如一只无形的大手用推剪剪过一般。这时除了将它比作一块大地毯,我再也找不到准确的说法了。但这地毯实在太大,除了天,就剩下一个它。除了天的蓝,就是它的绿。除了天上的云朵,就剩下这地毯上的牛羊。这时我们平常看惯了的房屋街道、车马行人还有山水阡陌,已都成前世的依稀记忆。看着这无垠的草原和无穷的蓝天,你突然会感到自己身体的四壁已豁然散开,所有的烦恼连同所有的雄心、理想都一下逸散得无影无踪。你已经被融化在这透明的天地间。

车子在缓缓地滑行,除了车轮与草的摩擦声,便什么也听不到了。我们像闯入了一个外星世界,这里只有颜色没有声音。草一丝不动,因此你也无法联想到风的运动。停车下地,我又疑是回到了中世纪。这是桃花源吗?该有武陵人的问答声;是蓬莱岛吗?该有浪涛的拍岸声。放眼尽量地望,细细地寻,不见一个人,于是那牛羊群也不像是人世之物了。我努力想用眼睛找出一点声音。牛羊在缓缓地移动,它们不时抬起头看我们几眼,或甩一下尾,像是无声电影里的物、玻璃缸里的鱼,或阳光下的影。仿佛连空气也没有了,周围的世界竟是这样空明。

这偌大的草原又难得的干净,干净得连杂色都没有。这草本是一色的翠绿,说黄就一色的黄,像是冥冥中有谁在统一发号施令。除了草便是山坡上的树。树是成片的林子,却整齐得像一块刚切割过的蛋糕,摆成或方或长的几何图形。一色桦木,雪白的树干,上面覆着黛绿的树冠。远望一片林子就如黄呢毯上的一道三色麻将牌,或几块积木,偶有几株单生的树插在那里,像白袜绿裙的少女,亭亭玉立。蓝天之下干净得就剩下了黄绿、雪白、黛绿这三种层次。我奇怪这树与草场之间竟没有一丝的过渡，不见丛生的灌木、蓬蒿，连矮一些的小树也没有，冒出草毯的就是如墙如堵的树，而且整齐得像公园里常修剪的柏树墙。大自然中向来是以驳杂多彩的色和参差不齐的形为其变幻之美的，眼前这种异样的整齐美、装饰美，倒使我怀疑不在自然中。

这草场不像内蒙古东部那样风吹草低见牛羊，不像西部草场那样时不时露出些沙土石砾，也不像新疆、四川那样有皑皑的雪山、郁郁的原始森林做背景。它像什么？像谁家的一个庭院，"庭院深深深几许"。这样干净，这样整齐，这样养护得一丝不乱，却又这样大得出奇。本来人总是在相似中寻找美，我们的祖先创造了苏州园林那样的与自然相似的人工园林，获得了奇巧的艺术美。现在轮到上帝向人工学习，创造了这样一幅天然的装饰画，便有了一种神秘的梦幻美，使人想起宗教画里的天使浴着圣光，或郎世宁画里骏马腾啸嬉戏在林间，美得让人分不清真假，分不清是在天上还是人间。

在这个大浅盘的最低处是一片水，当地叫泡子，其实就是一个小湖。当年康熙帝的舅父曾带兵在此与阴谋勾结沙俄叛国的噶尔丹部决一死战，并为国捐躯，因此这地名就叫将军泡子。水极清，也像凝固了一样，连云朵的倒影也纹丝不动。对岸有石山，鲜红色，说是将士的血凝成。历史的活剧已成隔世渺茫的传说。我遥望对岸的红山、水中的白云，觉得这泡子是一块凝入了历史影子的透明琥珀，或一块凝有三叶虫的化石。往昔岁月的深沉和眼前大自然的纯真使我陶醉。历史只有在静思默想中才能感悟，有谁会在车水马龙的街市发思古之幽情？但是在古柏簇拥的天坛,在荒草掩映的圆明废园,只会有一些具体的可确指的联想,而这空旷、静谧、水草连天、蓝天无垠的草原,叫人真想长啸一声念天地之悠悠,想大呼一声魂兮归来。教人灵犀一点想到光阴的飞逝,想到天地人间的长久。

我们将返回时,主人还在惋惜未能见到草原上千姿百态的花。我说,看花易,看这草原的纯真难。感谢上帝的安排,阴差阳错,我们在花已尽、雪未落,草原这位小姐换装的一刹那见到了她不遮不掩的真美。正如观众在剧场里欣赏舞台上浓妆长袖的美人是一种美,画家在画室里欣赏裸立于窗前晨曦中的模特又是一种美。两种都是艺术美,但后者是一种更纯更深的展示着灵性的美。这种美不可多得,也无法搬上舞台,它不但要有上帝特造的极少数的标准的模特,还要有特定的环境和时刻,更重要的还要有能与美产生共鸣的欣赏者。这几者一刹那的交汇,才可能迸发出如电光石火般震颤人心的美。大凡看景,只看人为的热闹,是初级;抛开人的热闹看自然之景,是中级;又能抛开浮在自然景上的迷眼繁华而看出个味和理来,如读小说分开故事读里面的美学、哲学,这才是高级。这时自然美的韵律便与你的心律共振,你就可与自然对话交流了。

呜呼!草原八月末,大矣!净矣!静矣!真矣!山水原来也和人一样会一见钟情,如诗一样耐人寻味。我一步三回头地离开那块神秘的草地,将要翻过山口时又停下来伫立良久,像曹植对洛神一样"背下陵高,足往神留,遗情想象,顾望怀愁"。明年这时还能再来吗?我的草原!

一九九一年九月

铁锅槐

一棵上百年的老槐树长在一口铁锅里，这好像绝不可能，但确实如此。

十一月底，我在河南商丘寻找人文古树，看了几棵汉柏宋槐都不理想，大家气喘吁吁地坐下来吃午饭。当地一位朋友突然一拍脑袋说："怎么忘了铁锅槐呢！"放下筷子，我们便冒着小雨赶到七十公里外的白云寺，拜访了这个锅与槐的奇妙组合。

白云寺初创于唐贞观年间，曾是与少林、白马、相国等寺齐名的中原四大古寺之一，但现在香火不旺，我们去时寺里凄风苦雨，只有几个僧人袖手看门，一个小和尚系着围裙在伙房里淘米，后院及两厢都是零乱的砖瓦木料。进门后的右手处就是我们要拜访的铁锅槐，现在已是这个寺的镇寺之宝。只见一圈石栏杆中躺着一口直径两米多的大铁锅，锅里挺立着一棵有三层楼高、两抱之粗的古槐。锅沿有三指厚，在雨水的润泽下闪闪发光，像是一个套在树根上的项圈。锅已半埋土中，树的主根早穿透锅底，深扎地下，而侧根蜿蜒屈结，满满当当，将铁锅挤满撑破后又翻出锅外垂铺在地，像一大块不规则的钟乳石，或是一摊刚冷却了的岩浆。我看着这满锅的老根，只觉得这是一锅正在慢慢烹煮着的时间。虽是深秋，这古槐仍枝叶繁茂，覆盖着半亩大的地面。而整棵树身向西边倾斜，巍巍然如一座比萨斜塔，有一种饱经沧桑的厚重与庄严。

寺院是中国民间特有的宗教圣地，是沟通神与人的桥梁。为了给僧人和香客备饭，寺里常有超大的铁锅，这口直径两米的大锅还不算最大，我见过一口更大的，洗锅时要放下一个梯子才能将人送到锅底。大锅往往是一个寺院兴旺的标志。这白云寺在康熙时达到鼎盛，常住僧人千余人。史载一六八七年，寺里住持佛定和尚为舍粥济贫，造铁锅两口，日煮米一石二斗。十九年后，一口铁锅经长年的火烤水煮终于有了裂纹，就被几个小和尚抬着放到寺的一角。春去秋来，寺院盛而又衰，这口锅也渐渐被人淡忘。沙尘淤满锅底，荒草爬上了墙角，淹没了铁锅。这时一只喜鹊衔着一粒槐籽从天上飞过，它俯下身子，看到这汪嫩绿的鲜草，就落下来歇脚，于是槐籽落在铁锅里。

想这铁锅离开灶台被弃墙角已经数十年，烈日严霜，凄风苦雨，它早已心灰意冷，奄奄待毙。忽然有一只小手轻轻地抓挠着它冰凉的身子，一丝微弱的声音响在耳旁，似有似无地呼唤。原来是那粒槐籽经水浸土育，已经开始发芽生根。这口铁锅"子楞"一下打了个寒噤从梦中惊醒，忙将这个幼小的生命搂在怀里。那雪白的细根穿过厚厚的积土，吸吮着锅沿上的雨滴，像是在替它擦拭眼角的泪花，而嫩绿的树苗已有尺许之高，正努力探出锅外，好奇地张望着庙宇、蓝天、白云。铁锅记起了佛经上讲的万物轮回、因果有缘、众生平等。啊，行住坐卧都是禅，一花一叶皆佛性。它知道这是佛祖托它来抚养这个从天而降的小生命，就更加搂紧这棵小树苗。槐树一天天长大，当它已经高过院墙，可以俯视外面的世界时，才发现这个世界上的槐树全是长在土地里，只有它被小心地托着，抱着，长在一口铁锅里，不觉感动得热泪盈眶。这好比一个没有文化，不识字，甚至还身有残疾的母亲，在贫病交加中照样抚育成一个伟岸的英才。千艰万难，玉汝于成，它怎么能不痛感身世飘零而加倍珍惜，一定要活出个样子呢？

铁锅槐无疑是大自然的杰作，就算你有一百个聪明的头脑也想象不出这样的作品。万物有缘，槐树本是一种最普通的树种，数百年来在山地平原、房前屋后不知有槐几多，而长在铁锅里的唯此一棵；铁锅本是一种最普通的炊具，千家万户用来烧水煮饭的铁锅不知几多，但用来栽树而且长成大树的也只有这一个。再说，就算这锅与树前世有缘，那结合之后的数百年岁月，水火兵燹，雷劈电击，畜啃人砍，寺院塌毁，它们又携手逃过了多少劫难才有今天的正果？物竞天择，自然筛选，这是铁的定律。在无尽的岁月长河中，无数个偶然机缘的组合，就出现了奇迹，就诞生了天才。虽然人类愈来愈聪明，但还是逃不出自然的手心。不见我们办了多少音乐学院，却常会输给一个牧羊女或打工汉的歌喉；办了多少文学院，而大作家总是长在校园外。而皇室为培养自己的接班人，从选妃子、找奶妈开始，到定太子、配师傅，结果大多不如草莽中杀出来的开国之主。假如现在有谁出巨资请你再复制一棵铁锅槐，恐怕打死也不敢接这个活。

铁锅槐虽是天工之物，但它修行于古寺之中，早已融进人的智慧和佛的灵性。在悬崖之上，在大河之岸，树抱石之类的奇树不知多少，而现在这棵古槐抱着的却是一口铁锅，是一锅人间烟火。这是信念的守望，是佛与人的拥抱，是伟大的天人之合。你只要看看那锅里劲结的树根，就知道它们有多大的定力，槐树咬定铁锅，将它凿穿、撑裂、抱紧、融合；铁锅则仰着身子吃力地挺举着大树，不顾自己已经被压裂，被深深地挤进了泥土；直至最后再也分不清是锅抱槐还是槐抱锅。这是心的力量，是佛家所谓的大愿，不信世上事不成，不信有缘不结果。它们就这样晨钟暮鼓，相濡以沫，在古寺残阳中不知送走了多少寂寞。山挡不住风啊，树挡不住云，这个世界上什么也挡不住生命的降生。而一个生命一旦降生，就会本能地捍卫生的权利，坚强地活下去！

临出寺门时已暮云四合，我又回望了一下这棵铁锅槐，经秋雨打湿的树身更显出沉稳的铁青，斜伸着的身子像一支要射向云空的利箭，而根部那一圈翻卷着的闪亮的锅沿则如一把拉满弦的弓，引而待发。我忽然觉得，伫立在面前的是一个面壁的达摩，是另一个版本的罗丹雕塑《思想者》。

世人多爱盆景，喜其能于尺寸之间盈缩天地，吐纳岁月。而古今中外，到哪里去寻找铁锅槐这样一个天地所生、人神共塑、照古烁今的盆景呢？

二〇一四年十二月

在青岛看房子

九月末时，在青岛开了一个全国性的会。大家一到青岛，都说这里很美，连广州、厦门等沿海城市来的人也这么说。其实青岛的美，依我看就美在那些别有味道的房子上。

青岛的旧式建筑主要是德国式的。德国人在一八九七年入侵青岛后就做了永不离去的打算。殖民政策的目的当然是掠夺，占岛十七年间他们掠走无法计算的财富，也在青岛营造了安乐窝。大约为了缓解思乡之苦，或者出于对自己文化传统的骄傲，他们造了许多德式原版的房子。之后，其他国的殖民者也在这里造本国味道的窝。所以青岛的房子人称"万国楼"。这里有二十四个国家风格的房子，无形中形成了一个建筑博物馆。殖民者在世界上许多国家都留有这种痕迹，这就如野兽奔走觅食，无意中将粘在身上的花种草籽带到他乡一样。

德国人在青岛最大的建筑有三处，即提督府、提督楼和花石楼，分别是提督办公、住家和渔猎休息的地方。这三处我都仔细看过，全都是一色花岗石砌成。提督府是政权机构，楼高墙厚，风格雄浑凝重。花石楼紧邻海边，孤高如堡，颇多野趣。楼下有一片小松林，在林间听涛声起落，看潮水来去，足可忘尘脱世。最可看的还是提督楼，一九〇三年始建，一九〇七年落成。据说这楼是仿德皇宫的样子缩水而成，是一座典型的德国古堡式建筑。我参观时先环楼绕了一圈。楼高三十余米，共三层，底层和顶层都用糙石穿靴戴帽。窗户都有粗石镶边，窄而高的玻璃窗如两只深陷进去的眼，中间窗框上鼓起的石头活像德国人的高鼻梁。一层有客厅，厅内家具一如往日，橱柜上的商标证明这是皇室用品。客厅东有一花厅，全部玻璃天棚，内有喷水。客厅北通舞厅，厅中央有一花篮吊灯，挑着三十八个灯泡，环壁有各式金属壁灯。最有趣的是小舞台两侧，各有一女子脸形的壁灯，头上伸出四枝花，挑着四盏灯。那女子本有一个面如满月的脸盘和俏美的高鼻子，"文化大革命"中红卫兵看不惯她这个洋人样，就踩成了扁平。鼻子让人踏过一脚，当然就不会好受，所以至今总是愁眉不展的样子。这房子十分结实，墙厚一米，足可当碉堡来用。室内装修极豪华，室外野树杂花，满坡绿风，树间还环坡散存着旧日监工护院用的废碉堡。游人不经意时，目光碰上它那只半睁着的"眼睛"，会打一个寒噤，惊忆起这是中国劳工在刺刀尖下的作品，想起这楼里碉堡护卫下的淫乐。据说盖这房的第一任提督也未能享其福，因仿德皇宫又耗资太大，他被国会弹劾，楼未住，人先去。隔着历史的风雨，这些都已经模糊，但在今日明媚的阳光下，这建筑群却渐现出它的美学价值。就如一般人游颐和园,并不经意研究慈禧太后是怎样挪用海军经费的。艺术和政治毕竟不是一回事。

在青岛小住的几天内,看房子成了我的兴趣。晨起我穿行小巷,端详这些异国来的"老外",去摸它们花岗石的墙,去数它们窗楣上的瓦。这些房子的美,首先在它们的造型,它们很少有如四方盒子或火车厢式的整齐划一的规格,轮廓少直线而多折线或弧线。屋顶无一平顶,或成哥特式的尖突,或成四棱四面的盔形。窗户很少开成方框,有的窄而细高,令你想起古堡的幽深;有的则鼓出一个兜肚,下圆上尖,像一滴半空中的垂露。屋顶则一色的红瓦,瓦又不是如现代建筑式的平摆或如中国宫殿式的斜铺,而是近乎垂直的立挂。建筑师在将要完成他的凝重的花岗石作品时,又用鲜亮的红瓦来做一"头饰",将房子齐额一包,就像一位红布包头的锡克族武士挺立在海边的绿树下。有时我走得远一些,喜欢坐在海边的礁石上来回望全城,但见群楼鳞次栉比,衬着如云的绿树,像一簇簇跳动的火苗,在蓝天碧海间又似一抹烧红的晚霞。其实,如果单说青岛的洋房就是比北京的四合院美,比水乡竹楼美,或也未必,只是骤然于我稔熟的土地上飞来异国的新奇之效。又难得我们这个胸怀大度,能兼容并蓄的民族,将这种建筑风格的异国种子保留下来,在华夏土地上终于蔚成一城。青岛便得了一种他山之美,也就美得有了个性。有时我从饭店的高楼上推窗俯视全城,这时一座座红房顶就变成了一块块平面的投影,无数块"红手帕"下面的人,绝没有想到他举着的屋盖在空中组合成了这样一种美的图案,就如大型团体操的表演。我又不由地记起卞之琳的一首名诗：

　　　　你站在桥上看风景，
　　　　看风景的人在楼上看你。
　　　　明月装饰了你的窗子，
　　　　你装饰了别人的梦。

　　青岛，你和其他城市一样生产，生活，建设，不经意中却装饰了多少人的梦。

　　我想一个城市的形成也如一处自然风景。我们有泰山的雄伟、黄山的浩瀚、九寨沟的神奇，也有北京皇宫的辉煌、苏州园林的精巧和青岛这些房子的绚丽多彩。凡美好事物的诞生都必经过痛苦的折磨，你看哪个名山没有经过火的熔炼和水的切割。青岛在经过历史阵痛之后而育成的这种美，我们要好好地保存她。

一九九一年十月

圣弥爱尔大教堂

青岛是美丽的。在海边回望全城，散于山坡上的房子，五彩纷呈，形态各异。其中最吸引我的是圣弥爱尔大教堂。它那两个高耸着的尖顶，如鹤立鸡群；那殷红的色彩，在绿树之中犹如一束明艳的火把花。我不能满足于远眺，便托熟人引见，想到里面去看个究竟。

青岛是山城，车子上坡下坡，七拐八拐，在一个巷子里停了下来。下车仰头一看，眼前的教堂如一座壁立的大山，双峰并峙，峰顶的两个十字架在蓝天中渺渺然，撕挂着流云，刚才远眺时心中所起的轻松突然被肃穆庄重所代替。我不信教，但我不能不惊叹这建筑的艺术魅力。如中国古庙前的旗杆，如佛殿殿脊上的尖塔，这种抽象的装饰总把人引入特定的空间，让你去与某一种情绪共振。陪同的人说，今天不是星期天，一般不接待参观。他先派人去请神父，然后指着那两个半空中的十字架说："'文革'时，红卫兵把它割了下来，当时我到现场看过。别看在空中不怎么大，躺在地上光宽就有四点五米，有一间房子大呢，后来重修时是用直升机吊着焊上去的。"这座教堂长八十米，高六十余米，占地两千七百四十平方米，在全亚洲也是数得着的大教堂。

神父出来了，这是一位清癯老者，衬衣外面套一件干净的灰背心，头发略微谢顶，一脸和善。他领我们从东侧门进入教堂。推开笨重的大门，右手石墙上镶着一个石碗，盛着半碗清水。他伸手以食指蘸水在额上略点一下，我们开始在大厅内漫步。大厅高十八米，如一个旧式大礼堂。前面有讲台，台顶拱顶上画着宗教壁画，是些圣母、教徒、小天使，色彩绚丽和谐。台上摆着些祭品之类，灯光通明，绝无佛殿道观那种阴暗之感，无论从建筑风格还是从宗教用品上说，资本主义比封建时代是进了一步。我在内蒙古看过喇嘛庙，那油黑的皮鼓、长如一人的大喇叭，总有一种原始的神秘。我问这个讲台作何用处。神父说："作弥撒用，这是我们的宗教仪式，每天早晨一次，星期天三次。"我回过头，厅内是一排排的长条椅，靠前面几排的跪凳上有小棉垫，看来是供常来的教徒使用的，他们都有固定的座位。厅后二层楼上有一大平台。神父说："那上面是唱诗班站的地方。原有一个极大的管风琴，全世界只有四架。一九五六年时苏联一位音乐教师慕名专门来探访，也是我陪他参观，他弹奏之后赞叹得很。'文革'中也被红卫兵砸了。"说完他又不停地惋惜。我说："那现在用什么伴奏？""用雅马哈电子琴。"我们都不由笑了起来。这古老的教堂总是挡不住新东西的渗入，不管是因为什么。

有两个地方引起我的好奇。一是厅前左侧有一个与地平齐的石棺。根据我浅薄的经验，推想这里埋着这座教堂的建筑师。那一年我在国外一个教堂里就曾遇到此事。神父说不是，原来这里埋的是创建这教会的第一位主教。这教堂的前身是海边一间油纸铺顶的小屋，后改为一间瓦房，是德国入侵时的产物。一九三二年才动工扩建，一九三四年完工，就是现在这个样子。我默算了一下，一八九七年德国入侵青岛，一九一四年已被日本人赶走，这教堂怎么还能继续修建呢？神父说当时德军撤了，德国主教并没有走。我默然了，我苦难的同胞，其时国破家亡，身处水深火热，何有财力心力修此辉煌的工程呢？但确实是我中华大地上的民脂民膏，其中相当一部分还是教民牙缝里的自愿节余。我仰望这教堂灿烂的穹顶，惊叹上帝的力量，宗教的麻醉果然更胜过刺刀的镇压。日本人坚决地从青岛赶走了德国人，却又聪明地留下一个主教，还在两年之内就帮他修成这教堂。但是那个石棺中现在也已空空，已故主教大人，也在"文革"中被红卫兵掘出，抛尸荒野了。这真是一出历史的闹剧，挖坟鞭尸，是伍子胥的发明，帝国主义的侵略遇上了封建式的狭隘报复。这石棺对面还有一空棺，是留作葬这教堂里的第二位圣人，还不知下回如何分解。

大厅两侧各有两个木制小橱，状如庙里的神龛。橱两侧各有一窗，窗下有小木凳。原来这就是忏悔的地方，神父坐在橱内"垂帘听罪"，教徒跪在外面解剖灵魂。我还是第一次见到这种实物实地，大为新鲜。我说："教徒什么时候来做忏悔？""随时都可。教堂里住有神父，我们这些人是一辈子不能结婚的。"我倒又生了疑问：神父没有家庭，他怎么能懂婚姻家庭方面的事，怎么会有情海欲火、恩恩怨怨方面的体验，怎样对症下药帮那些诸如犯了"第三者"罪的人赎罪呢？不过我问出口的是："教友肯说心里话吗？"神父笑笑："昨天陈香梅女士来参观也提这个问题。"我记起报上登的陈香梅（美籍华人，当年美国空军飞虎队队长陈纳德的遗孀）这两天正在本市访问。看来提这种问题的人都是圈子外的人了。诚则灵，不说实话是心不诚，死后灵魂就不能升天。要灵就必诚，不怕他不自觉。我想起在峨眉山、五台山见到的香客，他们在崎岖的山路上负重苦行，在佛像前五体投地式地叩头。眼前小橱外的跪凳上似乎闪出一个哆哆嗦嗦、双肩抽搐、双手扪面的女人身影。宗教本来就是一条自设自用的"苦肉计"。

从教堂大厅里出来，外面阳光灿烂，我又仰望了一会儿这座通体深红、指向蓝天的双峰高塔。它的确够得上当地建筑史上的一座丰碑。我想起在国外看过的几个大教堂，莫斯科红场那个大洋葱头造型的教堂、圣彼得堡十六根花岗石巨柱的英沙克耶夫教堂、印度九瓣莲花形大同教堂，这些都以建筑风格独特而闻名。我甚至怀疑建筑师是借题发挥，在尽情发挥自己的创作欲。

从教堂院子里出来，我开门上车，发现刚才丢在车座上的西服上衣不见了。下车时我曾动了一念，是否要把车窗摇上，一想司机在车上也就算了，果然就这一念之差出了漏洞。司机也大呼上当，他们只到五步之外的门口说了两句话，可见偷者的高明。幸好衣袋内不曾装一分钱。下坡时，我又探出车窗，我想这小偷每天在这教堂外做活，肯定也得空进去看过那赎罪的小橱，不过他不信，这也是一种解脱。下山时我又探出窗外回望一下这神圣的教堂，心中不由闪过一丝微笑。你看，建筑师假这教堂创造自己的艺术，神父在教堂内布道，教徒在跪凳上忏悔，小偷则在教堂外自由潇洒地行窃。大家都守定自己的宗旨，心诚则灵。社会就在这种复杂的关系中共生共存。

一九九一年十月

泰山，人向天的倾诉

我曾游黄山，却未写一字，其云蒸霞蔚之态，叫我后悔自己不是一名画家。今我游泰山，又遇到这种窘态。其遍布石树间的秦汉遗迹，叫我后悔没有专攻历史。呜呼，真正的名山自有其灵，自有其魂，怎么用文字描述呢？

我是乘着缆车直上南天门的。天门虎踞两山之间，扼守深谷之上，石砌的城楼横空出世，门洞下十八盘的石阶曲折明灭，直下沟底，那本是由每根几吨重的大石条铺成的四十里登山大道，在天门之下倒像一条单薄的软梯，被山风随便吹挂在绿树飞泉之上。门楼上有一副石刻联："门辟九霄，仰步三天胜迹；阶崇万级，俯临千嶂奇观。"我倚门回望人间，已是云海茫茫，不见尘寰。入门之后便是天街，这便是岱顶的范围了。天街这个词真不知是谁想出来的。云雾之中一条宽宽的青石路，路的右边是不见底的万丈深渊，填满了大大小小的绿松与往来涌动的白云。路的左边是依山而起的楼阁，飞檐朱门，雕梁画栋。其实都是些普通的商店饭馆，游人就踏着雾进去购物，小憩。不脱常人的生活，却颇有仙人的风姿，这些是天上的街市。

渐走渐高，泰山已用她巨人的肩膀将我们托在凌霄之中。极顶最好的风光自然是远眺海日，一览众山，但那要碰到极好的天气。我今天所能感受到的，只是近处的石和远处的云。我登上山顶的舍身崖，这是一块百十平方米的巨石，周围一圈石条栏杆，崖上有巨石突兀，高三米多，石旁大书"瞻鲁台"，相传孔子曾在此望鲁都曲阜。凭栏望去，远处凄迷朦胧，不知何方世界。近处对面的山，或陡立如墙，伟岸英雄；或奇峰突起，逸俊超拔。四周怪石或横出山腰，或探下云海，或中裂一线，或聚成一簇。风呼呼吹过，衣不能披，人几不可立，云急急扑来，一头撞在山腰上，就立即被推回山谷，被吸进石缝。头上的雨轻轻洒下，洗得石面更黑更青。我曾不止一次地在海边静观那千里狂浪怎样在壁立的石岸前撞得粉碎，今天却看到这狂啸着似乎要淹没世界的云涛雾海，一到岱顶石前，就偃旗息鼓，落荒而去。难怪人们尊泰山为五岳之首，为东岳大帝。一般民宅前多立一块泰山石镇宅，而要表示坚固时就用"稳如泰山"。至少，此时此景叫我感到泰山就是天地间的支柱。这时我再回头，看那些象征坚强生命的劲松，它们攀附于石缝间，不过是一点绿色的苔痕；看那些象征神灵威力的佛寺道观，填缀于崖畔岩间，不过是些红黄色的积木。倒是脚下这块曾使孔子小天下的巨石，探于云海之上，迎风沐雨，向没有尽头的天空伸去。泰山，无论是森森的万物还是冥冥的神灵，一切在你的面前都是这样的卑微。

这岱顶的确是一个与天对话的好地方,各种各样的人在尘世间活久了,总想摆脱地心的吸力向天而去,于是他们便选中了这东海之滨、齐鲁平原上拔地而起的泰山。泰山之巅并不像一般山峰尖峭锐立,顶上平缓开阔,最高处为玉皇顶。玉皇顶南有宽阔的平台,再南有日观峰,峰边有探海石。这里有平台可徘徊思索,有亭可登高望日,有许多巨石可供人留字,好像上天在它的大门口专为人类准备了一个进见的丹墀,好让人们诉说自己的心愿。我看过几个国外的教堂,你置身其中,仰望空阔阴森的穹顶及顶窗上射进的几丝阳光,顿觉人的渺小,而神虽不可见,却又无处不在,紧攥着你的魂灵。但你一出教堂,就觉得刚才是在人为布置好的密室里与上帝幽会。而在岱顶,你会确实感到"天接云涛连晓雾,星河欲转千帆舞","闻天语,殷勤问我归何处"。不是在密室,而是在天宫门口与天帝对话。同是表达人的崇拜,表现人与神的相通,但那气魄、那氛围、那效果迥然不同。前者是自卑自怯的窃窃私语,后者是坦诚大胆的直抒胸臆,不但可以说,还可以写,而天帝为你准备好的纸,就是这些极大极硬的花岗石。

这里几乎无石不刻,大者洗削整面石壁,写洋洋文章;小者暗取石上缓平之处,留一字两字。山风呼啸,石林挺立,秦篆汉隶旁出左右。千百年来,各种各样的人总是这样挥汗如雨、气喘吁吁地登上这个大舞台,在这里留诗留字,借风势山威向天倾诉自己的思想,表达自己的意志。你看,帝王来了,他们对岱岳神是那样的虔诚,穿着长长的衮服,戴着高高的皇冠,又将车轮包上蒲草,不敢伤害岱神的一草一木,下令"不欲多人",以"保灵山清洁"。他们受命于天,自然要到这离天最近的地方,求天保佑国泰民安。玉皇顶上现存最大的一面石刻就是唐玄宗在开元十三年东封泰山时的《纪泰山铭》,高十三点三米,宽五点七米,共一千零九个字。铭曰:"维天生人,立君以理。维君受命,奉天为子,代去不留,人来无已……"从赫赫高祖数起,大颂李唐王朝的功德。一面要扬皇恩以安民,一面又要借天威以佑君,帝王的这种威于民而卑于天的心理很是微妙。他们越是想守住天下,就越往山上跑得勤,汉武帝就来过七次,清乾隆就来过十一次。在中华大地的万千群山中,唯有泰山享有这种让天子叩头的殊荣。除了一国之主外,凡关心中华命运的人又几乎没有不来泰山的。你看,诗人来了,他们要借这山的坚毅与风的狂舞铸炼诗魂,李白登高狂呼"天门一长啸,万里清风来",杜甫沉吟着"会当凌绝顶,一览众山小";志士来了,他们要借苍松、借落日、借飞雪来寄托自己的抱负,一块石头上刻着这样一首诗,"眼底乾坤小,胸中块垒多。峰顶最高处,拔剑纵狂歌";将军来了,徐向前刻石"登高壮观天地间",陈毅刻石"泰岳高纵万山丛";还有许多字词石刻,如"五岳独尊""最高峰""登峰造极""擎天捧日""仰观俯察"等等。其中"果然"两字最耐人寻味。确实,每个中国人未来泰山之前,谁心里没有她的尊严、她的形象呢?一到极顶,此情此景便无复多说了。

我想,要造就一个有作为有思想的人,登高恐怕是一个没有被人注意却在一直使用的手段。凡人素质中的胸怀开阔、志向远大、感情激越的一面确实要借凭高御风、采天地之正气才可获得。历代帝王争上泰山,除假神道设教的目的外,从政治家的角度,他要统领万众治国安邦,也得来这里饱吸几口浩然之气。至于那些志士、仁人、将军、诗人,他们都各怀着自己的经历、感情、志向来与这极顶的风雪相孕化,拓展视野,铸炼心剑,谱写浩歌,然后将他们的所感所悟镌刻在脚下的石上,飘然下山,去成就自己的事业。

看完极顶,我们步行缓缓下山。沉在山谷之中,两边全是遮天的峰峦和翠绿的松柏,刚才泰山还把我们豪爽地托在云外,现在又温柔地揽在怀中了。泉水顺着山势随人而下,欢快地一跌再跌,形成一个瀑布,一条小溪,清亮地漫过石板,清音悦耳,水汽蒸腾。怪石也不时地或卧或立横出路旁,好水好石又少不了精美的刻字来画龙点睛。万年古山自然有千年老树,名声最大的是迎客松和秦松。前者因其状如伸手迎客而得名,后者因秦王登山避雨树下而得名。在斗母宫前有一株汉代的"卧龙槐",一断枝横卧于地,伸出十多米,只剩一片树皮了,但又暴出新枝,欣欣向上,与枝下的青石同寿。如果说刚才泰山是以拔地而起的气概来向人讲解历史的沧桑,现在则以秀丽深幽的风光掩映着悠久的文明。我踏着这条文化加风景的山路,一直来到此行预定的终点——经石峪。

经石峪,因刻石得名,就是石头上刻有经文的山谷。离开登山主道,有一小路向更深的谷底蜿蜒而下,碎石杂陈,山树横逸,过一废亭,便听见流水潺潺。再登上几步台阶,有一亩地大的石坪豁然现于眼前。最叫人吃惊的是,坪上断断续续刻着斗大的经文。这是一部完整的《金刚经》，经岁月风蚀，现存一千零六十七个字。我沿着石坪仔细地看了一圈，这是一个季节性河槽，流水长年的洗刷，使河底形成一块极好极大的书写石板。这部经刻大约成于北齐年间，历代僧人就用这种独特的方式来表达自己的信仰。我在祖国各地旅行，常常惊异于佛教信仰的力量和他们表达信仰的手段。他们将云冈、敦煌的山挖空造佛，将乐山一座石山改造成坐佛，将大足一条山沟里刻满佛，现在又在泰山的一条河沟里刻满了佛经。那些石窟是要修几百年，经几代人才能完成的。这部经文呢？每字半米见方，入石三分，字体古朴苍劲。我想虽用不了几百年，可顶着烈日，挥汗如雨，在这坚硬的花岗石上一天也未必能刻出一两个字。中国的书有写在竹简上的，写在帛上、纸上的，今天我却看到一部名副其实的石头书。我在这本大书上轻轻漫步，生怕碰损它那已历经千年风雨的页面。我低头看那一横一竖，好像是一座古建筑的梁柱，又像古战场的剑戟，或者出土的青铜器。我慢慢地跪下，轻轻抚摸这一点一捺，又舒展身子，躺在这页大书上仰天遐想。四周是松柏合围的山谷，头上蓝天白云如一天井，泉水从旁边滑过，水纹下映出"清音流水"四个大字。我感到一种无限的满足。

一般人登泰山多是在山顶上坐等日出，大概很少有人能到这偏僻深沟里的石书上睡一会儿的。躺在书上，就想起赫尔岑有一句关于书的名言："书——是这一代对下一代的精神上的遗训。"泰山就是我们的先人传给后人的一本巨书。造物者造了这样一座山，这样既雄伟又秀丽的山体，又特意在草木流水间布了许多青石。人们就在这石上填刻自己的思想，一代一代传到现在。人与自然就这样合作完成了一件杰作。难怪泰山是民族的象征，她身上寄托着多少代人的理想、情感与思考啊。虽然有些已经过时，也许还有点陈腐，但却是这样的真实。这座石与木组成的大山对创造中华民族的文明史是有特殊贡献的。谁敢说这历代无数的登山者中，没有人在这里顿悟灵感而成其大业的呢？

天将黑了，我们又匆匆下到泰安城里看了岱宗庙。这庙和北京的故宫一个格式，只是高度低了三砖。可见皇帝对岱神的尊敬。庙中又有许多碑刻资料、塑像、壁画、古木、大殿，这些都是泰山的注脚。在中国就像只有皇帝才配有一座故宫一样，哪还有第二座山配有这样一座大庙呢？庙是供神来住的，而神从来都是人创造的。岱岳之神则是我们的祖先，点点滴滴倾注自己的信念于泰山这个载体，积数千年之功而终于成就的。他不是寺院里的观音，更不是村口庙里的土地、锅台上的灶君，是整个民族心中的文化之神，是充盈于天地之间数千年的民族之魂。我站在岱庙的城楼上，遥望夕阳中的泰山，默默地向她行着注目礼。

一九九〇年一月

长岛读海

要想知道海吗？先选一个岛子住下来，再拣一条小船探出去，你就会有无穷的感受。八月里在烟台对面的长岛开会，招待所所长是一个很热情的人，叫林克松，与美国总统尼克松只一字之差。一天下午，他说："我给你弄一条小船，到海里漂一回怎么样？"第二天吃过早饭，我们驱车来到了海边。船工们说风太大不敢出海，老林与他们商议了一会儿，还是请我们上了船。他说："你来了，我们没有惊动官府。要不然你今天就享受不上这小船的味道了。"我想今天就冒上一回险。

快艇高高地昂起头在海上划出一道白色的浪沟，海水一望无际，碎波粼粼，碧绿沉沉。片刻，我们就脱离了陆地，成了汪洋中的一片树叶。这时基本上还风平浪静。大家有说有笑，一会儿就到了庙岛。这岛因地利之便是一座天然的避风港，历代都十分繁华。岛上有一座古老的海神庙，海神为女性，这里称海神娘娘，在福建一带则叫妈祖。妈祖在历史上确有其人，是福建湄洲的一林姓女子，善航海，又乐善好施，死后人们奉为海神。宋代时朝廷封林家女为顺济夫人,元时封天妃,清时封天后,神就这样一步步被造成了。这反映了不管是官府还是百姓,都祈求平安。后殿右侧是一陈列室,有各种不同时代、不同类型的船只模型,大多是船民、船商所献。室后专有一块空地,供人们祭神时燃放鞭炮之用。人们出海之前总要来这里放一挂鞭炮,是求神也是自慰,地上的炮皮已有寸许厚。我国沿海一带,直至东南亚,甚至欧美,凡靠海又有华人的地方都有妈祖庙。有人说,如果组织一个妈祖党,那将是世界上最大的政党。

庙岛的海神庙依山而建,山门上书"显应宫"三个大字,据说十分灵验。山门两侧立哼、哈二将,门庭正中则供着一个当年甲午海战时致远舰上的大铁锚。这铁锚和致远舰,还有舰的主人,带着一个弱国的屈辱和悲愤,以死明志,半个多世纪后它又显灵于此,昭示民族大义。锚重一吨,高二点五米,环大如拳,根壮如股。海风穿山门而过,呼呼有声,大锚拥链而坐,锈迹斑斑,如千年古树。我手抚大锚,远眺山门之外,水天一色,烟波浩渺。遥想当年这一带海域,炮火连天,血染碧波,沉船饮恨,英雄尽节。再回望山门以内,哼、哈二将本是佛教的守护神,因为他们有力便借来护庙。这大铁锚本是海战的遗物,因为它忠毅刚烈也就入庙为神。人们是将与海有关的理想幻化为神,寄之于庙。这庙和海真是古往今来一部书,天上人间一池墨。

离开庙岛,我们向外海方向驶去,海水渐渐变得烦躁不安。这海水本是平整如镜,如田如野,走着走着我们像从平原进入了丘陵,脚下的"地"也动了起来。海像一面宽大的绿锦缎,正由一个巨人从天的那一头扯着它抖动,于是层层的大波就连绵不断地向我们推压过来。快艇更加昂起头,在这幅水缎上急速滑行。老林说开花为浪,无花为涌。我心中一惊,那年在北戴河赶上涌,军舰都没敢出海,今天却乘着小船来闯海了。离庙岛越来越远,涌也越来越大。船上的人开始还兴奋地说笑,现在却一片寂静,每个人的手都紧紧地扣着船舷。当船冲上波峰时,就像车子冲上了悬崖,船头本来就是向上昂着的,再经波峰一托,就直向天空,不见前路,连心里都是空荡荡的了。我们像一个婴儿被巨人高高地抛向天空,心中一惊,又被轻轻接住。但也有接不住的时候,船就摔在水上,炸开水花,船体一阵震颤,像要散架。大海的波涌越来越急,我们被推来搡去,像一个刚学步的小孩在犁沟里踌跚地行走,又像是一只爬在被单上的小瓢虫,主人铺床时不经意地轻轻一抖,我们就慌得不知所措。我不知道这海有多深,下面有什么东西在鼓噪;不知道这海有多宽,尽头有谁在抻动它;不知道天有多高,上面有什么东西在抓吸着海水。我只担心这只半个花生壳大小的小船,别让那只无形的大手捏碎。这时我才感到要想了解自然的伟大莫过于探海了。在陆地上登山,再高再陡的山也是脚踏实地,可停可歇,而且你一旦登上顶峰,就会有一种把它踩在了脚下的自豪。可是在海里呢,你始终是如来佛手心里的一只小猴子,你才感到了人的渺小,你才理解人为什么要在自然之上幻化出一个神,来弥补自己对自然的屈从。

我们就这样在海上被颠、被抖、被蒸、被煮,腾云驾雾般走了约半个小时。这时海面上出现了一座小山,名龙爪山,峭壁如架如构,探出水面,岩石呈褐色,层层节节,如龙爪之鳞。山上被风和水洗削得没有一棵树或一根草,唯有巨流裹着惊雷一声声地炸响在峭壁上。山脚下有石缝中裂,海水急流倒灌,雪白的浪花和阵阵水雾将山缠绕着,看不清它的本来面目。老林说这山下有一洞名隐仙洞,是八仙所居之地,天好时船可以进去,今天是看不成了。我这时才知道,在我国广泛流传的八仙过海原来发生在这里。古代的庙岛名沙门岛,是专押犯人的地方,犯人逃跑,无一不葬身海底。一次有八个人浮海逃回大陆,人们疑为神仙,于是传为故事。现在我们随着起伏的海浪,看那在水雾中忽隐忽现的仙山,仿佛已处在人世的边缘。在海上航行确实最能悟出人生的味道。当风平浪静,你"纵一苇之所如,凌万顷之茫然",觉得自己就是仙;当狂涛遮天,船翻桅摧,你就成了海底之鬼。人或鬼或仙全在这一瞬间。超乎自然之上为仙,被制于自然之下为鬼,千百年来人们就在这个夹缝里追求。你看海边和礁岛上有多少海神庙和望夫石。

离开龙爪山,我们破浪来到宝塔礁。这是一块突出于海中的礁石,有六七层楼高,酷似一座宝塔。海水将礁石冲刷出一道道横向凹槽,石块层层相叠,如人工所垒,底座微收,远看好像风都可以刮倒,近看却硬如钢浇铁铸。我看着这座水石相搏产生的杰作,直叹大自然的伟力。过去在陆地上看水与石的作品,最多的是溶洞,那钟乳石是水珠轻轻地落在石上,水中的碳酸钙慢慢凝结,每万年才长一毫米,终于在洞中长成了石笋、石树、石塔、石林。可今天,我看到水是怎样将自己柔软的身子压缩成一把锉、一把刀,日日夜夜永无休止地加工着一座石山,硬将它刻出一圈圈的凸凸凹凹,分出塔层,磨出花纹。完工后又将塔座多挖进一圈，以求其险；在塔尖之上再加一顶，以证其高；又在塔下洗削出一个平台，以供那些有幸越海而来的人凭吊。这些都做好之后还不算完，大海又将宝塔后的背景仔细调动一番。离塔百多米之远是一片壁立的山坳，像一道屏风拱卫相连。屏面云飞兽走，沙树田园；屏与塔之间，奇石散布，如谁人的私家花园。我选了一块有横断面的石头，斜卧其旁，留影一张。石上云纹横出，水流东西，风起林涛，万壑松声，若人之思绪起伏不平，难以名状。脚下一块大石斜铺水面，简直就是一块刚洗完，正在晾晒的扎染布。粉红色的石底上现出隐隐的曲线，飘飘落落如春日的柳丝，柳丝间又点撒些黑碎片，画面温馨祥和，"燕子声声里，相思又一年"。这是任何一个画家都无法创作出的作品。大海作画就是与人工不同，如果我们来画一张画，是先有一个稿子，再将颜色一层一层地涂上去，而这海却是将点、线、色等，在那天崩地裂的一瞬间，统统熔铸在这个石头坯子里，然后就用这一汪海水，蘸着盐，借着风，一下一下地磨，一遍一遍地洗，这画就制成了。实际上我们现在看着的这一幅画仍在创作中。《蒙娜丽莎》挂在巴黎博物馆里，几百年还是原样，而我们再过十年、百年后再来看这幅石画，不知又将是什么样子。现代科技发明了高速摄像机，能将运动场上的快动作分解来看，有谁再来发明一个超低速摄像机，让这幅画的形成过程动起来，拿到美术院校的课堂上去放，那将是一门绝顶精彩的"自然艺术"课。

下午看九丈崖。这是北长山岛的一段海岸，虽名"九丈"，实则百丈不止。从崖下走一遍可以感受海山相吻、相接、相拼、相搏的气魄。我们从南面下海,贴着山脚蹭着崖壁走了一圈。右边是水天相连的大海,海上迎风而起的白浪像草原上奔驰的马群,翻腾着,嘶鸣着,直扑身旁。左边是冰冷的石壁,犬牙交错,刀丛剑树,几无退路。那浪头仿佛正是要把人拍扁在这个"砧板"上,我们就在这样的夹缝中觅路而行。但是脚下何曾有什么路,只是一些散乱的踏石和在崖上凿出的石阶。行人如履薄冰地探路,一边又提心吊胆地看着侧面飞来的海浪。老林走在前面,他喊着:"数一、二、三!三个浪头过后有一个小空当,快过!"我们就像穿越炮火封锁线一样,弓腰塌背,走走停停。尽管非常小心,还是会有浪头打来,淋一身咸汤。这时最好的享受就是到悬崖下,仰着脖子去接几滴从天而降的甘露。原来与海的苦涩成对比,九丈崖顶上不断飘落下甜甜的水珠。这些从石缝里渗出来的水,如断线的珍珠,逆着阳光折射出美丽的色彩。我们仰着脸,目光紧追定一颗五色流星,然后一口咬住,在嘴里咂出甜甜的味道。在仰望悬崖的一霎间,我又突然体会到了山的伟大。它横空出世,托云踏海,崖壁连绵曲折,尽收人间风景。半山常有巨石与山体只一线相连,如危楼将倾;山下礁石则乱抛海滩,若败军之阵。唯半山腰一条数米宽的浅红色石层,依山势奔突蜿蜒,如海风吹来一条彩虹挂在山前。背后海浪从天边澎湃而来,在脚下炸出一阵阵的惊雷,山就越发伟岸,崖就越发险绝。我转身饱吸一口山海之气,顿觉生命充盈天地,物我两忘,神人不分。

一九九六年一月

这最后一片原始林

像一场战争突然结束，二〇一四年林区宣布了禁伐令。在打扫战场时，人们意外地发现这个角落还有一片原始林。其令人惊喜不亚于忽然登上一个外星球。

二〇一六年六月三十日，我有缘造访了这最后的一片原始林。

早晨八时，从黑龙江绥棱县出发，车行两个多小时来到一个叫"五一森林经营所"的地方。你一听这个名字，就知道是红色年代大开发的痕迹。在名为"鸡爪沟"的这一带沟壑中，分布着大大小小的伐木场，大都名"五一""七一""十一"等。以政治的名义向自然进军，讨伐森林，而这块林子竟能在锯齿斧刃间留存下来，真是万幸。

我们在这里换上迷彩服、长筒靴，每人一把伞。虽然天正降大雨，还是义无反顾地向林地进发。先是沿着一条牛车老路前行，车辙中积了一尺多深的雨水，泥中泡着黑色的牛粪。辙印边长着茂密的车前子。这是一种中药,利水通便,专喜在车轮轧过的地方生长,所以名"车前子"。虽然头上有雨伞挡雨,但路边齐腰深的蒿草挂满水珠,几下就把腰身裤腿刷得湿透。我们踩着稀泥、牛粪,深一脚浅一脚地向黑森林前进,不一会儿就消失在茫茫林海中。

正走着,忽然听见右边不远处有哗哗的流水声。我们收起雨伞,任雨水洗面,踩着朽木、草墩,钻过横七竖八的灌木。忽然眼前一亮,一条溪流从山上奔腾而下。我问这水的名字,说是叫"跳石溪",这种原汁原味的命名,类似前面说的"鸡爪沟"。就是说水面上满是大大小小的石头,你可以像小鹿一样,一直踏着石头跳到河的源头。

眼前这条溪流没有留下一丝人类活动的痕迹。首先,你不知它来自何方。仰望山顶,只见远远近近的山、层层叠叠的树、朦朦胧胧的雨,半山一道歪歪斜斜的水流,跌跌撞撞地碰着那些大大小小、圆圆滚滚的石头,或炸起雪白的浪花,或绕行成一条飘飘的哈达。遇有平缓之处时,就蓄成一汪小潭,碧玉如镜,清澈照人。因为是在峡谷之中,经过千年万年的冲刷,这些石头无论大小,一律呈圆形:滚圆、椭圆、扁圆、平圆。你远远望去,一沟漂亮的弧线纵横交错,相叠相绕,任是毕加索转世也结构不出这样的图画。我站在"跳石"上,眺望着空蒙中的山、树和水,一时竟不知是穿越到了何处。

虽然有"跳石溪",但我还是不能跳溪而上,那样将误了水以外的风景。我们退回老林,雨时停时下,云忽开忽合,大家就举着手机、相机抓紧时间照相采景。

人类虽然早已进入现代文明，但是总忘不了找寻原始。这是因为：一来，它是大自然的原点，可由此研究自然界的进化，包括人类自己；二来，它是人类走出蛮荒的起点，是生命的源头，我们有必要回望一下走过的来路。

判断一个地方是不是够原始，一个简单的办法就是看有没有人的痕迹。从纯自然的角度来说，人的创造是对自然的一种干扰和污染。比如庐山上、西湖边的那许多诗词、题刻，在自然女神看来无异于公园里常见的废纸、烟头。所以探险家总是去寻找那些还没有人文污染过的地方。没有人来过，无路；景色第一次示人，无名；前人没有留下诗文，无文。今天我们进入的正是这种"三无"之境。雨打树叶，空谷鸟鸣，小径明灭，时见草虫。我的心一下落入了一片空灵。

虽是来看原始森林，但先要说一说这里的石头。

石头的年龄自然比树更古老，更原始。而且就因为有了这些遍野的石头，才拦住了伐木者的手脚，为我们留下了这片林子。国内最有名的石头景观是云南的石林，那是一片秀气的石柱。还有我写过的贵州天星桥，那是喀斯特地貌特有的精巧。而这里的石头一律是巨大坚硬的花岗岩，浑圆沉稳，高大挺拔，无不迸放着野性。大约亿万年前，这里正是大海之底，所以石的分布无一定规则，或独立威坐，或双门对峙，或三五相聚，或隔岸呼唤，各具其态。外形也或如狮、虎、鹰、犬，各得其妙。好像是在造生物世界之前，上帝先用石头在这里试做了一个草图。

我虽不忍以文字去亵渎自然，但为了叙述的方便，还是不得不给几处奇景暂取一个名字。这一处可名"巨舰出海"，一块酷似军舰的大石，上宽下窄，头尖肚圆，高昂着头，正分开密密的丛林，在绿海中破浪穿行。这巨石睥睨一切，它大声宣布，它就是这里的主人，是这里的保护者。林子所以还能保持现在这个原始的样子，是它们老石家的功劳。

还有一处石景，我叫它"双剑问天"。这是两片薄如一纸却有一楼之高的巨石，像一副刚出鞘的双剑，不知从何年何月起被弃置于此。你看它立于红松白桦之间，剑头向天，直指苍穹。最奇的是这两把平行的大剑，中间只有一拳之隔，其间蓝天一线，白云飞渡，你不能不叹天工之妙。就算是石器时代的遗物，又是何人能打造这样大、这样尖、这样薄、这样成双成对的利剑？又是什么力量能将它直立于此？看着这道细缝，你会想起"白驹过隙"这个词，时间的流逝就像一匹白马从一道缝隙间一跃而过。李白说："光阴者，百代之过客。"我拍剑问天，林间何时初有剑，石剑何时共树生？这石缝中不知流走了尘世间的多少光阴。林外岁月林中剑，人自匆匆剑无声。山门外曾有多少次的改朝换代、你夺我争、硝烟战火，还有那响彻云天的伐木声，都被这无声的双剑挡在了门外。

现在要说一说这些在乱石头间争荣竞秀的草木了。在山口处，我看见一棵被放倒的红松，有两抱之粗，应是当年试伐的痕迹。它横躺在地上，整整地压住了一面坡，倒在这里至少也有十年了。这个林业局是一九四八年成立的，比新中国成立还要早。长期砍伐，到二十世纪九十年代林场就开始资源枯竭，水土流失。只有这片林子是个例外，人们叩不动这个山门。红松、冷杉、大青杨、水曲柳、胡桃楸、黄菠萝等参天大树遮蔽着头上的天空，而榛子、山葡萄、山丁子、稠李子、蓝莓等杂灌草盖沟压坡，如毡如毯，人行林中，如在科幻影片中。

脚下最值得一说的是蕨草、苔藓这些地被植物，这是整个林区的地毯，是森林里所有生命湿润润的温床。蕨草每一枝都长着七八片叶，而每个叶片都像剪纸或者木刻，不求线条的流动，却有刀刻石印般的凝重。况且它与恐龙同一个时代，在这林子里资格最老。这样老的物种却有鲜嫩碧绿的色彩，在幽暗的老林中如一束发光的宝石花。说到苔藓，我小时不知见过多少，不过也就是雨后地上的一层"绿毛"。后来在南方热带雨林中见过更浓密、更鲜艳的，将石头裹成一块碧玉。在内蒙古林区见过大团生长的颜色发暗的苔藓，那是驯鹿特有的饲料。而这里的苔藓因环境潮湿，土壤肥沃，却长成了根根细草，又织成密密一片，人们就叫它苔草。它生在地上、树上、石上，绿染着整个世界，不留一点空白。最让人感动的是它的慈祥，它小心地包裹着每一根已失去生命的枯木。那些直立的、斜倚的、平躺于地的大小树干，虽然内里已经空朽，但经它一打扮，都仍保持着生命尊严。绿苔与枯树正在悄然做着生命的转换。而巨石的最高处有一种特别的苔草，据说口含一根即可治愈男人最怕的前列腺炎。而榛子、蓝莓、蘑菇、野葡萄等拥着树根，挂满树枝，伸手可及，身在其中，你仿佛正走在一个童话世界中。

老林子中最美的还是大树，特别是那些与石共生的大树。有一棵树，我叫它"一木穿石"。我们平常说"水滴石穿"，可是有谁真的见过一滴水穿透了一块石头？现在，我却见到了一棵树，一棵活着的树，硬是生插在一块整石之上，像一颗刚射入石中的炮弹，光光溜溜的，还没有爆炸；又像一枚仰面向天正待发射的火箭，膀粗腰圆，霸气十足。我只看了一眼就被惊呆了，拔不开脚步，时空骤然凝固。这是一棵红松，当初也许是一粒种子落在石板上，靠着老林中的湿气慢慢地发芽。但它命运不济，一出生就躺在这个光溜溜的石床上。它的须根向四周摸索，拳握住一点点泥尘，然后蛰伏在石面的稍凹处，聚积水分，酝酿能量。松树有这个本事，它的根能分泌一种酸液，一点一点地润湿和软化石块。成语"相濡以沫"是说两条鱼以沫相濡，求生命的延续。而这棵红松种子却是以它生命的汁液，去濡润一块没有生命的石头，终于感动了顽石，给它让出了一个小小的空间。它赶紧扎下一条须根，然后继续濡石，挖洞，找缝，周而复始，终于在顽石上树起了一面生命的大纛。现在这棵红松的胸径有四十厘米，一个小脸盆那么大，不算很粗。但是专家说，它已经有九十年以上的树龄。要是用一个高速摄影机把这首生命进行曲拍下来，再用慢速回放，那是怎样的震撼人心。

如果说刚才的那棵树有男性的阳刚之烈，下面这棵便有女性的阴柔之美。它生在一块窄长的条石上，两条主根只能紧抓着条石的边缘向左右延伸，然后托起中间的树身，全树就成了一个丁字形，一个标准的体操动作"一字马"。远远看去，就像一个女子正在腾空飞杠，或者在平地上劈叉。那两条主根是她修长的双腿，树干是她妙曼的身躯，挺胸拔背，平视前方。这是我第一次看到一棵树的根与身子长得一般的粗细，一样的匀称，一样的美丽。在南方热带雨林中，我见过如乱麻般的气根；在华北平原上，我见过老槐树下块状的疙瘩根；却还从来没有见过这样决绝而又从容地在条石上匍匐而行的苗条的松树根。已分不清它是树贴在石上的根，还是石上鼓起的一道棱。我怀疑它们的分子早已相互渗透，相混相融。这树身里分明已经注入石质的坚硬，却又画出这样柔美的弧线，好一个"幽谷美人"。

有一棵合抱之树，我暂名为"长龙过峡"。两块巨石相距十多米远，不知为什么它先以根抓住右边之石，然后腾空一跃，又搭在左边的石头上，再仰头一声长啸，直冲向蓝天。在这片原始森林中，几乎每一棵参天巨木都是这样惊心动魄、有声有色又悄然不惊地活着。它们或抓住一块圆石，如老鹰抓小鸡一般，用利爪紧紧地箍住它；或用大片的根包紧一块方石，就像用包袱皮裹东西一样整整齐齐。有时还会故意露出一小块石面，像是开了一扇小窗户。总之，树先用根俘获一块石，然后脚踏实地，顽强地生长。在原始林中看树，绝不会有人工林的单调，因为有太多的天然元素让它可以做出无尽的排列组合，向人们贡献出任何艺术家都不可能完成的天工之美。这些树到底在做着什么样的追求？达尔文说："生物有一种内在的倾向，它在朝着进步和更完善的方向发展。"生命这个东西总是在拼搏、砥砺、奋斗中才能擦出火花，才能体现它的价值。其实我们人类，也在时时追求这种完善。

在林中穿行了约三个小时，雨停了，阳光穿过红松、冷杉和大青杨的枝条，洒在湿漉漉的草地上，幻化出奇幻无穷的美。我们就这样在绿色的时间隧道里穿行，见证了大自然怎样在一片顽石上诞生了生命。它先以苔藓、蕨草铺床，以灌木蓄水遮风，孵化出高大的乔木林，就成了动物乃至我们人类的摇篮。这时再回看那艘石头巨舰，是泰坦尼克号？是哥伦布的船，还是郑和下西洋时的遗物？都不是，它是《圣经》上说的方舟，是佛经上说的前世。它沉静地停在这里，是特别要告诉我们，假如没有人的干扰，地球是什么样子，大自然是什么样子，我们曾经的家是什么样子。恩格斯说，人类对自然的每一次胜利，都会得到报复。正好相反，当年我们屈从了这片原始林，现在它给我们友好的回报，留下了一面大镜子，照出了人类文明的进程。以铜为镜，可正衣冠；以史为镜，可知朝代之兴替；以这片原始林为镜，可知生命、人类和地球的兴替。现在我们有了海洋考古，如果发现一点沉船上的瓷片、铜钱，就惊为奇宝。怎么就没有想到来这林中考一考未有人之前的洪荒大地呢？这至少会让我们减少对地球这条小船的折腾，减缓它的下沉。

我下山时，看见沿途正在修复早年林区运木材的小火车路，不为伐木，是准备开发原始森林游。

二〇一六年十月

海　思

没有见过海，真想不出她是什么样的。

眼前这哪里是海呢？只有水，水的天，水的地，水的色彩，水的造型。那如花灿烂的浪、时起时伏的波、星星点点的雨、湿湿蒙蒙的雾，一起塞满了这个蓝天覆盖下的穹庐。她们笑着，叫着，舔食着天上的云朵，吞没了岸边的沙滩，狂呼疾走，翻腾飞跃。极目望去，那从天边垂下来的波涛，一排赶着一排，浩浩荡荡，如冲锋陷阵的大军；那由地里泛起的浪花，沸沸扬扬，一层紧追着一层，像秋日田野上盛开的棉朵。那波浪互相拥挤着，追逐着，越来越近，越来越高，赶来到脚下时便成一道齐齐的水墙，像一匹扬鬃跃蹄的野马，呼啸着扑上岸来，"啪"的一声，一头撞在那些圆溜溜的礁石上，顷刻间便化作了点点水珠和星星飞沫。还不等这些水珠从礁石上退下，又是一排水墙，又是一声巨响，一阵赶着一阵，一声接着一声，无休无止，不穷不尽。倒是水雾里的那几只海鸥在悠闲地盘旋着，打着浪尖。我站在礁石上，任海风鼓满襟袖，任浪花打湿鞋袜。那清风碧波，像是从天上，从地下，从四面八方，从我的五脏六腑间一起涌过，我立即被冲洗得没有一丝愁绪，没有一星杂虑。而那隆隆的浪、滚滚的波，那浪波与礁石搏斗的音乐，又激荡起我浑身的热血。海啊，原来是这个样子。

每天，我在海边散步，便被织进一张蓝色的大网中。我知道这水和空气本是透明无色的。但天高水深，那无数的"无色"便织成了这种可见而不可触的蔚蓝色，似有似无，给人一种遐想，一种缥缈，一种思想的驰骋。朱自清说，瑞士的湖蓝得像欧洲小姑娘的眼，我这时却觉得这茫茫的大海蓝得像一个神秘的梦。

渐渐，我奇怪这海的深和阔。那滚滚的海流何来何去？那万丈长鲸，何处是它的归宿？那茫茫的彼岸又是什么样子？我想起书上说的，在那遥远的百慕大海区，舰艇会突然失踪，飞机会自然坠落；在大西洋底，有比喜马拉雅山还高的海岭在起伏，有比北美大峡谷还深的海洋深谷在蜿蜒；还有那海底的古城，那张满了绿苔的墙，那曾是住宅和商店的房。真不知这一片深蓝色中还有多少个这样的谜。本来，不管是亚洲高原上的大河，还是澳洲大陆上的小溪，都将在这里汇合；不管是杨贵妃沐浴过的温泉，还是某原子能电厂用过的冷水，都要在这里相聚。时间和空间在大海里拥抱。太阳晒着，将这一切蒸发，循环；台风鼓着，将他们翻腾，搅拌。亿万年的历史、五大洲的文明，纵横相间，一起在这里汇拢，融进这片深深的蓝色。科学家说，物质是不灭的，那么捧起一掬海水，这里该有属于大禹那个时代的氢,也该有哥伦布呼吸过的氧。于是,我明净的心头又涌上一汪蓝色的沉思。

当我从海湾的那边返回时,是乘的船。风平浪静,皓月当空,船在月光与水波织成的羽纱中飘荡。我躺在铺位上,倾听那海风海浪的细语,身子轻轻地摇晃着,不由想起那唱着摇篮曲的母亲和她手里的摇篮。本来,地球上并没有生命,是大海这个母亲,她亿万年来哼着歌儿,不知疲倦地摇着,摇着,摇出了浮游生物,摇出了鱼类,又摇出了两栖动物、脊椎动物,直到有猴,有猿,有人。我们就是这样一步步地从大海里走来,难怪人对大海总是这样深深地眷念。人们不断到海边来旅游,来休憩,来摄影作画、寻诗觅句,原来是为了寻找自己的血统,自己的影子,自己的足迹。无论你是带着怎样的疲劳、怎样的烦恼,请来这海滩上吹一吹风,打一个滚吧,一下子就会返璞归真,获得新的天真、新的勇气。人们只有在这面深蓝色的明镜里才能发现自己。

当弃船登岸时,我又转过身来,猛吸一口这海上带咸味的空气。

一九八三年十月

四
南国烟雨

苏州园林

我到苏州,是特地为她的园林而来的。在一条很小的弄里,我找见了网师园,这是苏州最小的园子,占地只有八亩。园子入口处很窄,四周有山、水、石、桥、花、木。园中心处有一屋,名"竹外一枝轩",这个名字初读来令人不解,细想才知是据苏东坡诗意:"江头千树春欲暗,竹外一枝斜更好。"果然,轩面一池水,水边有斜依的松柏、袅袅的垂柳,而穿过柳荫,在波光水色中闪现出亭台、桥榭。景是错落的,甚至斜乱的,但这正是整齐美之外的更深一层的美。造园者与诗人的心是相通的,他们用人力来提炼自然美的精华,这是艺术。

和网师园相比,拙政园算是苏州最大的园子了,据说是《红楼梦》大观园的原型,但她并没有因为大而失去精。园中有楼曰"见山楼",但对面只是很宽阔的水,隔岸又是若许亭、轩、阁,一起埋在绿树丛中,哪里有什么山?可是当你再凭栏品味时,会突然想起陆游的诗:"疏沟分北涧,剪木见南山。"

谁敢说剪掉林木之后,那边没有山呢?想见的山比看见的更好看,更有味,这真是含蓄到极致了。其余还有许多亭、堂,如"看松读画轩""风到月来亭""留听阁"等,都画龙点睛,景外有意,让你身在其中,又不得不神思其外。城中的园林不比大自然中的山水,她只有在有限的条件下向精美、凝练、含蓄中去求艺术,像一首律诗。这样,"园"有尽而意无穷,而在这里,艺术的表现手段又不像诗一样靠字、词,却是靠山石、花木、砖瓦。难得的是这些无声之物,竟有神有韵地构成了一个美的境界,当你在这些园子里优游时,那实际上是在翻一部唐诗或一本宋词了。

如果说在网师园、拙政园里得到的是诗情,那么在留园里得到的便是画意了。这个园子多回廊,亭堂又多窗,匠心之意是让你尽量透过廊、窗取景,抬眼时便是一幅画图。窗外常是粉墙,窗与墙之间或植竹数竿,或插梅一枝,墙为纸,物为墨,随风摇曳,影布墙上,且天生艳红翠绿,这是任何丹青高手所不能企及的。这还不止,窗户又都是各种图案的花格子,透过窗子看景时,别有一种隐约的效果与气氛,是朦胧的美。还有一奇趣,当游人在廊中走动时,从不同的角度望去,又会是一幅不同的画面,叫"移步换景"。真可谓将我们视觉的潜力挖绝了。

园中除画之外,还有雕塑,这便要说到石了。有一块"鹰石"突兀耸立,浑身高高低低,洞洞眼眼,石顶部极似一只老鹰腾空,长颈内弯,两爪伸张,双目炯炯,大约发现了地上有一只雏鸡,正鼓翅欲下。我站在石旁注视良久,越看越像,越想越像，觉得那鹰，神从石出，气从石来，活了！但我岂不知，这是太湖里随便捞上来的一块石头。苏州园林的艺术正在不以墨为图，不以斧凿去雕塑，尽量利用自然之美，专取似与不似之间，匠心之意只是撩拨起你的遐想，引而不发，藏而不露。中国画中本有写意的一派，那是比工笔更含蓄，更有味的。

留园中还有两块石头叫人难忘。一曰"冠云峰"，高六点五米，重五吨，是宋时运"花石纲"落入太湖中，清朝官僚刘蓉峰造园时又捞得的，这是苏州园林中最大的一块了。其旁又还有一块石"岫云峰"，傍有一些紫藤出地，分为两股，穿石间小孔而上，到石巅后又绞作一团，浓荫蔽覆，藤遒劲而叶蒙缀，至少已逾百年。在苏州园林中，空间自不必说了，就连时间这个因素也被纳入造林艺术之中了，有人工制造的错落的美，有历史铸就的古邈幽远的美。我们平时谈画，那是些平面的颜色；我们游历山水，那是些自然的原形。而现在，我们看到的却是窗框里的翠竹、水池中的山石，这是自然物与纸上画的过渡，是自然美与艺术美的融合，别有一种角度，另是一番享受。

别于宅地花园的是沧浪亭。园中有山，环山有河，水面开阔。这本是宋庆历年间，诗人苏舜钦为官失意后隐居之所。他在这里造了亭，还写了"记"，歌咏其自在之情："觞而浩歌，踞而仰啸，野老不至，鱼鸟共乐。"亭上有楹联："清风明月本无价，近水远山皆有情。"登亭而望，绿荫之外空水茫茫，尘嚣不闻，市井不见，闲矣，静矣。这里不比城里那几处园子，那是主人正官运亨通之时闲玩游赏之地，这里是文人失意官场后抒发悲凉、宣泄积愤的所在，其意境是李白的《春夜宴桃李园序》，是王维的《山中与裴秀才迪书》，是陶渊明的《桃花源记》，游这种园子，得到的是一种恬淡闲逸的美。这就不只是诗与画的陶醉，而是在冷静地披览历史了。她使人不由忆想起我们民族悠久的文化和历史上曾相继登场的各种思想与人物。

在苏州看园林，实在是在读一本立体的书。本来通过建筑这面镜子，我们一样可窥见当时社会的政治、经济与文化，不过这种窥视与探讨却是充满了艺术的乐趣。这在国外已经专门兴起了一门"艺术社会学"。苏州的园林建筑艺术则完全称得起这门学科的一个分支。我想现在我们继承自己民族的文化遗产，不仅要去钻图书馆，考察文物，看古装戏，还应该到这样的城市里来走一走，想一想。建筑是凝固的音乐，在这些秀美的园林里随时都飘荡着几世纪前的音符，一碰到我们的心弦，便会响起历史的鸣奏，在我们心灵的空谷中久久回荡。我又想，我们现在欣赏这浸透了古典文化艺术之汁的苏州城，还不应该忘记，怎样去为我们的后代创造一座同样饱储着当代文化艺术的城市。

一九八五年三月

吴县四柏

一千九百多年前,东汉有个叫邓禹的大司徒在今天苏州吴县(一九九五年撤销,二〇〇〇年设立吴中区至今。——编者注)栽了四棵柏树,经岁月的镂雕陶冶,这树竟各修炼成四种神态。清朝皇帝乾隆来游时有感,而分别命名为"清""奇""古""怪"。

最东边一棵是"清"。近两千年的古树,不用说该是苍迈龙钟了。可她不,数人合抱的树干,直直地从土里冒出,像一股急喷而上的水柱,连树皮上的纹都是一条条的直线,这样一直升到半空中后,那些柔枝又披拂而下,显出她旺盛的精力和犹存的风韵。我突然觉得她是一位长生的美人,但她不是那种徒有漂亮外貌的浅薄女子,而是满腹学识,历经沧桑。要在古人中找她的魂灵,那便是李清照了。你看那树冠西高东低,这位女词人正右手抬起,扶着后脑勺若有所思。柔枝拖下来,风轻轻拂着,那就是她飘然的裙裾,"险韵诗成,扶头酒醒,别是闲滋味"。

　　西边一棵曰"奇"。庞然树身斜躺着,若水牛卧地。整个树干已经枯黑,但树身的南北两侧各披挂下一片皮来,就只那一片皮便又生出许多枝来,枝上又生新枝,一直拖到地上,如蓬蒿,如藤萝,像一团绿云,像一汪绿水,依依地拥着自己的命根——那截枯黑的树身,就像佛家说的,她又重新转生了一回,正开始新的生命。黑与绿、老与少、生与死,就这样相反相成地共存。你初看她确是很怪的,但再细想,确又有可循的理。

　　北边一棵为"古"。这是一种左扭柏,即树纹一律向左扭,但这树的纹路却粗得出奇,远看像一条刚洗完、正拧水的床单,近看树表高低起伏,如沟岭之奔走蜿蜒,贮存了无穷的力。树干上满是突起的肿节,像老人的手和脸,顶上却挑出一些细枝,算是鹤发。而她旁边又破土钻出一株小柏,柔条新叶,亭亭玉立。那该是她的孙女了。我细端详这柏,她古得风骨不凡,令人想起那些功勋老臣,如周之周公、唐之魏徵。

　　还有一棵名"怪"。其实,她已不能算"一棵"树了。不知在这树出土的第几个年头上,一个雷电,将她从上至下劈为两半,于是两片树身便各赴东西。她们仰卧在那里相向怒目,像是两个摔跤手同时跌倒又各不服气,正欲挣扎而起。长时间的雨淋使树心已烂成黑朽,而树皮上挂着的枝却郁郁葱葱,缘地而走。你细找,找不见她们的根是从哪里入土的。根就在这两片裸躺着的树皮上。白居易说原上草是"野火烧不尽",这古柏却"雷电击又生"。她这样倔,这样傲,令人想起封建士大夫中与世不同的郑板桥一类的怪人。

  这四棵树挤在一起，一共占地也不过一个篮球场大小，但却神志迥异地现出这四种形来，实在是大自然的杰作。那"清"柏，像是扎根在什么泉眼上，水脉好，土气旺，心情舒畅。那"古"柏，大约根须被挤在什么石缝岩隙间，未出土前便经过一番苦斗，出土后还余怒未尽。那"奇""怪"二柏便都是雷电的加工，不过雷刀电斧砍削的部位、轻重不同，她们也就各奇各怪。真是天雕地塑，岁打月磨，到哪里去找这有生命的艺术品呢？而且何止艺术本身，你看她们那清、奇、古、怪的神态，那深扎根而挺其身的功力，那抗雷电而不屈的雄姿，那迎风雨而昂首的笑容，那虽留一皮亦要支撑的毅力，那身将朽还不忘遗泽后代的气度，这不都是哲理、思想与品质的含蓄表现吗？大自然本身就是一部博大的教科书，我们面对它常常是一个小学生。我想应该让一切善于思考的人来这树下看看。要是文学家，他一定可以从中悟到一些创作的规律，唐诗、《聊斋》《山海经》《西游记》不是各含清、奇、古、怪吗？要是政治家，他一定会由此联想到包公那样的清正，贾谊那样的奇才，伯夷、叔齐那样的古朴，还有扬州八怪等那些被社会扭曲了的怪人。就是一般的游人吧，到此也会不由地停下脚步，想上半天。云南石林里那些冰冷的石头都会引起人种种联想，何况这些有生命的古树呢？她们是牵着一条历史的轴线，从近两千年以前的大地上走来的啊！

一九八四年十二月

九华山悟佛

到九华山已是下午，我们匆匆安顿好住处，便乘缆车直上天台。缆车缓缓而行，脚下是层层的山峦和覆满山坡、崖脚的松柏、云杉、桂花、苦楝。最迷人的是那一片片的翠竹，黄绿的竹叶一束一束，如凤尾轻摆，在黛绿的树海中摇曳，有时叶梢就探摸到我们的缆车。更有那些当年的新竹，竹竿露出苍壮的新绿，竹尖却还顶着土色的笋壳，光溜溜的，带着一身稚气直向我们的脚底刺来。

天台顶是一平缓的山脊，有巨石，石间有古松，当路两石相挤，中留一缝，石壁上有摩崖大字"一线天"。侧身从石缝中穿过，又豁然一平台。台对面有奇峰突起，旁贴一巨石，跃然昂首，是为九华山一名景"老鹰爬壁"。壁上则有松八九棵，抓石而生，枝叶如盖。登台俯望山下，只见松涛竹海，风起云涌，偶有杜鹃花盛开于万绿丛中，如火炽燃。遥望山峰，连绵弯成一弧，如长臂一伸，将这万千秀色揽在怀中。远处林海间不时闪出一座座白色的或黄色的房子,是些和尚庙或者尼姑庵。我心中默念,好一湾山水,好一湾竹树。

流连些时候,我们踏着一条青石小路走下山来。这时薄暮已渐渐浸润山谷,左手是村落小街,右手是绿树深掩着的山涧,唯闻水流潺潺,不见溪在何处。山风习习,宁静可人,大家从都市走来,每个人都感觉到了一种久违了的静谧,谁也不说话,只是默默地享受。这时左边一个小院里突然走出一位老人,手持一个簸箕,着一身尼姑青衣,体形癯瘦,满脸皱纹,以手拦住我们道:"善人啊,菩萨保佑你们全家平安,快请进来烧炷香。"我一抬头才发现,这是一个尼姑庵。大家好奇,便折身跟了进去。老妇人高兴得嘴里不住地念叨:"好人啊,贵人啊,菩萨保佑你们升官发财。"这其实是一间普通的民房,外间屋里供着一尊观音像,设一只香炉、一个蒲团;墙脚堆满一应农家用具,观音被"挟持"其中。我探身里屋,是一个灶房。我们向功德箱里丢了几张票子,便和老妇人聊了起来。

老人六十九岁,原住山下,来这里已七年,家里现有两个儿子、两个孙子。我说:"现在村里富了,你为什么不回去抱孙子?"她说:"儿媳妇骂得凶,说我出来了就别想再回去。""儿子来不来看你?""不来。他让我修行,说怎么都行,就是不许剃发。"老妇人指指自己稀疏的白发,一再解释。"香火好吗?""哪有什么香火!你不请,人就不进来。"我看一眼院子,有水井、桶杖之类,可想她一人生活的艰难。同行的两位女同志唏嘘不已,我也心中悒悒。

下山时我便更留意街上的情景。整个山镇全是些大大小小的取了各种名字的庙庵、精舍、茅棚，许多还是新盖的，墙都刷成刺目的白色或黄色，门口贴副带佛味的对联，大门内供尊佛像，隐约香烟缭绕。原来这里的人世代以佛为生，人家竟以佛事相传。过一中等"精舍"，一着僧衣者立于门前与人闲话。我稍一搭讪，他便热情地介绍开来。原来这大大小小的庙庵全山竟有七百多家，有的是正规管理的庙，而绝大部分都是起个名字就称佛、摆台香炉就迎客的"私"庙，宛如城里人将自己临街的门窗打开就是个小店。下山后我在招待所里谈及此事，一位当地人说："嘿！你还不知道，有的干脆就是两口子，白天男人穿上僧衣，女人穿上尼姑服，各摆一个功德箱，晚上并床睡觉，打开箱子数钱。"我一时语塞，不由联想起刚才那老妇人一再自我表白"儿子不让我剃发"，大约怕我们以之为假。

第二天一早，我们即去拜谒这山上的名刹祇园寺。一进庙，见和尚们匆匆奔走，如有军情。一队老僧身披袈裟折入大雄宝殿，几个年轻一点的跑前跑后，就像我们地方上在开什么大会或者搞什么庆典。更奇怪的是一些俗民男女也匆匆进入一个客堂，片刻后又出来，男的油发革履之间裹一件僧袍，女的则缠一袭尼衣，唯露朱唇金坠和高跟皮鞋。僧俗各众进入大雄宝殿后，前僧后俗站成数排。只见前侧一执棒老僧击木鱼数下，殿内便经声四起，嗡嗡如隐雷，那些披了僧袍尼衣的俗民便也两手合十跟着动嘴唇。大殿两侧有条凳，是专为我们这些更俗一些的旁观游客准备的。我拣条凳子坐下，同凳还有两位中年妇女。一位妇人掩不住地激动，怯生生又急慌慌地拉着那位同伴要去入列诵经，那一位却挣开她的手不去。要去的这位回望一眼佛友，又睁大眼睛扫视一下这神秘、庄严又有几分恐惧的殿堂。三宝大佛正端身坐在半空，双目微睁，俯瞰人间。她终于经不住这种压力，提起宽大的尼袍，加入了那二等诵经的行列。我便挪动一下身子，乘机与留下的这位聊了起来。我说："你为什么不去?"她说："人家是为自己的先人做道场，我去给他念什么经?""这个道场要多少钱?""少说也得有几十万。这是一家新加坡的富商为自己所有的先人做超度，念《大悲咒》。"我大吃一惊："做一场佛事竟能收这么多的钱!"她说："便宜一点也行，出十元钱写个死者的牌位，可在殿里放七天。"她顺手指指大殿的左后角，我才发现那里有一堆牌位叠成的小山。我说："看样子你是在家的居士吧?"她说才入佛门，知之不多。问及身上的尼姑黑袍，她说是在庙上买来的，三十五元一件，凡入这个大殿的信徒，必须穿僧衣，庙上有供应。我这才明白，刚才那帮俗家弟子为什么要到客堂里去专门来一次金蝉脱壳，这有点像学校里统一制作校服，是规矩，但也是一笔可观的生意。

从祗园寺出来，我们拾级而上，去看山顶上的百岁宫。名为宫，实际上是一个山洞。相传明代有一无暇和尚来此修行，积二十八年刺舌血写得一部《华严经》，活到一百一十岁坐化，肉身三年不腐，门徒奇之，以金裹身，存之至今。因为是真身所在，这里香火更旺。我们到时这里也正大做道场，问及价目，曰每场二十万元。山顶风景无他，只是大兴土木，满地砖木沙石碍脚碍眼。庙门前空地上几个石匠正在叮叮当当地刻功德牌，路边小店起劲地放着念经的录音带，高声叫卖木鱼、念珠之类的法物，梵音与市声齐飞，游客共香客一体。我们缓缓下山，走几步就会碰到扛着木头或担着砖瓦的山民，这些苦力不时停下来将木料拄地，擦着汗水。但是他们不肯静下来休息，而是向每一个擦身而过的游客伸出手："菩萨保佑，行个好，给个茶水钱。钱给了修庙人比买了香火还灵。"一种矛盾的心理立即攫住了我的心。见苦而不救，有违人心；鼓励乞讨，又助长歪风。这种层层的堵截使人大为扫兴，那些佛心重、心肠软者更是被弄得十分尴尬，只要给了一个就会有两个、三个上身。我立即想起在印度访问时的情景，回国后愤而写了一篇《到处都伸出一双乞讨的手》，想不到今天在国内的圣地名山又重陷那时的窘境。但我的心还是硬不起来，就与一个扛木头的山民聊了起来，知道他们的工钱是每扛百斤可得四元三角，是够苦的，便顺手掏出一张票子，那人的脸立即笑得像一朵花。可是我并没有一丝做了善事的喜悦。下山后又接着看了地藏王殿，地藏王是九华山的主供菩萨，主管阴间轮回之事。殿内经声嗡嗡，木鱼声声。门口有一位边吃饭边当值的小僧，我问这里可否做道场，他翻我一眼说："这是地藏王亲自住的地方，他专管超度，怎么会不做？"很怪我的无知。问及价码，七百元到二十万元不等。下山时我们从九华街穿过，路过两间储蓄所，见柜上都有和尚在存钱。从背后望去，其双手举在柜上，头向前探，腰板就拔得更直，僧袍也更显得挺括岸然。

中午吃饭时我心里总是不悦。中国四大佛教名山，前三个五台、峨眉、普陀，我早已去过，唯有九华心仪已久，不想今天却得了一个铜臭味极浓的印象。钱这个东西像流水，赚钱聚财如挖渠。有人挖工业之渠，借产品赚钱；有人挖农业之渠，借菜粮赚钱；有人挖商业之渠，借流通赚钱；另有书报、娱乐、旅游、饮食甚至赌博、色情，皆因各人所好而设专渠。这个世界上是处处挖渠，处处设坑，借高水低流之势，把你口袋里的那一点积蓄都要滴引过来，聚而敛之。但今天令我吃惊的是，向以慈悲、普度、舍身、苦行为本的佛，竟"允许"别人在这方圆百公里的九华山腹地引了这么多的渠，挖了这么大的坑。你看那山上卖香的，路边卖法器的，九华街上卖饭开店的，遍山开庙开庵的，拦路行乞的，据说还有经营墓地的，都在一门心思地挖坑敛财。我突然感到昨天在山顶所陶醉的一湾山树、一湾翠竹，竟是一湾欲海；在薄暮时分于茂林修竹间所用心体会的淙淙细泉，原来都向着这个大海流了过来。我们仿佛不是来游山，不是来欣赏山水的美，而是被人招来送钱的，宛如河面上随波逐流的一片落叶。

午饭后，我怀着怅然若失的心情下山。车到山口，闪过一湾翠竹和一棵枝叶如盖、遮着半天的大树，树下露出了一座黄墙青瓦的古寺。这也是一座上了九华名刹榜的大庙，叫甘露寺，同时也是九华山佛学院的所在，肃穆之象不由让我驻车凭吊。正当中午，僧人午休，整座大庙寂然如灭，使人有忽入空门之感。大殿上杳无一人，唯几炷香渺渺自燃，几排坐禅的蒲团静列成行。佛祖端坐半空，目澄如水，静观大千。殿柱上挂有戒牌，上书《九华山佛学院坐禅规则》："进禅堂心平气和，万缘放下……"廊柱上有《僧伽壁训》："为僧首要老实，接物必重慈悲……"右侧为饭堂，十数排桌凳，原木原色，古拙简朴。桌上每隔二尺之远反扣两个碗，清洁照人。墙上有许多戒条，都是当思一餐不易、一粒难得之语。饭厅之侧有平台，上植花木，红花绿叶。一小树干上悬一偈牌，上书："绿竹黄花即佛性，炎日皓月照禅心。"我顿觉佛无处不在。我们这样穿堂入室在大庙中随意行走，偶遇的一二僧人也目不斜视，既不怕我们为偷为盗，也不把我们喜作上门的财神，我的心情也比在山上时愉悦多了。返到大殿，我虽不信佛，还是双手合十对着佛像拜了三拜，心中说道："这才是真佛。"

从庙里出来继续下山，车子弯过一弯又一弯，峰峦叠翠，竹影绵绵。我想佛教到底是高深莫测，处处随缘，可以是立见现钱的摇钱树，也可以是一本悟不透的哲学书。你可以马上掏钱换一个安慰，换一个虔诚，也可以无限追求，以情以性去悟那四大皆空、永无止境的佛理佛心。

一九九五年八月

武当山，人与神的杰作

在武当山旅行最让我震撼的是万山丛中、绝壁之上和古树深处的宫殿。宫殿本是给人住的，给有权的王或皇住的，但不可理解，在这方圆八百里的荒山之中，怎么会有这么多的红墙绿瓦、木柱石梁，甚至还有铜铸、鎏金的大量宫殿。据统计，有九宫、八观、七十二庙，两千七百间房。真不知，历史是怎样完成这一杰作的。

武当大兴土木第一人当数朱棣。朱是违反封建帝王的传承法则，夺了侄儿的皇位上台的。他在位期间完成了中国建筑史上的两大工程，一是北修故宫，为我们留下了一座中国最尊贵的皇权殿堂；二是南修武当，为我们留下了一处国内最庞大的神权殿堂。史载，为修武当，朱棣运用了江南九省的赋银，三十万工匠，耗时十二年。现在通行的说法是，他为了借神权来保皇位。可能还有更深一层的意思，这武当山也许是他经营的一个后方战略基地，一个政治陪都。但不管他是什么目的，却为我们留下了一批灿烂的文化遗产，我们只要先看看山上山下的两处大殿就会明白。

太和宫修在海拔一千六百一十二米的山顶上，规模宏大，明代时已有山门、朝圣殿、金殿等房五百二十间，历经风雨、战火，就是现在也还存有一百五十多间。它还有一个奇怪的名字——紫金城，和北京的故宫紫禁城只差一字，也有一条长长的红色宫墙，将山头最高处全部圈起来，围成一座"皇城"，上顶蓝天，下眺汉水，俯瞰着林海茫茫、白云缭绕的七十二峰。太和宫里最好看的是金殿，整座大殿由黄铜铸成，表面又鎏以赤金。虽为铜铸，却是一座真正的大殿，高五点五米，宽四点四米，梁上的斗拱榫头、屋脊上的人物走兽、飞檐下的铃铛、四周的大柱围栏，各种构件应有尽有，花格镂空的门窗开合自如，殿内供设一样不少。

我轻轻推开殿门，正中是庙的主人真武大帝的坐像，高一点八六米。传说朱棣命画家为真武造像，画一张，不满意，杀一个画家，如是者数人。后一画家暗悟其意，就照朱的神态作画，当即通过。现在满山各庙留下的真武像都是这一个模式。朱棣是个政治强人，南下金陵夺皇位，北扫大漠拓疆土，又下诏修《永乐大典》，文治武功都要占全。他生性残忍，又喜伪装。名儒方孝孺不为他起草诏书，他就以刀抉其口，灭其十族，杀八百七十三人。但在庙里，有小虫落其衣，他轻放于树说："此物虽微，皆有生理，毋伤之。"你看现在这个"真武大帝"，不威自重，静镇八方，还有几分慈祥。这是一个真真切切的人，圆头大耳，无冠、短须、丹眼、龙鼻，腰壮肩阔，以手按膝，凝视前方。更妙的是他身着一件锦袍，体态安详如春，衣纹流畅如水，却于前胸和袖口处露出金属纹的铮铮铠甲。轻衣便服，难掩杀气，这正合朱的身份。这尊神像无论从哪个角度讲都是一件极好的艺术品，它既无一般庙里神像的呆板，也没有帝王像居高临下的霸气，完美地表现了"神"与"皇"的结合。我真佩服这无名艺术家的构思之精和做工之巧。

真武神连同旁边的金童玉女等共五尊真人大小的铜像当时在北京铸就，经大运河运到南京，再溯长江而上，又入汉水至武当山下，再搬到这海拔一千六百多米的金顶上，可想是怎样的费工费时。现在山上还存有朱棣专为运送这批铜像下的圣旨："今命尔护送金殿船只至南京，沿途船只务要小心谨慎。遇天道晴明、风水顺利即行。船上要十分整理清洁。故敕。"后面又补了一句："船要十分清洁，不许做饭。"你看皇帝也这样婆婆妈妈，圣旨公文也不嫌啰唆。今天，当我们读这一段君权神授的故事时，却无意中读出了政治，读出了文化。感谢那些无名的工匠、艺术家，在六百年前为我们预留下这么多建筑、冶炼、雕塑、绘画的标本。

山顶的金殿是武当山海拔最高、施工难度最大的宫殿，以精见长；而山脚下的玉虚宫则是武当山海拔最低、占地最多的宫殿，以大见长。玉虚宫又名老营宫、行宫，可知这是当年全山施工的大本营，又是驻扎军队的地方，也是皇帝出行办公、休息的地方。朱棣在启动北京故宫工程后四年，开始修玉虚宫，形制全照故宫的样子，只是等比缩小，而且山门、泰山庙、御碑亭等附属建筑越修越多，高峰时达两千多间殿宇，占地八十多万平方米，后经战火、水患，楼殿、屋宇逐渐荒废坍塌。到二十世纪九十年代,平地淤泥已达两米之深,沧海之变,宫墙之内已成了一个庞大的果园。一九九四年花了一百多万,动用机械清土,这座深宫才大致露出了原貌。

我一进山门,心灵为之一震,映入眼帘的是一个荒芜的广场,而铺地的巨石每块都有桌面之大。石面油光平滑,可知这里曾经涌过多少膜拜的人流,但石缝中钻出的荒草又告诉你,它已熬过不知多少年的寂寞。广场的尽头是巍峨的宫殿轮廓和红色的残垣断壁,衬着绵绵的远山,令人想起万里长城或埃及沙漠里的金字塔。这是另一个故宫,你脚下就是午门外的广场,只是多了一分岁月的悲凉。与北京故宫不同,院里多了四座碑亭。我从来没见过这么大的碑和亭,过去所见庙里、陵前的碑亭也不过就是平地竖碑、四角立柱、搭顶遮雨而已。而眼前,先要踏上几十级台阶才能上到亭座,这时仰观亭身,墙高九米多,厚二点六米,一样的红墙绿瓦,只是顶子已经塌落,成了一个天井,越过墙头的高草矮树,露出一方蓝天白云。实际上这就是一个小的宫殿,里面端立着一扇冰冷的石碑,宛如庙里的神像。这碑也特别的巨大,重一百多吨,只驮碑的赑就高过人头。每面碑上刻有一道圣旨。第一道是讲要严肃山规:"一应往来浮浪之人,并不许生事喧哗,扰其静功,妨其办道。"第二道是讲这宫建成后如何灵验:"告成之日,神屡显像,祥光烛霄,山峰腾辉。"站在亭上北望,是广场、金水桥、玉带栏杆和巍峨的大殿,不亚于北京故宫的排场。可以设想,皇帝出行到此,这玉虚宫内外仪仗銮驾,三呼万岁,君权神授,何等威风。但是这豪华的行宫未能等到它主人的到来,朱棣在永乐二十二年死于北征途中。

朱棣死后，明清两代直至民国，这出人与神的双簧还在往下演。真武帝的封号愈来愈大，进香的人愈来愈多，但无论如何这造神运动也救不了它的主人。自明代以后武当虽愈修愈大，而中国封建王朝却愈来愈衰落。但这满山满沟的文化积淀却愈来愈深厚，到处是建筑、文学、绘画、雕刻、音乐、武术的精品。太子坡景区有一座五云楼，楼高五层，通高十五点八米，却只由一柱支撑，交叉托起十二根梁枋，建筑面积达五百四十四平方米。南岩景区，在半壁悬空为殿，殿外又横空挑出一长近三米、重达数吨的石雕龙头，祥云饰身，目光如炬，须髯生动。且不说其做工之精，如何装上去即是一谜。那天，我去寻访一处荒废的旧宫，半路向导说，沟下有一岩洞，披荆拔草，下去一看，洞里竟刻有一幅王维的自画像并一首诗。我望着起伏的沟壑和冉冉的云雾，真不知这里面藏龙卧虎，还有多少艺术的珍宝。

就像慈禧为自己祝寿却给后人留下了一座颐和园，朱棣为自己修家庙，却留下了一座文化武当山。其实，不只是中国这样，你看欧洲乃至世界各地的金字塔、泰姬陵、希腊神庙等，那些为皇，为王，为神造的宫殿、教堂、园林，最终都逃离了它的主人，而回到了文化的怀抱。历史总是在重复这样的故事，王者借手中的权力，假神道设教，造神佑主，而忘了打扮神灵时绝离不开艺术。于是神就成了艺术的载体，而那些被奴役的工匠倒成了艺术创作的主体。历史不以英雄的意志为转移，总是按它的取舍标准，有时"买椟还珠"，舍去该舍的，留下该留的。

武当山一九九四年被联合国列入世界文化遗产。

二〇一一年十一月

张家界读山

四月二十九日　长沙—张家界

上午六时从长沙出发,中午在常德吃饭,晚上到张家界。这是十年前才开发出来的风景区。夜宿金鞭岩宾馆,暮色微合,三面环山,房前略有一片开阔地。

四月三十日　张家界—黄石寨

晨八时,车出发到龙门,开始登山。今天看的景点是黄石寨。进山即在谷中行走,谷底铺有青石板路,倒不很费力,只是走得脚底又硬又疼。最可贵的是这石板路全部藏在密密的冷杉林中。我从未见过这样好这样多的冷杉群落。在路边休息,无论你向左右看,还是向上看,只有密扎扎的直溜溜的树干,就像谁将无数根筷子插在这里。而杉树顶上枝叶茂密,将阳光遮挡得严严实实。我们就在这样一个阴凉湿润、绿风满谷浸衣袖的环境里一步步地登山。这时其实是看不见什么山的,只有树，只有绿，甚至树也看不清的，只是密密的树干，像在八卦阵中行走。绿，更多的是一种氛围，一种蕴积，一种感觉。张家界是国家森林公园，这大概就是它本身的含意。

渐登渐高，终于扭过几个"之"字升到半山。这时从树的顶梢和空隙中看到了山峰。天啊！哪里是山，简直是一件人工艺术作品。但艺术品哪有这么大，这样高，什么人又能造得出来呢？当地人和导游总是要附会出许多人性化的故事。其实张家界的好处就是人迹绝少。天下名山佛占尽。一般的山，特别是好山，总少不了庙的，而这方圆百里竟无一座庙，只此一点就证明它是自然的山水，并没有人为的歪曲和污染。陪同的是张家界报社的小卓，我问这里有没有庙，她说："哪有庙？有土匪。"说得极妙。湘西曾是有名的土匪窝。

当走到南天门时，迎面是几座独立的山峰。你说像石笋、石塔或者棒槌都行。承德有一个棒槌山，许多人争着去看，但怎么能与这个比呢？难以理解，山怎么像树一样是从沟底里长出来的呢？在黄土高原上，我们见过那些被洪水切割的沟壑和凑巧留下的土柱、土笋，这好理解，我眼睁睁地见过水是怎样切割、冲击土块和泥沙。但这里是石头啊。张家界的美，就在它的山峰是各自独立、千姿百态的石峰。待登上山腰，钻出杉树林后，你就可以移步换景，一步一步地欣赏了。它所表现的，主要是伟岸、挺拔、奇险，以瘦硬、孤傲、冷峭偏多，偶有片状的，就很薄，侧看轻轻如纸，好像手指一弹就可弹出一个洞。这是由于几亿年洪水对沙石岩的漫漫冲洗造成的。山石不像北方的太行山，是竖纹、壁立，而是横纹。所以有的峰岩简直是一摞叠着的纸牌，或是一摞叠着的铜钱。这叠摞当然是很随意的，像赌局刚散，人去牌留，随手将牌码在那里。这是从来没见过的景。随着登高，总在想，这山是怎么造出来的。说是南天门，其实哪有门，是一座天然的石拱。我们门下小憩，面对山下一片石笋，笋上点缀着青松，百思不得其解。

　　登到石寨的最高处看山，群峰朝宗。这时你再看就很清楚了。一条莽莽苍苍的大壑，壑沟中许多山峰如驼群赶路，昂起他们的头；又如帆船出海，于烟雾缭绕中挂满了帆，逶迤而来。这山不管是半腰着树，也不管它状似塔，似柱，似笋，它们的峰顶基本在一条水平线上，像一座没有造完的桥留下的桥墩。想当年，这里是一片石头，广袤千里，如现在的戈壁沙滩、黄土高原。洪水就这样鼓起潮，推起浪，如锯拉刀砍，斧削锉磨，日夜不停地加工，终于寻见一条细缝，然后一个浪头钻进去，轰然一声，啃下一块石头。就这样浩浩荡荡、轰轰烈烈地造山。现在黄河的壶口瀑布不就是这样造成的吗？登张家界，你首先感受到的是自然的伟力。但在这样的大破坏、大再造之后，生命又立即去占领它。便是最高处，迎风的硬石头上也能长出青松来。山顶有一株株探出崖外的卷松，人们争着去照相。背景是万山如画，峰立如壁，这时你又感到生命对自然的征服或是自然对生命的孕育，这是一曲自然界中自然力与生命力的交响曲。

　　五月一日　张家界—天子山
　　今天登天子山。

因为昨天登黄石寨,上山八里,下山七里,又走了十二里的金鞭溪,一早起来,所有的人都腿疼腰僵得难以挪步。但是对大部分人来讲,来张家界也许此生就这一次,所以众人还是鼓劲再登高峰。

天子山在登山途中没有什么好看的。直到登上山顶之后,才看到群峰隐现于雾霭霞光之中,千变万化,极为壮观。下山后走十里沟壑,群峰如画,名"十里画廊"。惜路被洪水冲断,满沟卵石,留神脚下,常要分心。我又一次看到了,山就是这样被水冲造成的。山水、山水,现在看到的无水之山,其实是许多年前水的加工;有水之山,则是水正在对山进行加工。不知万年之后张家界的山又会是什么样子。

五月二日　张家界—黄龙洞

上午看黄龙洞。因为在国内看过很多的溶洞,开始我真觉此洞意思不大,进去后才深感有必要一看。最大的特点是大。洞之高大,不可测,要用船进入。机船开十五分钟进去,然后步行爬坡,七上八下,不知何往。最奇的是中央大厅有无数石笋,有一根细如银针,快要长到洞顶。而顶上有两处,如天花板漏水,洒下细细的瀑布。可见有河就在我们头上经过。本来连爬了两天的山,已经累得谈山色变,今天主人说好是再不会让大家爬山的,未想却在洞里爬上爬下。我们说这是明爬变成了暗爬。没有想到,水在外面造山,形成河,又到地下穿行,再切出洞内的山。洞里河山,风光无限。洞中有一巨石,形如手,成"八"字状,据说这洞形成已有八亿年。

在张家界我们读的是自然，读到了什么呢？是自然力——水、风、雷电与火，是生命之力——林木、草苔、动物与人，还有无尽的时间，它们合作完成了一幅杰作。现代派的画家，先是用线条、颜料来表现思想，后来不能满足在平面上施展，就用木刻，用石雕，用铜塑，去占领空间。当艺术家正这样一步步探索时，不知道大自然已经在这里创作了八亿年，而且用的原料是如此之多，空间是如此之大。

　　与其说我们从平地进洞，还不如说是到洞里去看山。因为我们下到洞底时，又开始绕着石笋、石柱上上下下地爬山了。当我面对六米高的"神针"石柱，看着天花板上簌簌而下的雨丝瀑布时，我想到了雁荡山的大小龙湫、庐山瀑布。在地上水聚水散，水流水渗，本是极自然的，但想不到这水竟偷偷地溜进地下来，竟又造出这样大的一个世界。自然艺术伸到地壳里来，从从容容地进行着它的创作。这有点像鼻烟壶的画家，不满足于在壶的玻璃外作画，到壶里面去反手用笔作画，别出一种效果。世上没有神，没有上帝，可是我们要求解这自然之谜，只能先假设一个神、一个上帝。正像解方程式先假设一个X一样，到现在这个方程也还在求解的过程中。我们只能说是鬼斧神工、上帝之手。地球是上帝手里绣着的一个绣球，他一针一线地绣；又如雕琢的一个烟斗，一刀一刀地刻。我们看人工的艺术品，比如云冈石窟，造了四十年，乐山大佛造了九十年，惊异于那一代人、两代人、几十代人的功力。但比起这件八亿年的艺术品，人们怎么能不惊羡自然的耐心与执着呢？达摩修道面壁八年，不知他于沉沉黑暗中怎样寻觅一线光明。一切有志于悟道的艺术家，都可以在这里得到启发。

五月三日　张家界—天子峰

今天登上天子山峰顶看后山，群峰簇拥，如士兵列队。岩壁，线与面相互变幻，如油画、国画两种画法并用。群峰尽情地舒展开去，于云雾光影之中。忽一石之突，如油画之甩出一块颜料；那云烟缭绕，又如写意国画的随意一抹了。真感叹于人力的微小、笨拙。

山是要当作画来读的。要是把山局限于像什么，就如外行看画，说"画得很像"便觉是好。我在南天门，正欣赏那一柱天南时，一回头，后面之山似一幅美女出浴图，侧坐水边，低头抚水。急往前走几步，又不像了。像与不像全在你的联想，能调动起你平常储存的艺术形象，这便是审美，便是自然这位作者与你这个读者的交流。不识古文不能读唐宋，没有艺术修养的人不能读山水，或者读不深，读不出味。这就是为什么这里祖祖辈辈居住着山民，却非要等到让外面的人来发现这山水，特别要让艺术家来发现，让黄永玉、陈复礼来发现。他们是能够读懂山的人。我在写泰山时说，许多读懂泰山的人，感受到它的浩然之气，下山后成就了他们的大业。这张家界每天约有二十万人上山，有没有下山后成其文业、艺业、政业的呢？沿途我就看见四五个持速写本，于路边挥汗读山的人。

一九九四年五月

江南的春天

今年春节时正在江西上饶。信江浩浩荡荡,穿城而过。晨起无事,信步江畔。

气象信息,北京今天的最高温度只有零下二摄氏度,北方应该是冰雪茫茫、草木枯黄的吧。而这里却是一片绿色。石缝里挑出一枝不知名的草,开着一朵淡黄色的花。想北京,玉兰花是每年春回大地时较明显的标志吧,印象最深的是每年三月五日"两会"召开的时节,中南海红墙外的玉兰树才努力鼓出一些花蕾,也偶尔会绽开几朵。算一下日子,今天才是二月五日,整整还差一个月呢,这路边玉兰树上的花苞已经鼓得快撑不住了,有几朵已在枝头怒放,如翩翩起舞的蝴蝶。远处有一团迷迷蒙蒙的红雾。走近一看,是一株山桃,已绽开细碎的花瓣,正乱红无数落满地。

最有趣的是江边的柳树,细长的枝条上,还挂着去冬没有落尽的叶子,只是略微有一点发黄,而褪去叶子的枝梢处却鼓出了今年的新芽。有那性急的还绽开了嫩叶。不由想起清人张维屏的两句诗："造物无言却有情，每于寒尽觉春生。"寒尽春生，多么有趣的现象！我陷入了沉思，不由吟哦出一首小诗《江南春柳》：

去冬残叶仍缀枝，今春新芽又鼓蕾。
时光不觉暗中度，生命悄悄在轮回。

穿过柳树行子，闪出一团耀眼的金黄。我想那大概是北方每年最早开的迎春花吧。走近一看，却是一丛腊梅。这是比迎春还早的花儿，不必等到春天，在腊月里就能开放。但为了抵御风寒，她的花朵表面天生有一层蜡质，这也难免遮掩了她的容颜，所以又叫"蜡梅"。而我今天看到的腊梅却褪去了蜡衣，水灵灵的，一串儿笑声在枝头。

还有，北方春色最典型的镜头是飞雪飘飘和在一片枯黄中悄悄露出草芽。韩愈诗："新年都未有芳华，二月初惊见草芽。白雪却嫌春色晚，故穿庭树作飞花。"韩愈说的是中原，如果再往西北呢？像我当年生活过的内蒙古西部，"千里黄云白日曛"。这些年由于三北绿化造林，虽说生态大有好转，但枯黄寒冷的底色是不会变的。而这里，悄悄涌动着的春色却是在一个大红大绿的深色背景中悄悄搬演。江南的树叶一律是比北方的阔大、宽厚，绿得发黑。在江边的马路旁，在小区的院子里，这个时节还不开花的乔木，香樟、广玉兰、桂花、含笑、梓树，还有较矮的绿篱植物石楠、夹竹桃、八爪金盘，都黛绿油亮。然后，那一行行如仪仗队式的茶花树，在浓密厚重的绿叶间怒放着艳红的花朵，有男人的拳头那么大。这花红得像谁在绿丛间泼了一团红墨，浓得化不开，以至于我几次想照一张花朵的特写，在镜头里却总难分清花瓣的纹路和层次。比茶花更人高马大的，是一行行的柚子树。自然也是稠密厚重的枝叶。不过，在密叶深处却高悬着几颗去秋还未摘去的黄柚。如果把这一望浓重的黛绿比作是深邃的夜空，那么这穿越去冬而来的柚子，就是明亮的来自遥远夜空的星星。他们在春的门槛上，隆重地目送着过去的岁月，并迎接春的到来。

南北之春，除了生命的涌律及其背景的不同，便是空气的湿度了。我住到这里已经一月了，能记得起的见到太阳的日子也就三五天吧，整个世界就这样沐浴在绵绵细雨中。唐朝诗人杜牧有名句："南朝四百八十寺，多少楼台烟雨中。"辛弃疾的后半生在上饶度过，他也有词写上饶之春："东风吹雨细于尘。"雨，比尘还细，如烟一样的轻软飘渺，罩着人间，当然也罩着所有的树木花草。我记得在北京时，林业界的朋友说，北方的树其实不是被冻死的，主要是被春天的干风抽死的。你仔细观察，春天时树梢头一般都会被抽干三五寸。而这里却急着要发芽。北方，春雨贵如油；这里则漫天而降，如烟如织。那些绿色的生命，岂止是只靠根部来吸收水分，它浑身的每一个细胞，都在呼吸着天地间的湿润。怎么能不叶绿花红呢？

我舒坦地伸开双臂，拥抱天地，正无边"喜雨"潇潇下，一江春水向东流。

二〇一九年二月

一棵怀抱炸弹的老樟树

一棵茂盛的古树用它的枝丫轻轻地托着一颗未爆的炸弹，就像一个老人拉住了一个到处乱跑、莽撞闯祸的孩子。炸弹有一个老式暖水瓶那么大，高高地悬在半空，它是从千多米高的天空飞落下来后被这棵树轻轻接住的，就这样在浓密的绿叶间探出头来，瞪大眼睛审视人世，已经整整八十年。眼前是江西瑞金叶坪村的一棵老樟树。

樟树在江西、福建一带是常见树种，家家门前都有种植。民间习俗，女儿出生就种一棵樟树，到出嫁时伐木制箱盛嫁妆。三五百年的老树随处可见。但这一棵却非同寻常。一是它老得出奇，树龄已有一千一百多年，往上推算一下该是北宋时期了。透过历史的烟尘，我脑子里立即闪过范仲淹的"庆历改革"和他的《岳阳楼记》，以及后来徽宗误国、岳飞抗金等一连串的故事。在这个世界上什么东西才有资格称古呢？山、河、城堡、老房子等都可以称古，但它们已没有生命，要找活着的东西唯有大树了。活人不能称古,兽不能,禽鱼不能,花草不能,只有树能,动辄百千年,称之为古树。它用自己的年轮一圈一圈地记录着历史,与岁月俱长,与山川同在,却又常绿不衰,郁郁葱葱。一棵树就是一部站立着的历史,站在我面前的这棵古樟正在给我们静静地诉说历史。第二个不寻常处,是因为它和中国现代史上的一个伟人紧紧连在一起,这个人就是毛泽东。毛泽东也是一棵参天大树,他有八十三圈的年轮,一九三一年,当他生命的年轮进入到第三十八圈时,在这里与这棵古樟相遇。

那时中国大地如一锅开水,又恰似一团乱麻,两千年的封建社会已走到了尽头。地主与农民的矛盾、剥削与被剥削的矛盾、土地不均的矛盾,已经到了非有个说法不可的时候。这之前,从陈胜、吴广到洪秀全,已经闹过无数次的革命,但总是打倒皇帝做皇帝,周而复始,不能彻底。这时出现了中国共产党,要领导农民来一次彻底的土地革命。共产党的总部设在上海,它的行动又受命于远在莫斯科的共产国际,他们对中国农村和农民革命知之甚少,又乱指挥,造成失误连连。毛泽东便自己拉起一杆子队伍上了井冈山,要学绿林好汉的样劫富济贫,又参照列宁的路子搞了个"湘赣边界工农兵苏维埃"政权。他在六个县方圆五百里的范围内坚持了两年,后又不幸失利。一九三一年,毛泽东率队下山,准备到福建重整旗鼓,再图发展,当路过瑞金时,邓小平正在这里任县委书记,就建议他在此扎根。于是一九三一年十一月七日苏俄十月革命胜利十四周年这一天,在瑞金叶坪村的一个大祠堂里召开了全国代表大会，第一个全国性的红色政权中华苏维埃共和国中央临时政府宣告成立，毛泽东当选为中央执行委员会主席，后来被中国人称呼了近半个世纪的"毛主席"就是从这一天开始的。

虽是"共和国"的主席，毛泽东也只能借住在一户农民家里。这是一座南方常见的木结构土坯二层小楼，狭窄，阴暗，潮湿。小楼与祠堂之间是一个广场，是红军操练、阅兵的地方，广场尽头还有一座烈士纪念塔。这实在是一处革命圣地，是比延安还要老资格的圣地。共产党第一次尝试建立的中央政府就五脏俱全，有军事、财政、司法、教育、外交等九部一局，都设在那个大祠堂里。毛泽东等几个中央要人则住在广场南头的小楼上，楼后就是这棵巨大的樟树。

一走近大树我就为之一震，肃然起敬。因为它实在太粗，太高，太大，我们已不能用拔地而起之类的词来形容，它简直就是火山喷出地面后突然凝固的一座石山，盘龙卧虎，遮天盖地。树干直径约有四米，树身苔痕斑驳，黝黑铁青，树纹起伏奔腾如江河行地。树的一半曾遭雷劈，外皮炸裂，木质外露，如巨人向天狂呼疾喊，声若奔雷。而就在炸裂开的树身上又生出新的躯干，干又生枝，枝再长叶，一团绿云直向蓝天铺去。好一棵不朽的老树，就这样做着生命的轮回。因地势所限，树身沿东西方向略呈扁平，而墨绿的枝叶翻上天空后又如瀑布垂下，浓荫覆地，直将毛泽东住的后半座房子盖了个严实。

那天，毛泽东正在二楼上看书，空中隐隐传来飞机的轰鸣。他并不在意，起身到窗前看了一眼，又回到桌前展纸濡毫准备写文章。突然一声凄厉的嘶鸣，飞机俯冲而下，铁翅几乎刮着了屋顶,一颗炸弹从天而降。警卫员高喊"飞机",冲上楼梯。毛停笔抬头,看看窗外,半天没有什么动静,飞机已经远去,轰鸣声渐渐消失。这时房后已经乱作一团,早涌来了许多干部、群众。很明显,这架飞机是冲着临时中央政府,冲着毛泽东而来,只扔了一颗炸弹就走了,但炸弹并没有爆炸。大家围着屋子到处寻找,地上没有,又仰头看天,突然有谁喊了一声:"在树上!"只见一颗光溜溜的炸弹垂直向下卡在树缝里。好悬!没有爆炸。

这时,毛泽东已经走下楼来。人们早已惊出一身冷汗,齐向主席问安,天佑神人,大难不死。毛泽东笑了笑说:"是天助人民,该我新生的苏维埃政权不亡。"毛泽东戎马一生,不知几遇危难,但总是化险为夷。胡宗南进攻延安,炮声已响在窑畔上,毛还是不走,他说要看看胡宗南的兵长得什么样子。彭德怀没有办法,命令战士把他架出了窑洞。去西柏坡的途中,在城南庄又遇到一次空袭,他又不急,继续休息,是战士用被子卷起他抬进防空洞的。毛的性格坚定、沉着,又有几分固执、浪漫,从不怕死。唯此才能成领袖,成伟人,成大事业,写得大文章。

历史的脚步已走过八十年,这棵老樟树依然伫立在那里,枝更密,叶更茂,干更壮。树皮上的青苔还是那样绿,满地的树荫还是那样浓,那颗未爆的炸弹还静静地挂在树上。现在这里早已辟为旅游景点,人们都争来来到树下,仰望这定格在历史天空中的一瞬。古樟树像一个和蔼的老人正俯瞰大地,似有所言。一千年的岁月啊,它看过了改朝换代,看过了沧海桑田，看尽了滚滚红尘。远的不说，只从共产党闹革命开始它就站在这里看红军打仗，看第一个红色中央政府成立，看长征出发；又遥望北方，看延安抗日，北京建国。它的年轮里刻着一部党史，一部共和国的历史。它怀里一直轻轻地抱着那颗炸弹，这是一把现代版的"达摩克利斯之剑"，天将降大任于斯人也，必先试其定力，然后又戒其权力。它告诫我们，革命时要敢于牺牲，临危不乱；掌权后要忧心为政，如履薄冰。

二〇一二年十二月

雨中明月山

江西西部有明月山,藏于湘赣之间,不为人识。当地政府恨世人不识璧中之玉、闺中之秀,便邀海内外作家记者团做考察之游。

头一日,游人工栈道,乘缆车登顶,云绕脚下,雾入衣襟,游者不为所动;第二日,看大庙,殿宇巍峨,新瓦照人,更不为动。当晚,人走一半。

第三日,微雨,主人再邀所余之人做半日之游。无车无马,徒步爬山。一入山门,立见毛竹数竿,有两握之粗。青绿滚圆的竹面上泛出一层细蒙蒙的白雾,竹节处的笋叶还未退净,一看就是当年的新竹。但其拔地接天,已有干云捉月之势。众人精神为之一振,纷纷冲上去照相。然后开始爬山。

路沿峭壁而修,左山右河。山儿不见土石,全为翠竹所盖;河却无岸无边,难见其貌,其实就是两山间一谷。谷随山的走势成"之"字形,忽左忽右,渐行渐高。谷间只有四样东西：竹、树、石、水。水流漱石，雪浪横飞，竹木相杂，堆绿染红，好一幅深山秋景图。石头一色青黑，大者如楼，小者如房，横空出世，杂布两岸。有那顺洪水而流落谷底者，无论大小皆平滑圆滚，俯仰各态。雨，似下非下，朦朦胧胧，湿衣润肤。正行间，路边有一石探向谷中，四围藤树横绕，围成天然扶栏，我说好个"一石观景处"，凭"栏"望去，只见竹浪层层，满川满山，一直向天上翻滚而去。近处偶有一枝，探向林外，正是苏东坡诗意"竹外一枝斜更好"。竹子这东西无论四季，总是一样的青绿，永葆青春朝气。大家就说起苏东坡，宁肯食无肉，不可居无竹，又说到城里菜市场上卖的竹笋。主人见我们对竹感兴趣，突然说："你们知道不知道，这竹子是分公母的。"我们一下子静了下来，都说不知。他说："你看，从离地处起往上数，找见第一片叶子，单叶为公，双叶为母。"众人大奇，拨开竹子一找，果然单双有别。我自诩爱竹，却还不知这个秘密。大家又问，这有何用？"采笋子呀！山里人都知道，只有母竹根下才能挖到笋子。"这山原来不只是为了人看的。

等到又爬了几里地，过了一座吊桥，再折上一段石板路，半天里忽一堵石壁矗立面前，壁上有瀑布垂下，约有几十层楼房那么高。石壁的背后和四周都簇拥着绿树藤萝，如一幅镶了边的岩画，而画面就是直立起来的江河奔流图。它不像我们在长江或黄河边，看大浪东去，浩浩千里，而是银河泻地，雪浪盖顶。我自然无法接近水边，只试着往前探了一点身子，便有湿云浓雾猛扑过来，要裹挟我们上天而去。我赶紧转身向后，这时再回望来路，只见云雾倏忽，群山奇峰飘忽其上，古庙苍松隐约其间。近处谷底绿竹拍岸，流水奏琴，偶有一束红叶伏于石间，如夜间火光之一闪。

这时，主人在下面半山腰的一间石室前招手，待我们款款下来，他已设好茶桌。茶备两种，一为当地的黄豆、橙皮、姜丝所制，驱寒暖胃，咸辣香绵，慢慢入心；而另一种则为山上采的野茶，清清淡淡，似有似无，就如这窗外的湿雾。我们都不再说什么，只是端着杯子，静静地望着远处。许久，不知谁喊了一声："天不早了，该下山了。"我说："不走了，就这样坐着，等到来年春天吃笋子。"

二〇一〇年三月

武夷山，我的读后感

名山也已登过不少，但当我有缘作武夷之游时，却惊奇地发现这次却不劳攀缘之苦，只要躺在竹筏上默读两岸的群山就行。只这一点就足够迷人了。

山村码头，长虹卧波的石桥下一条碧绿的溪水缓缓飘来，两岸群山将自己突兀的峰岩或郁葱的披发投入清澈的溪中。我们跳上一条竹筏，船工长篙一点，悠悠然滑向平如镜面的河心。河并不宽，一般也就三五十米，两旁山上的草木与崖上的石刻全看得清；水并不深，大都一篙见底，清得连水草石砾都看得分明；流也不急，长十四公里，落差才十五米，可任筏子自己随便去漂。只是弯子很多，可谓九曲十八弯。但这正是她的妙处，在有限的空间里增加了许多的容量。溪流围着，山前山后地转，两岸的层峦叠嶂就争着显示自己的妩媚。

我半躺在筏上的竹椅里，微醉似的看两边的景色，听筏下汨汨的水声。耳边是船工喃喃的解说，这石、那峰、天王、玉女，还有河边的"神龟出水",山坡上的"童子观音"。山水毕竟是无言之物,一般人耐不得这种寂寞,总要附会出一些故事来说,我却静静地读着这幅大水墨。

这两边的山美得自在。当她不披绿裳时,硬是赤裸得一丝不挂,本是红色的岩石经多年的氧化镀上了一层铁黑,水冲过后又留下许多白痕,再湿了她当初隆起时的皱褶,自然得可爱,或蹲或立,你会联想到静卧的雄狮、将飞的雄鹰或纯真的顽童、憨厚的老农,全无一点尘俗的浸染。但大多数山还是茂林修竹,藤垂草掩,又显出另一番神韵。筏子拐过一两道弯,河就渐行渐窄,山也更逼近水面,氤氲葱郁。山顶的竹子青竿秀枝,成一座绿色的天门阵,直排上云天,而半山上的松杉又密密匝匝地挤下来,偶有一枝斜伸到水面,那便是姜子牙无声的垂竿。浓密的草窝里会突然冒出一树芭蕉,阔大的叶片拥着一束明艳的鲜花,仿佛遗世独立的空谷佳人。河没有浪,山没有声,只有夹岸迷蒙的绿雾轻轻地涌动。水中起伏不尽的山影早已让细密的水波谱成一首清亮的渔歌,和着微风在竹篙的轻拨慢拢中飘动。这时山的形已不复存在,你的耳目也已不起作用,如朱自清在《荷塘月色》中仿佛听到了"梵婀玲上奏着的名曲",我这时也只凭感觉来捕捉这山的旋律了。

这条曲曲弯弯的溪水美得纯真,是上游五十平方公里的群山中,滴滴雨露轻落在叶上草上,渗入根下土中,然后沙滤石挤,再溢出涓涓细流,又由无数细流汇成这能漂筏行船的大河,所以这水就轻软得可爱。没有凶险的水涡,没有震山的吼声,只是悄悄地流,静静地淌,逢山转身回秋眸,遇滩蹑足曳翠裙。每当筏子转过一个急弯时,迎面就会扑来一股爽人的绿风,这时我就将身子压得更低些,顺着河谷看出去,追视这幅无尽的流锦,一时如离尘出世,不知何往。在这种人仙参半的境界中,我细品着溪水的清、凉、静、柔,几时享受过这样的温存与妩媚呢?回想与水的相交相识,那南海的狂涛,那天池的冰冷、黄河壶口的"虎啸"、长江三峡的"龙吟",今天我才找到水之初的原质原貌,原来她"最是那一低头的温柔,不胜凉风的娇羞"。在世间一切自然美的形式中,怕只有山才这样磅礴逶迤,怕只有水才这样尽情尽性,怕也只有武夷山水才会这样相间相错、相环相绕、相厮相守地美在一起,美得难解难分,教你难以名状,难以着墨。我才信山水也是如情人,如名曲,可以让人销魂铄骨的。一处美的山水就是一个暂栖身心的港湾,王维有他的辋川山庄,苏东坡有他的大江赤壁,朱自清有他的月下荷塘,夏丏尊有他的白马湖,今天我也找到了自己的武夷九曲溪。

筏过五曲时,崖上有"五曲幼溪津"几个大字,那"幼"字的"力"故意写得不出头。原来这"幼溪"是一个明代人,名陈省,字幼溪,在朝里做官出不了头,便归隐此地来研究《易经》。石上还刻有他发牢骚的诗。细看两岸石壁,又有许许多多的古人题刻,我也渐渐在这幅山水画中读出了许多人物。那个曾带义兵归南宋,"而今识尽愁滋味,欲说还休"的词人辛弃疾,那个理学大师朱熹,都曾长期赋闲于此,并留下笔墨。还有那个一代名将戚继光,石壁上也留着他的铮铮诗句:"一剑横空星斗寒,甫随平虏复征蛮。他年觅取封侯印,愿向君王换此山。"这是些什么样的人啊,他们是从刀光剑影中杀出来的英雄,是从书山墨海中走过来的哲人,他们每个人的胸中都有一座起伏的山,

· 193 ·

都有一片激荡的海。可是当他们带着人世的激动，风尘仆仆地走来时，面对这高邈恬静的武夷，便立即神宁气平，束手恭立了。

人在世上待久了，难免有这样那样的烦恼和这样那样的重负。为解脱这一切，历来的办法有二：一是皈依宗教，向内心去求平衡；二是到自然中去寻找回归。苏东坡是最通此道的，所以他既当居士，又寻山访水。但是能如消磁除尘那样，使人立即净化、霎时回归的山水又有几许？苏子月下的赤壁，毕竟是月色朦胧又加了几分醉意，何如眼前这朗朗晴空下，山清水幽，渔歌筏影，实实在在的仙境呢？如果一处山水能以自己的神韵净化人的灵魂，安定人的心绪，启示人生的哲理，使人升华，教人回归，能纯得使人起宗教式的向往，又美得叫人生热恋似的追求，这山就有足够的魅力了，就是人间的天国仙境。我登泰山时，曾感到山水对人的激励；登峨眉时，曾感到山水给人的欢娱；而今我在武夷的怀抱里，立即感到一种伟大的安详、朴素的平静，如桑拿浴后的轻松，如静坐功后的空灵。这种感觉怕只有印度教徒在恒河里洗澡，佛教徒在五台山朝拜时才会有的。我没有宗教的体验，却真正接受了一次自然对人的洗礼。武夷一小游，退却十年愁。对青山明镜，你会由衷地默念：什么都抛掉，重新生活一回吧。难怪这山上专有一处名"换骨岩"呢！

我正庆幸自己在默读中悟出了一点道理，突然眼前一亮，竹筏已漂出九曲溪，水面顿宽，一汪碧绿。回头一望，亭亭玉女峰正在晚照中梳妆，船工还在继续着他那说不完的故事。

一九九〇年十一月

读韩愈

韩愈为唐宋八大家之首，其文章写得好是真的。所以，我读韩愈其人是从读韩愈其文开始的，因为中学课本上就有他的《师说》《进学解》。课外阅读、各种选本上韩文也随处可见。他的许多警句，如"师者，所以传道、授业、解惑也"，"业精于勤荒于嬉，行成于思毁于随"等，跨越了一千多年，仍在指导我们的行为。

但由读其文而读其人，却是因一件事引起的。去年，到潮州出差，潮州有韩公祠，祠依山临水而建，气势雄伟。祠后有山曰韩山，祠前有水名韩江。当地人说此皆因韩愈而名。我大惑不解，韩愈一介书生，怎么会在这天涯海角霸得一块山水，享千秋之祀呢？

原来有这样一段故事。唐代有个宪宗皇帝十分迷信佛教，在他的倡导下国内佛事大盛，公元八一九年，又搞了一次大规模的迎佛骨活动，就是将据称是佛祖的一块朽骨迎到长安。修路盖庙，人山人海，官商民等舍物捐款，劳民伤财，一场闹剧。韩愈对这件事有看法，他当过监察御史，有随时向上面提出诚实意见的习惯。这种官职的第一素质就是不怕得罪人，因提意见获死罪都在所不辞。所谓"文死谏，武死战"。韩愈在上书前思想好一番斗争，最后还是大义战胜了私心，终于实现了勇敢的"一递"，谁知奏折一递，就惹来了大祸，而大祸又引来了一连串的故事，也成就了他的身后名。

韩愈是个文章家，写奏折自然比一般为官者也要讲究些，于理、于情都特别动人，文字铿锵有力。他说那所谓佛骨不过是一块脏兮兮的枯骨，皇帝您"今无故取朽秽之物，亲临观之"，"群臣不言其非，御史不举其失，臣实耻之。乞以此骨付之有司，投诸水火，永绝根本……岂不盛哉，岂不快哉"！这佛如果真的有灵，有什么祸殃，就让他来找我吧。（"佛如有灵，能作祸祟，凡有殃咎，宜加臣身。"）这真有一股不怕鬼、不信邪的凛然大气和献身精神。但是，这正应了我们现时说的"立场不同，感情不同"这句话，韩愈越是肝脑涂地，陈利害，表忠心，宪宗越觉得他是在抗龙颜，揭龙鳞，大逆不道，于是大喝一声把他赶出京城，贬到八千里外的海边潮州去当地方小官。

韩愈这一贬，是他人生的一大挫折。因为这不同于一般的逆境，一般的不顺，比之李白的怀才不遇、柳永的屡试不第要严重得多。他们不过是登山无路，韩愈是已登山顶，又一下子被推到无底深渊，其心情之坏可想而知。他被押送出京不久，家眷也被赶出长安，年仅十二岁的小女儿也惨死在驿道旁。韩愈自己觉得实在活得没有什么意思了，就在过蓝关时写了那首

著名的诗。我向来觉得韩愈文好,诗却一般,只有这首,胸中块垒,笔底波涛,确是不一样:

  一封朝奏九重天,夕贬潮阳路八千。
  欲为圣明除弊事,肯将衰朽惜残年?
  云横秦岭家何在,雪拥蓝关马不前。
  知汝远来应有意,好收吾骨瘴江边。

  这是给前来看他的侄孙写的,其心境之冷可见一斑。但是,当他到了潮州后,发现当地的情况比他的心境还要坏。就气候水土而言这里条件不坏,但由于地处偏僻,文化落后,弊政陋习极多极重。农耕方式原始,乡村学校不兴。当时在北方早已告别了奴隶制,唐律明确规定了不准蓄奴,这里却还在买卖人口,有钱人养奴成风。"岭南以口为货,其荒阻处,父子相缚为奴。"其习俗又多崇鬼神,有病不求药,杀鸡杀狗,求神显灵,人们长年在浑浑噩噩中生活。见此情景韩愈大吃一惊,比之于北方的先进文明,这里简直就是茹毛饮血,同为大唐圣土,同为大唐子民,何忍遗此一隅,视而不救呢?用我们现在的话说,就是同在一片蓝天下,人人都该享有爱。按照当时的规矩,贬臣如罪人服刑,老老实实磨时间,等机会便是,绝不会主动参政。但韩愈还是忍不住,他觉得凭自己的知识、能力还能为地方百姓做点事,觉得比之百姓之苦,自己的这点冤、这点苦反倒算不了什么。于是他到任之后,就如新官上任一般,连续干了四件事。

一是驱除鳄鱼。当时鳄鱼为害甚烈,当地人又迷信,只知投牲畜以祭,韩愈"选材技吏民,操强弓毒矢",大除其害。二是兴修水利,推广北方先进耕作技术。三是赎放奴婢。他下令奴婢可以工钱抵债,钱债相抵就给人自由,不抵者可用钱赎,以后不得蓄奴。四是兴办教育,请先生,建学校,甚至还"以正音为潮人语",用今天的话说就是推广普通话。不可想象,从他贬潮州到再离潮州而调袁州,八个月就干了这四件事。我们且不说这事的大小,只说他那片诚心。

我在祠内仔细看着题刻碑文和有关资料。韩愈的确是个文人,干什么都要用文章来表现,也正是这一点为我们留下了如日记一样珍贵的史料。比如,除鳄之前,他先写了一篇《祭鳄鱼文》,这简直就是一篇讨鳄檄文。他说我受天子之命来守此土,而鳄鱼悍然在这里争食民畜,"与刺史亢拒,争为长雄。刺史虽驽弱,亦安肯为鳄鱼低首下心"。他限鳄鱼三日内远徙于海,三日不行五日,五日不行七日,再不行就是傲天子之命吏,"必尽杀乃止"!阴雨连绵不断,他连写祭文,祭于湖,祭于城隍,祭于石,请求天晴。他说天啊,老这么下雨,稻不得熟,蚕不得成,百姓吃什么,穿什么呢?要是我为官的不好,就降我以罪吧,百姓是无辜的,请降福给他们。("刺史不仁,可以坐罪;惟彼无辜,惠以福也。")一片拳拳之心。韩愈在潮州任上共撰有十三篇文章,除三篇短信、两篇上表外,余皆是驱鳄祭天、请设乡校、为民请命祈福之作。文如其人,文如其心。当其获罪海隅、家破人亡之时,尚能心系百姓,真是难能可贵了。

一个人为文不说空话，为官不说假话，为政务求实绩，这在封建时代难能可贵。应该说韩愈是言行一致的。他在政治上高举儒家旗帜，是个封建传统思想道德的维护者。传统这个东西有两面性，当它面对革命新潮时，表现出一副可憎的顽固面孔；而当它面对逆流邪说时，又表现出撼山易撼传统难的威严。韩愈也是这样。他一方面反对宰相王叔文的改革，一方面又对当时最尖锐的两个社会问题，即藩镇割据和佛道泛滥，深恶痛绝，坚决抨击。他亲自参加平定叛乱，到晚年时还以衰朽之身一人一马到叛军营中去劝敌投诚，其英雄气概不亚于关云长单刀赴会。他出身小户，考进士三次落第，第四次才中进士，在考官时又三次碰壁，乌纱帽得来不易，按说他该惜官如命，但是他两次犯上直言，被贬后又继续尽其所能为民办事。这是中国知识分子的传统，以国为任，以民为本，不违心，不费时，不浪费生命。他又倡导古文运动，领导了一场文章革命，他要求"文以载道""陈言务去"，开一代文章先河，砍掉了骈文这个重形式求华丽的节外之枝，而直承秦汉。所以苏东坡说他："文起八代之衰，道济天下之溺。"他既立业又立言，全面实践了儒家道德。

当我手抚韩祠石栏，远眺滚滚韩江时，我就想，宪宗佞佛，满朝文武，就是韩愈敢出来说话，如果有人在韩愈之前上书直谏呢？如果在韩愈被贬时又有人出来为之抗争呢？历史会怎样改写？还有在韩愈到来之前潮州买卖人口、教育荒废等四个问题早已存在，地方官吏走马灯似的换了一任又一任，其任职超过八个月的也大有人在，为什么没有谁去解决呢？如果有人在韩愈之前解决了这些问题,历史又将怎样写?但是没有,什么都没有。长安大殿上的雕梁玉砌在如钩晓月下静静地等待,秦岭驿道上的风雪、南海丛林中的雾瘴在悄悄地徘徊。历史终于等来了一个衰朽的书生,他长须弓背,双手托着一封奏折,一步一颤地走上大殿,然后又单人瘦马,形影相吊地走向海角天涯。

人生的逆境大约可分四种:一曰生活之苦,饥寒交迫;二曰心境之苦,怀才不遇;三曰事业受阻,功败垂成;四曰性命之危,身处绝境。处逆境之心也分四种:一是心灰意冷,逆来顺受;二是怨天尤人,牢骚满腹;三是见心明志,直言疾呼;四是泰然处之,尽力有为。韩愈是处在第二、第三种逆境,而选择了后两种心态,既见心明志,著文倡道,又脚踏实地,尽力去为。只这一点他比屈原、李白就要多一层高明,没有只停留在蜀道叹难、江畔沉吟上。他不辞海隅之小,不求其功之显,只是奉献于民,求成于心。有人研究,韩愈之前,潮州只有进士三名,韩愈之后,到南宋时,登第进士就达一百七十二名。是他大开教育之功,所以韩祠中有诗曰:"文章随代起,烟瘴几时开。不有韩夫子,人心尚草莱。"这倒使我想到现代的一件实事。一九五七年反右扩大化中,京城不少知识分子被错划为右派,并发配到基层。当时王震同志主持新疆开发,就主动收容了一批。想不到这倒促成了春风度玉门,戈壁绽绿荫。那年我在石河子采访,亲身感受到充边文人的功劳。一个人不管你有多大的委屈,历史绝不会陪你哭泣,而它只认你的贡献。"悲壮"二字,无"壮"便无以言"悲"。这宏伟的韩公祠，还有这韩山韩水，不是纪念韩愈的冤屈，而是纪念他的功绩。

李渊父子虽然得了天下，大唐河山也没有听说哪山哪河易姓为李，倒是韩愈一个罪臣，在海边一块蛮夷之地施政八月，这里就忽然山河易姓了。历朝历代有多少人希望不朽，或刻碑勒石，或建庙建祠，但哪一块碑哪一座庙能大过高山，永如江河呢？这是人民对办了好事的人永久的纪念。一个人是微不足道的，但是当他与百姓利益、与社会进步连在一起时就价值无穷，就被社会所承认。我遍读祠内凭吊之作，诗、词、文、联，上起唐宋，下迄当今，刻于匾，勒于石，大约不下百十来件。一千三百年来，各种人物在这里将韩公不知读了多少遍。我心中也渐渐泛起这样的四句诗：

　　一封朝奏九重天，夕贬潮阳路八千。
　　八月为民兴四利，一片江山尽姓韩。

一九九八年十一月

永远的桂林

桂林山水实在是一个老而又老的题目，人们却总在不停地谈论，可见它的美丽不减，魅力无穷。因为人们还看不够，还没有把它弄明白，就要来欣赏，来探寻，并在探寻中获得美的享受。每年大约有一千万左右的人从世界各地到桂林来，就是为了看这里的山，这里的水，这里的石头。这几样东西哪里没有？但这里就是与别处不一样，美得让人吃惊，美得让人心醉。文人墨客艺术化了的溢美之词且不去说，陈毅的题词倒是一句大实话："愿做桂林人，不愿做神仙。"一个外国元首看罢桂林后说："上帝用第一个七天造了亚当、夏娃，用第二个七天造了桂林，下一个七天真不知还要造什么。"外国人信上帝，中国人信神。神也好，上帝也好，反正说不清的事情就先交给它。桂林确实是美得说不清。

新年刚过，有桂林之游。我们先是乘船顺漓江由桂林到阳朔。水面清浅，浅得让你不敢相信坐在船上能看见水里的石头。因为水浅,不起波,水面就平得像一面镜子。这么浅的水,却能漂得动这条百十来人的船,也亏了这水的平静。船是平底,用不着多吃水,就像一块木片似的,稳稳地漂。这首先就让你感到很亲切,既不野,也不险。据说从桂林到阳朔八十公里,落差才只有三十八米。江面上偶然漂过几个竹筏,是七根竹子扎成,筏上总有一位渔翁,横一根竹篙,携两只鱼鹰。远看去绿波埋脚,人好像直接踩在水面上,神话里的八仙过海、观音出水大概就是学的这个样子。这时两岸的山就在水边稀稀疏疏地排开来,山头没有北方那样尖的峰或顶,总成一个柔和的弧,从平地突然钻出,像圆圆的馒头,像立起的田螺,虽在冬季,还是披满草树。

山,隔不远就一个,临水而立,随着水的弯弯千媚百态。这山并不高,一般也就四五十米,所以在船上什么都可以看个清楚。看山间的树,树间偶尔露出的红叶;看石头,石上的纹路,还有那些不知何时留下的摩崖题字。就像在城里的马路上闲走,看两边的高楼,谁家的阳台上晾着一件好看的衣服,谁家新漆了一扇窗户。江水贴着山根轻轻地转,说轻是轻到不知是流还是不流,没有浪,没有波,甚至没有涟漪。其实这水是专来为山做镜子的。你看水里的倒影,一丝不差,是几何学上标准的对称体。船过杨家坪,有山名羊角,那水里也就真的浸着一只大羊角。随着水的左曲右折,每一个山头就可以一个一个前后左右地看,还可以镜外看了镜里看。山水向来是叫人豪迈、叫人昂扬洒脱的,今天却像一件工艺品直跳到你的手上,叫你赏,叫你玩。梳妆江畔立,顾影明镜里,为君来不易,叫您恣意看。辛弃疾词："我见青山多妩媚，料青山见我应如是。"这里山也不阳刚，水却更阴柔，秀得很，也嫩得很。在这里你是无论如何也吼不得一声，喊不得一句的。

过杨家坪不久，有半边渡。那是因为山一时向河边走得太近，将脚泡到了水里，人贴岸行走便断了路，还要搭几步船。说是渡船却又不来对岸，渡了半天却还在那一边继续走路。这时正有一帮小学生放学，像群羊羔撒欢，直颠得河中的树影乱颤。正当野渡无人舟自横，四五个小不点飞身上筏，一个稍大一点的就自觉殿后，竹篙一点，"呼哨"一声，红领巾便迎风燃起五六团火苗，眨眼就飘到了路那一端。河这岸有几个女子在浅水处的石头上捶衣，孩子在草窝里嬉戏，背后稍远处有农夫在耕地。因是冬末，没有常见的漓江烟雨，平林漠漠，景色清明。岸边不时闪过一丛丛的凤尾竹，竹后是农家袅袅的炊烟。往前方眺望，群峰起伏，如一队行进的骆驼，隐约驼铃声在耳。回首来处，水天迷茫，山峰相连相叠，如长城的垛口回环不绝。站在船上，我不时冒出这样的念头，这是真山真水吗？在北方，人行山里几天几夜出不去，不知道要钻多少一线天、扁担峡；车行山里，跃上峰巅，倒海翻江。而这山水却奇巧如盆景，美丽如童话。说是盆景，却是真的山水、树木；说是童话，我们又真真切切地置身其内。事物每当真假难分时，就像水墨画洇润出一种迷蒙的美，像无题诗传达着一种说不清的意，像舞台上反串后的角色透出一种新鲜与活泼。这是我初读桂林的印象。

上岸之后我们乘车从旱路往回返，这时没有了水光掩映，却又多了满野的绿风。路边的小山一个个兀立平野，近看像一座座圆头碉堡，像一个个麦垛。山不高，满头都披着茸茸的草树，恨不能停车伸手去摸摸它，或者一头扎到草堆，重做一场儿时的美梦。同车的一位青年朋友说："原来世上真有这样的山。小时候认识了象形的'山'字，总也找不到想象中的山，今天才算解了这个谜。"大家都哈哈大笑。这些"麦垛"大大小小地交错着，淡出淡入，绿枝蒙蒙，像一团团春风刚梳妆过的杨柳，远到天边就只剩下一痕痕绿色的曲线。我们是专门驱车去看月亮洞的，那实际上是远处的一座山峰，中穿一洞，这洞又被前面的山所遮掩。车子前行就渐渐看到一眉弯月，月亮由亏到圆，灿若小姑娘的笑脸，再行又渐为轻云所遮，如月食之变。那年美国总统尼克松来游，大声叫绝，非要上山去探个究竟。这本是苏州园林中惯用的"移步换景法"，不想大自然却早有创造在这里等着。

第二天我们又在城里看了一天山。城里看山，这本身就是一个新鲜话题。都市里怎么能有山？有也只能是公园里的假山。那年我在昆明登龙门，看到城近郊有那样的真山已是大吃一惊，不想这桂林却有几十个大大小小的山头直跑到城里的马路边，钻到机关的院子里，蹲到人家楼前的窗户下，或者就拦在十字路口看人来人往。孤山、穿山、象山、叠彩山、骆驼山、独秀峰，就这样真真切切地和人厮混在一起。桂林人每天上班下班，车水马龙绕山走，假日里则摩肩接踵，在山坡上滚，山肚子里钻，相处久了连山也都有了灵气。

最有名的是象鼻山，城边水旁一个四脚稳立的大象，长长的鼻子直伸到水里，水下又有一个同样的象。骆驼峰，就是一峰蹒跚西行的长毛驼，连背上的两个驼峰、前伸的鼻子和旅途劳顿的神态都惟妙惟肖，人说这是世界上最大的骆驼。这些山大都被改造成公园，真山真水，当然比景山、颐和园要好看得多。桂林的山中皆有洞，洞大不可言。我只上到穿山的一个洞里，传说这是伏波将军一箭射穿的。洞内可坐数百人，有石桌石凳，夏天退了休的老人就在这里下棋打牌，做神仙。这洞的上面还有同样的一层。除了上山看洞，还可入地看洞。资格最老的当然是芦笛岩。在这个地下龙宫里，竟都是些石笋、石柱，石的瓜、果、桃、李，石的狮、虎、猴、龟。有的奇石任怎样高明的大师也雕绘不出这样惊天地的杰作。我奇怪这里大至山，小至石，怎么都如此逼近生命，凝聚着活力？桂林这块地方真是从山水到草木，从天上到地下，让灵气窜了个遍，浸了个透。人杰者，百代出一；地灵者，万里难觅。今独此地，除了上帝的垂青，鬼斧神工，又能作何解呢？

不知为什么，在桂林我总要想起苏州，它们分别是从自然和人工的两头去逼近美，都是想把这两头拉过来挽成一朵美丽的花。人不但喜美食、美衣，还讲究择美而居。一种办法是选一块极富自然美的地方安营扎寨，这就是桂林；另一个办法是把自己居住的地方尽量打扮得靠近自然，这就是苏州。人类本来开始像小鸟恋窝一样依偎着自然，向往自然。古代有多少僧道隐者为享松竹之乐而逃离都市。但是随着人力的强大，人类又开始排斥自然，他们建起了现代的都市，用钢筋、水泥、玻璃、铝合金重垒了一个新窝，但同时也就开始接受应有的惩罚。而我们在桂林却找到了一个答案，像桂林山水一样珍贵的是桂林人与自然相契合的精神，像桂林山水一样令人羡慕的是桂林人的生存环境，他们在尽情实现人的价值的同时，既不是如僧看庙般地媚就自然，也不是如上海、广州那样赶走自然，而是在自然的怀抱里把现代文明发挥得恰到好处，把自然的美留到极限，让人对自然永存一分纯真、一分童心，人与自然相亲相融。我才理解到陈毅所说，愿做桂林人，不愿做神仙。神仙虽好，没有烟火。桂林是一个有烟火的仙境，一个真山真水的盆景，一个成年人的童心梦。

一九九五年八月

树殇、树香与树缘

"殇"字在字典里的解释是：还没有到成年就死了。就是说，是非正常死亡。在古代又指战死者。屈原有一篇名作就叫《国殇》，歌颂、悼念为国捐躯的战士。我这次海南之行，却意外地碰见两棵非正常死亡的珍稀树，由此引起一连串的故事。

十一月底，北京寒流骤至，降下第一场冬雪，接着就是有史以来最严重的雾霾，污染值突破一千大关，媒体大呼测量仪"爆表"。行人出门捂口罩，白日行车要开灯。就在这样的日子里，我们恰好在海南开一个生态方面的会议，逃过了北京生态之一劫。

晨起推开窗户，芭蕉叶子就伸到你的面前，有一张单人床那么大，厚绿的叶面滚动着水珠，像一面镜子，又像一面大旗。我忽然想起古人说的蕉叶题诗，这么大的叶子，何止题诗，简直可以泼墨作画了。又记起李清照的芭蕉词："窗前谁种芭蕉树？阴满中庭。阴满中庭，叶叶心心，舒卷有余情。"

三亚市地处北纬十八度，正是亚热带与热带之交，这里的植物无不现出能量的饱满与过剩。椰子、槟榔、枇杷通体光溜溜的，有三层楼那么高，一出土就往天上钻，直到树顶才伸出几片叶子，扫着蓝天。树上常年挂着青色的果实。我们走过树下，当地农民熟练地赤脚爬上树梢，用脚踩下几个篮球大的椰子。我喝着清凉的椰子水，想着此刻北京正被雾锁霾埋的同胞，心生惭愧，有一种不能共患难的负罪感。路边的波罗蜜树更奇，金黄色的袋形果子不是长在叶下或细枝上，而是直接挂在粗壮的主干上，有的悬在半腰，有的离地只有几寸，像一群正在捉迷藏的孩子。北方秀气一点的人家常会养一盆名"滴水观音"的绿植，摆在客厅里引以为自豪。而这里满山都是"观音"，一片叶子就有一人多高，两臂之宽。我背靠绿叶照了一张相，那才叫自豪呢——你就是一个国王，身后是高高的绿色仪仗。她在这里也不用"滴水观音"这个娇滴滴的名字，当地人就直呼为"海芋"。还有一种旅人蕉，一人多高的叶管里永是贮满了水，旅行的人随时可以取用。

虽是冬季，也误不了花的怒放，仍是一个五彩的世界。红色、紫色、雪青色的三角梅在路两旁编成密密的花墙；大叶朱蕉一身朱红，让你分不清是花朵还是叶子；三层楼高的火焰树在各种厚重浓绿的草树簇拥下，向天空喷吐着红色的火焰。

我看着这些美景激动不已，激动之余又是嫉妒。我身在曹营心在汉，一花一叶都牵动我的北方神经，联想到此刻北京的雾霾，想起我那些可怜的北方同胞。这真是太不公平了，同样是人，难道北方人就该去承受寒冷、大漠、风沙、雾霾吗？我想起二十年前一个真实的故事。西北某省一个青年团干部，第一次走出家乡来到深圳（他还没有像我这样上过海岛呢），大呼南方原来是这样的啊！一跺脚，永不再回自己的家乡。我们且不要骂他背叛，生态生态，生存之态，谁不想生存在一个好的状态下呢？

正当我嫉妒上帝对这里的垂青，羡慕他们的幸运时，一件事让我心境陡转。开完会，我脱离大部队，开始了我一个人的找树之旅，希望能找到一棵有亚热带特点，附载有海南人文历史的古树，好收入我的"人文古树"系列。

午饭前我来到陵水县，说明来意。县委麦书记说："我刚来两个月，还不熟悉乡情，不知有没有你要找的树。但两个小时前，这里非法砍倒了两棵大腰果树，我正为这事生气。"说着，他打开手机，给我看砍树现场，还有他当时发出的工作微信指令："速到现场，立即查办！"我说："为什么要砍？""借口清理卫生，整理村容。"腰果，漆树科，原产巴西南纬十度以内地区。它的果实，我只在超市里小包装的食品袋里吃到过，而且大都标明是进口食品。至于腰果树，我走遍祖国南北，甚至别的许多国家，到现在也没能见过是什么样。我苦苦寻找的人文古树还没有找到，却碰到两棵被随意腰斩的稀有的腰果树，连日来我对海岛的美丽印象，顿时成了一堆破碎的泡沫，翠绿的芭蕉叶、鲜艳的火焰花后面竟然藏着锋利的刀斧。有朋自远方来，碰到这种事，不亦尴尬乎？这顿饭谁也吃不进心里。饭后，我提议再到现场看一下，因下午要赶火车去海口，放下筷子便急急上路。大约一个小时的车程，路两边仍然是椰子、芭蕉、三角梅，但我的心头已一片冰凉。

在一个叫高土村的村口，路边横躺着两棵刚被放倒的大树，像两个受伤倒地的壮汉。我验了一下伤口，是先被锯子锯，快断时又一推而倒的，断处还连着撕裂的树皮，似乎还能听到它们痛苦的呼喊。树梢被甩到远处的一个水塘旁，树身约有两房之高。同来的林业厅王副厅长大呼："哎呀，这两棵稀有的腰果树是二十世纪国家为扭转油料短缺，从巴西引进的，算来至少有三四十年了。"

我蹲下身来，用手轻轻抚摸着断茬，还有一点湿气，并散发出淡淡的木香。那一圈圈的年轮，像是在诉说它们成长的艰难和十几个小时前的厄运。它们从南纬十度横跨赤道，来到北纬十八度；从美洲远涉重洋来到亚洲。它们是我们请来的客人，它们负有传递新的生命、传播地域文化、输送资源、改善生态的使命。它们在这块陌生的土地上好不容易扎下了根，生活了几十年。它们已习惯了这里的阳光，这里的雨水，它们像两个远嫁他乡，皮肤黝黑、牙齿雪白的巴西女郎，正惊喜地打量着自己的新居，突然五雷轰顶，天旋地转，灾难从天而降。我悲从心来，一阵恐怖，回头打量了一下周边的环境，光天化日，并不像一处杀人越货的野猪林。村民也不知道什么叫森林法，只是木木地说，这树没有什么用，所以就砍掉了。就在几十米开外的地方有一处温泉，水面上飘着一团团的热气，衬着蕉叶、椰林，婷婷袅袅，宛若仙境。我上前用手试了一下水温，足有九十度以上，游人常在这里煮鸡蛋吃。而水下的沙子、石粒清晰可见。完了，完了，温泉映月，名木在岸，又一处永远消失了的美景，永远消失了的乡愁！

回程的路上，谁也不想说话，车子里一片沉闷。我问王副厅长："一棵腰果树正常寿命有多长？"答曰："因是引进树种，还正在生长之中，它在国外可活到七百岁。"如此算来，这树正当少年。一棵代表着一个时代、一项国策的树就这样瞬间消失了。树殇啊，国树之殇，国策之殇！

第二天上午，我原定在省里有一场关于新闻文化的讲座，主人坚持改为森林文化。我当记者几十年，骨子里却是个林业发烧友，半生爱树，所经历的树事无数，讲座不敢当，讲几个故事还是有的。我说，一个地方，树木的保护不是靠上面的一道命令，要靠当地的文化自觉，应该有三道防线。一是法律，国家意识；二是乡规民约，集体约束；三是民间信仰，自觉践行。我在江西采访时曾碰到一个杀猪护树的故事。一个村民不小心，清明节上坟烧纸时燃着了集体的树林，村里就按规矩将他家的肥猪杀掉，按照全村的户数分为若干等份，开村民大会，每户分得一份，并讲明杀猪分肉的原因，以示教育。这是乡规民约，在当地已有几百年的传统。

我的家乡，有一座柏树山，山上有北岳大帝黄飞虎的庙，庙中塑有大帝神像，并地狱轮回的故事。每年庙会人杂，或林边农人耕田，时有毁树。于是主事者就在庙门上以北岳大帝的口吻刻一对联："伐我林木我无言，要汝性命汝难逃。"以后就再也没有人敢折一枝一叶。这是假神道设教，也已有上百年的历史。不要简单地说它是迷信，这是一种信仰，一种生态信仰、自然信仰，敬天悯人。而叫百姓爱树，莫若领导先行。黑龙江有一爱树的县委书记,一次他的车过林区,见一树被人折断,便急令停车,与随从人员齐下车脱帽,高喊着向树致哀。

我记不清这天讲座时讲了多少个故事,最后说到我的亲历。我大学一毕业就被分配在西北的一个沙漠边缘工作,那里没有几棵树,沙窝里的一点红柳、沙枣、芨芨草、骆驼刺,就能唤起我们心底的微笑。早晨学校里的孩子们没有水洗脸,站成一排,老师拿一小碗水,含在口里,顺着孩子的脸喷一遍,各人用手一抹,就算洗了脸。也许你笑他们不文明,但文明要有条件,你砍树却是有了条件,丢了文明。那地方没有热带雨林的雨,没有能题诗的芭蕉叶。不要说种树,春天农民种子落地后就仰天望雨。

一次省委书记主持常委会,外面突然落下了雨,他甩开会议人众,推开门,在院里大喊:"下雨了,下雨了!"也许你们说这样一个高干不该失态,但你们不知道什么叫缺水,什么叫干旱,到现在你们也体会不到。就在我们开会的同时,北京的机关职员、长安街上的行人,正在雾霾中无奈地挣扎,而这几天巴黎的气候大会上,习近平总书记正代表中国为世界生态苦苦谈判。你们身在福中不知福,身边有树就砍树,不知道这树是为地球村造氧气调生态的,是为国家保存文化的,为家乡留一点乡愁的。我承认那天我是有点激动,有点失态。

会后主人为放松情绪,请我去一个香会馆喝茶。香是沉香木的香,茶具桌椅是海南黄花梨,这两件东西都与树有关,都是世界同类中的极品,一克沉香比一克黄金还要贵。而黄花梨是红木家具中的王冠。

按照香道流程，主人像新疆人吃大盘鸡那样，将一大盘各种碎块的香料放到桌上，然后用一个特制小刀小心地刮下一点粉末，置于台湾特产的加热杯上，让客人托于鼻下静品其香，数秒后再换一口气。据说在大城市里品一次香，要花上万元。主人用一个小显微镜教我们辨识香的真假好坏，好香在镜下显出银子般的细微结晶。

这香是一种叫白木香的树因意外所伤，如人砍、虫咬、风折，在特定气候条件下分泌出的一种保护液，经年累月一点点地积累，就像动物体内的名贵药品牛黄、狗宝，像溶洞里的钟乳石，可遇而不可求。世界上最珍贵的是时间，而这沉香与花梨都是时间的凝聚。海南黄花梨又是世界花梨之最，最在它树心的"格"，一棵树要到三四十年后才开始有"格"，"格"再长到一指之粗约要七十年。人类之残忍，就是摘取"格"——这一块花梨树的心头肉，来制奢侈品的。我在景区的一个商店里看到一根比拇指略粗的海南黄花梨拐杖，价值五万七千八百元。不管"香"也好，"格"也好，都是时光的累积，我们在这里喝茶一杯，闻香几秒，忠诚的树木却要无言地在深山老林中为我们修行上百年。人们多知品香用木的尊贵，而不知树生于世的艰难与它对人类的忠诚。人们大谈香文化、红木文化，却忘了树文化、生态文化，舍其源而求其流。

正品着香，喝着茶，有谁说大厅里的电视开了，正直播今天处理砍树事件的新闻。我们一拥而出，只见昨天我去过的现场，两棵卧倒在地的树旁，一群人有森林警察，有村民，有干部，正一起低头向倒树致哀，然后依法办事，将肇事人带走拘

214

留。接着是一篇电视评论,号召在全岛开展爱树、护树,寻找人文古树的活动。大家一时都高兴地跳了起来,以茶代酒,互相庆贺,几个年轻人还唱起了歌。突然有谁提议,我们何不现在就用手机上"面对面"的快捷办法,建一个微信群,名字就叫"我们的树"。于是在经历了这几天的树殇之痛后,在树香的氛围中,我们结下了这一段奇特的树缘。回京后,"我们的树"成了一个沟通南北,爱树、护树、寻找人文古树的工作平台。

二〇一五年十二月

五
云贵川藏

冬季到云南去看海

年末深冬季节,到云南腾冲考察林业,主人却说,先领你去看热海。我心里一惊,这大山深处怎么会有海,而海又怎么会是热的?

车出县城便一头扎进山肚子里。公路呈"之"字形,车子不紧不慢,一折一折地往上爬,走一程是山,再走一程还是山;一眼望去是树,再看还是树。只见一条条绿色的山脊,起起伏伏,一层一层,黛绿、深绿、浅绿,由近及远一直伸到天边。直到目光的尽头,才现出一抹蓝天——这蓝天倒成了这绿海的远岸。

走了些时候,渐渐车前车后就有了些轻轻的雾,再看对面的林子里也飘起一些淡淡的云。我说:"今天真算是上得高山了。"主人笑道:"正好相反,你现在是已下到热海了。"我才知道,那氤氲缥缈、穿林裹树的并不是云,也不是雾,竟是些热腾腾的水汽,我们车如船行,已是荡漾在热海之上了。

所谓热海,是一个方圆八平方公里的地热带。腾冲是一个休眠火山区,多少年前,这里曾经火山喷发,现在地面上仍留有许多旧痕,如圆形的火山口、黑色的火山石,还有奇特的"柱状节理",那是岩浆喷出时瞬间形成的一片美丽的石柱。但最奇的是地下的热海。大约火山熄灭后还是不死心,便试探着要找一个出口,地下的岩浆就悄悄地摸到这里,一直蹿到离地表还有七八公里处,用炙热的火舌不停地向上喷舔着地面。于是这八平方公里的土地就成了一台巨大的锅炉,地下水被煮得滚烫,一个名副其实的热海。

热海虽名海,但我们并不能像苏东坡那样"纵一苇之所如,凌万顷之茫然",也不能如曹操那样"东临碣石,以观沧海"。因为这海是藏在地下的,我们只能去找几个海眼"管中窥豹"。最大的一个海眼就是著名的"大滚锅",单听这个名字,就知道它的威力。要看这口大锅,先得爬上一个高高的"锅台"。我们拾级而上,还未见锅就已听到滚滚的沸水之声,头上热气逼人。上到锅台一看,这口石砌的大锅,直径三米,深一点五米,沸腾的热浪竟有尺许之高。由于长年累月地滚煮,锅沿上已结了一层厚厚的水碱,真是一口老锅。大锅前又开出一条数米长、两尺来宽的石槽,亦是水沸有声,热气腾腾,槽上架着一排竹篮,里面蒸着土豆、鸡蛋、花生等物。这恐怕是我见过的最奇特的蒸笼了。游人可以上去随意品尝这地心之火与山泉之水的杰作,就像在城市路边的早点摊上吃小笼包子。我们看惯了日夜奔流不息的江河,可谁又见过这无年无月翻滚不止的开水大锅呢?我抬头看一眼天上的白云和锅后山崖的绿树,忽然想起张若虚的那句名诗:"江畔何人初见月,江月何年初照人?"这山上何时现滚锅,滚锅何时初见人呢?天地间悄悄地隐藏有多少秘密。

因为地处热海之上,山上山下露头的温泉就随处可见。有的潺潺而流,兀自成潭;有的点点而滴,挂垂成线;还有的间歇而喷,如城市广场上的音乐喷泉。但这泉水都脱不了一个"热"字,于是就利用来做浴池,连普通的山民家也开池营业。为了能更深一层感知热海之美,我们选了一处浴室推门而入,待穿过短廊才发现并没有"入室",而是豁然开朗,又置身在半山之上。原来这里的浴池并不是平地之池,而是一个一个挂在半壁,就如高楼上的阳台。试想,在半山之上,绿风白云,枕石漱流是什么样子?我极兴奋,不肯下水,先披衣环顾四周,做一回精神上的沐浴。只见偌大一个池子,犹抱琵琶,被一株从石缝中探出的大叶榕树俯身遮去了大半,而一株老藤左伸右屈,就做了这池子的栏杆。池边杂花弱草,青苔翠竹,池水清清见底,水面热气微微蒸腾。水先是从一个石龙头中注入池中,再漫过池沿,无声地贴着石壁滑向山下,于是过水的半面山岩就如一堵谁家宾馆大堂里的水幕墙,淋淋潺潺。我凭栏遥望着对面林梢上升起的轻轻的雾和脚下谷底游走的云,竟有一种将军阅兵似的自豪,然后翻身入水,畅游其中,仰望蓝天白云,觉得自己就是一条天上之鱼。天下真有这样的海吗?

因为刚才池边的那棵大叶榕树,下山时我就留心起这山上的植被。我知道榕树喜热,多见于福建、广东,或者西双版纳,现在能现身于偏北的腾冲,定是得了地下的热气。这么一想，果然发现这方圆远近处的树的确特别，既有许多亚热带的芭蕉、棕榈，又有本地的松、柏、杉、樟，还有远古时期留存下来的曾与恐龙为伴的黑桫椤树。有一种我从未见过，枝如杨柳，叶如榆钱，在这个隆冬季节，满树还缀着些红茸茸的花朵。主人说，这属柳科，就叫红丝绿柳。啊！好浪漫的名字。现在科学家已经弄清热海的来历，是这满山的绿树饱饱地蓄足了水，然后再慢慢地渗入地下，经地火加热后又悄悄送回地面，这个过程七十五年一个周期，循环往复，流淌不息。这么说来，我们现在既是行在密林之中，又是站在历史的河岸上。这块神奇的土地，我已说不清到底该叫它热海还是绿海，抑或岁月之海。其实它就是一个为地热所蒸腾、绿树所覆盖、岁月所打造的令人陶醉的生态之海。

二〇一〇年十二月

天星桥,桥那边有一个美丽的地方

全国的山水也不知道去了多少处,竟没有想到还有这么美丽的地方。确实,全国知道天星桥的人很少,它在贵州黄果树瀑布旁八公里处,许多年来黄果树的名声太大,很少有人注意到它。

天星桥的美就美在你突然发现世界上的风景还有这样一种美。只要你一走进这个景区,就一步一吃惊,一步一回头,你总要问:"这是真的吗?"一般的"真像""真美"之类的词在这里已经苍白无力。因为这景你从没见过,从没想过,就是在小说中、在电影上、在幻想时、在睡梦里也没有出现过。现在,突然从你的心灵深处抓出一种美,摆在你眼前。你心跳,你眼热,你奇怪自己心里什么时候还藏有这样的美。

天星桥景区不算很大,方圆五点七平方公里,三个半小时就可逛完,基本上是走平地,也不会让你很累。你可以从从容容地看,慢慢悠悠地品。整个景区前半部以山石之奇为主,后半部以水秀之美为主,而渗透在全过程的是绿色的树、绿色的风。所以当你从那个美梦中醒来，细细一想，其实这天星桥的美和其他地方一样，还是跑不了石美、水美、树美。但是它却硬能够化平淡为神奇，将几个最普通的音符谱成一首天上的仙乐。

石头哪里没有？但这里的石头总要变出个样，变出别一种形、别一种神，像一个曲子的变奏，熟悉中透着新鲜，叫你有一种感觉到却说不出的激动。比如石的表面经常会隆起一簇簇的皱褶。它本是个铜头铁脑、生硬冰凉的东西，却专向柔弱多情方面取貌摄形，如裙裾之褶，如秋水之纹，如美人蹙眉，如枯荷向空。这种强烈的反差，从你心里揉搓出一种从未有的美感，你忍不住要叫，要喊，难怪国画专有一种表现法叫"皴"法。再说它的形，也实在不俗，它绝不肯媚身媚脸地去像什么，是什么，反而是它什么也不像，什么也不是，在你头脑的储存里根本就没有这样的构图。比如一座山石，大约有城里的一座高楼那么大，侧面看它却薄得像一本书，或者干脆是一张纸，硬是挺立在那里，水从脚下绕，藤在身上爬。它是什么？什么也不是，就是美。脚下的，头上的，还有那些在坡上、沟里随意抛掷的石头，都要美出个样儿。你可以伸手随意抚摸崖边一块突出的石，那就是一朵凝固的云。有时你走过一座小桥，这桥身是一块整石，但你怎么看也是一段枯了多年的树。有时路边或山根的石头连成灰蒙蒙一片，那就是一群抵角的山羊，前弓后绷，吹胡子瞪眼，跃然目前。

天星桥景区的前半部是石在水中，浅浅的水面托起无数错落的石山、石壁，又折映出婆娑多姿的影。有的山平光如洗，在水里是一面立着的镜子；有的中裂一缝，在水里就是一道飞来的剑影。而在这很多但并不太高的群峰之间,则是三百六十五块踏石,游人踩着这些石头,鞋底贴着水面,在绿波上荡漾。当你看着水里的青山倒影时,也就惊奇地发现自己什么时候也变得这样美。因为这石的数目暗合了一年的天数,所以在这里总会有一块正是你的生日,此园就名"数生园"。你站在生日石上可以体会一下降世以来这最美丽的一天。景区的中部是两座对峙的山峰,相距数十米之遥,他们各探出一只手臂呼唤对方,但就在相差一拳之远时,臂长莫及,徒唤奈何。这时一块巨石从天而降,上大下小,正好卡在其间,于是两手以石相连,成一座云中石桥,千年万年,苍松杂树扎根其上,枯藤野花牵挂其旁。石头能变到这等花样,也算是中外奇观。这桥景区的名字大概就是因它而取,就像我们给一本散文集取名,单拣其中最得意的一篇。

天星桥的水是为石而生的。一入景区,脚下就是水,水里倒映着各色的山石。所以这水实际上是一面大镜子,就是为了让你正面、反面、侧面,从各个角度来看山,看石。只不过这镜子太大,你无法拿在手里,于是人就走到镜子里,踏在镜面上,"镜不转人转"。刚入景区,在数生园一带,水面极浅,山石也不高,清秀娴静,如庭院深深。但静中有变,水一时被众山穿插成千岛之湖,一时又被变幻成漓江秋色,忽而又错落成武夷九曲,当然都是微型美景。总之随石赋形,依山而变,曲尽其态。到过了那云中之桥,山高谷深,就渐有恢宏之气了。谷底有一座深潭,方圆数里,一泓秋水深不可测。潭为四山所合,不见源头;水从深底冒出,成两米多高的水柱,又静静滑落潭面,如夜空中的礼花。问之于当地人,说这潭就叫"冒水潭",可见开发之迟，连名字也还没有受过文人们的"污染"。潭边有一株古榕，干粗二抱，叶繁如山。依树临潭，遥望天桥，只恨眼前不是夜晚，否则山高月小，好一篇《后赤壁赋》。

水从冒水潭里流出之后，泻在一片石滩里，没有了先前的浅静，也没有了刚才的深沉，撞在各样石上，翻起朵朵浪花，叩响潺潺轻鸣。要知这滩绝不是一般的乱石滩，而是一根根直立的石柱、石笋，此景就名"水上石林"。云南的石林是看过的，那些无枝无叶的树，无言地伸向天空，让你感到生命的逝去；桂林的溶洞子也是看过的，那些湿漉漉阴沉沉的石笋、石塔在幽暗中枯坐默守，让你感到岁月的凝固。当石头们只是同类相聚时，无论怎样的表现，也脱不出冰冷生硬，就像一场纯由男性表演的晚会。而现在绿水碧波欢快地冲入了这片石林，手之舞之，足之蹈之。绕过这片石，轻翻细浪；撞上那座崖，忽喧涛声。整个滩里笑语朗朗，湿雾蒙蒙。你再次体会到水就是生命。这些无生命的石头这时也都顾盼生辉，变出无穷的仙姿神态。游人从这块石跳到那块石，就在这水欢快的伴奏和伴唱中，舞蹈着穿过这片已有亿万年的生命之林。

天星桥的水不像我们过去随便看过的一条河、一个湖或者一座瀑布，你始终无法看到它一个完整的形，不知它从哪里出来，最后又回到何处。就像我们看一座房子，要找水泥只有到那砖与砖之间的沟缝中去寻。我只知道那水的结尾处是一个叫作珍珠泉的地方，蹚过数生园，钻出冒水潭，又漫过石林的水，不知道还做了哪些事，最后汇到了这里。这里名"泉"，实则是一个大瀑布，但它不是一匹直垂下来的布，而是一圈卷成漏斗状的布。平软的水波滑过整石为底的圆形沟坡,在石面上滚成一颗颗的珍珠,在阳光中幻出五颜六色。这时,你的面前是一只大斗,一只不停地吸进金银珠宝的斗,围着这急吸灌的珍珠飞流,四周翻起细碎的浪花,奏起喧闹的乐声。然而这一切突然就消失在一块巨石之下。当你翻过这一道石梁时,仿佛刚才就没有见过什么水,也没有听到水声,只有垒垒的石和石缝中绿绿的树,这水是一个来无踪去无影的洛神。

天星桥的树以榕树为多,叶大荫浓,满谷绿风。这里的树常会变出许多的形。有一株名"美人树",树身高大绰约,枝叶如裙裾飘动,女士们都争着与它合影。有一株叫"民族大家庭",一从石中钻出即分成五十六根树干,大家就一根一根地去数。还有一株并不是树,是一株老藤,不知有多少年月,甚至也看不清它从哪里长出,只见从山坡上搭下来,也许当初是被风吹了一下,就挂在了对面的一棵高树上又绕了几匝。生命之力竟将这藤拉得笔直,数丈之长,一腕之粗,像一根空中的单杠。当我环顾四周,贪婪地饱餐这些秀色时,突然发现这里除了石就是水,基本上没有土。大大小小的树,不是抓吸在石上,就是浸泡在水中。无论是在路旁,在头上,在脚下,那些奔突蜿蜒、如雕如刻的树根,招惹得你总想用手去摸一摸,用身子去靠一靠,甚至想用脸去贴一贴。这些本该深埋在土层下的不见光日的精灵一下子冒了出来,排兵布阵,做了一次惊人的展示。这实在是天星桥的个性。

从数生园出来,路边有一块一楼多高的巨石,光溜溜的石壁上却顶出一株胳膊粗的小树。远看这树就如假的一般。导游小姐总喜欢考考游人，问这树根在哪里？你俯近石壁，细细一看石上的蛛丝马迹，那树根粗者如箸，细者如丝，嵌缝觅隙，纵贯南北，奔走东西。我忽觉头上轰然一响，眼前的石面成了一片广袤的平原，于无声处河网如织，水流涓涓。那红色的"之"字形须根就像一道道闪电，生命的惊雷在天际隐隐作响。面对这株亭亭玉立的榕树和这块光溜溜的寻根壁，我一下子寻到了生命的美、生命的理。

我在这里徘徊，几乎每一块巨石都立在水中，而每块石上都爬满了树根。那根贴着石面匍匐而下，纵横交错，又将巨石网了个结实，然后再慢慢抽紧，就像我们在码头上看到的吊车用网绳从水里提起一件重物。那赭色的根涨满了力，像一个大木桶外条条的铜箍，像力士角斗时臂上暴突的青筋。有长得粗些的，如臂如股，披挂石上，像冬天崖上的冰柱，像佛殿后守门的韦驮，凛然而不可撼。霎时我觉得天星桥全部的美都在这根与石的拥抱之中，回看刚才的水美、石美，全都做了树的铺垫，这是一种多么美妙的有机结合。你看石临水巧妆，极尽其意，因水而灵；水绕石弄影，曲尽其媚，因石而秀。而这树呢，抱坚石而濯清流，展青枝而吐绿云，幻化出一团浓烈的生命。这种生命的力量和美感充盈在这条不大的山谷之中，令你流连忘返，回肠荡气。天下的好景有的是，但有的路途遥远，一生只能做一次游；有的以险取胜，只能供一部分人做冒险的旅行。只有这天星桥，路又不远，山又不险，景却特美，你可以一来再来，细品慢游。

一九九六年一月

平塘藏字石记

十月里因事过贵州黔南，甫坐未定，当地领导就急切地说，他们这里出了一件奇事。平塘县有一巨石落地，中裂为二，裂面处凸显"中国共产党"五字。我说，世上哪有这等巧事？对方说，凡初听者都不信，人家还讽刺他们说，莫不是穷疯了，编此奇事诓人，因此他们特请专家进行了鉴定。

第二天，我即驱车平塘，出县城后又蜿蜒起伏疾驰六十多公里，折入一谷地，忽山清水秀，绿风荡荡，原来已进入掌布河谷。沿谷地深入数里，弃车步行至一村，名"桃坡村"。村口矗立一巨木，是一棵有五百年树龄的枫香树。前不久，于夜深人静时，此树轰然倒裂，现留一个十多米高的树桩，三人不能合抱，桩上又发新枝。而倒地的树干压折一棵老银杏后横卧于路，如壮牛猛虎，气势逼人。树枝已被削去，粗者如腰，细者如臂，散落于路下田中竟占地一亩。未见奇石，先见老树，邈邈古风，幽谷中来。

绕过古木，是石砌小路。路旁有宽深一米的水渠，水清见底，水中草蔓飘舞如带，石子莹润如玉。我自少年时代一别三晋名泉晋祠之水，就再未见过这样清澈透亮的山泉，不觉心头一紧，才意识到大自然库藏的珍品真是越来越少。沿这条清水古道缓缓而上，过一滩，名浪马滩，碧水平泻，乱石如奔马。过一泉，名长寿泉，因乡人常饮此水多高寿而名。两岸陡崖如壁，竹木披拂，藤缠草覆，绿云扑地。渐行至河谷中段，隔水相望，对岸悬崖下有两棵十多米高的大树，树荫中隐隐有物，导游以手相指，说那里即是藏字石。要观石，先得过一吊桥。桥迎壁飞架而去，人一过桥即与悬崖撞个满怀。我不由举首仰望，壁立如削，峰起如剑，云行高空，风吼谷底，忽觉人之渺小。桥左有一对巨石，即为藏字石。从现场看，此石从石壁上坠落而下后分为两半，相距可容两人，两石各长七米有余，高近三米，重一百余吨，右石裂面清晰可见"中国共产党"五个横排大字，字体匀称方整。每字近一尺见方，笔画直挺，突起于石面，如人工浮雕。在这行字的前后还有一些凸出的蛛丝马迹，不成文字。我大惊大奇，实在不敢接受这个现实。天工虽巧，怎能巧到这般？虽然我们也常在石壁上发现些白云苍狗，如人如兽，如画如图，但那也只限于象形的比附，今天突然有巨石能写字，会说话，铁画银钩，颜体笔法，且言政治术语，叫人怎么能相信，怎么敢相信？

但是，面对这块一分为二、内藏五字的石头，我们又不能不信。经地质专家组鉴定，该石是从山体上剥落下来无疑，现离地十五米处的石壁上还有坠石下落后留下的凹槽。而山体、巨石及石上的字体，主要化学成分都一致，说明它们曾共生共存，浑然一体。字体也没有人工雕琢、塑造、粘贴的痕迹。这字的成因则是由海绵、腕足类等生物形成化石，偶然组成这五个大字。巨石坠落时，受力不均，沿字的节理处剖裂开来。据测算，石之生成距今已两亿八千万年，而坠落于地也已有五百年，在长年的风雨侵蚀中，化石硬度稍高，就更凸显于石面。过去于两石间长期堆秸秆树枝，石旁又有两株大树遮掩，从没有引起人的注意。今春，为推广景区风景，当地举办一次摄影活动，村支书张国富在清扫此地时无意中发现这石上的五个大字，石中藏字的消息遂即传开。

看过奇石，我又大体浏览了一下周边的风景。由奇石处上行有藤竹峡，因遍生藤竹得名。此种珍稀植物我还是第一次见到，其细如丝，其柔如藤，却属竹科，缘壁附崖，牵挂缠绕，两岸数里如金丝织就，一片灿烂。有抱石崖，崖面均匀生出圆形石卵，如鱼眼鼓突，如恐龙遗蛋，有足球之大，共三百六十六颗。当地人说此石三十年一熟，会自然拱破石壁，接续而生。其余路边风景都十分可人，如光硬的石壁上会钻出无根之松，郁郁葱葱；滩里巨石上无土无沙，却杂树成林；水中的群鱼细小如豆，会逐人腿而吻，称"吻人鱼"；都为别处之少见。掌布河流域本就风景奇特，早在七年前就已辟为旅游开发区，今发现藏字石更锦上添花。自然中有奇巧之事本也有科学之理，因为任何事物都可以看作无数个点的排列组合，大自然在无限的时空中总能组合出最理想的图案。今石上这几个字只是一巧而已，也许某年于某石中还会发现别的字迹。著名科普作家阿西莫夫说过:"如果把一只猫放在一架打字机上,只要给它足够的时间,也能打出一部'莎士比亚'。"而这种万年、亿年才有一遇的巧事,竟幸临平塘县这个布依村寨,这是天赐旅游良机,助民致富。村民已借天成的"中国共产党"五字增设了红色旅游主题,于石旁空地立十六面石碑,简述中共一大至十六大的梗概。

这石两亿年前天生而成,五百年前自然坠地,其时村口一株枫香树又破土而出,而在今年,忽一日树断枝裂,石中藏字也惊现人间,这一连串巧合莫非天意?离开村口时,我又细端古树,怅然有思。地方同志见状问有何建议,我说有两条。一者,此卧地断木是天赐史书,叫我们牢记过去。可剖光断面,展其年轮,呈于游人。并可标出哪一轮是五百年前,哪一轮是一八四〇年,是一九二一年,是一九四九年,直至树断字现之年的二〇〇三年,当更显厚重,更有新意。二者,天降"中国共产党"五个大字,是要我们自警自策,与时俱进。当地党政部门一定更要爱民忧民,年有新政,不只让百姓感到石上"中国共产党"之奇,更要感到身边的中国共产党之亲。这样才不负天之祥瑞,民之殷情。

二〇〇三年十月

武侯祠，一千七百年的沉思

中国历史上有无数个名人，但很少有人像诸葛亮这样引起人们长久不衰的怀念；中国大地上有无数座祠堂，但没有哪一座能像成都武侯祠这样，让人生出无限的崇敬、无尽的思考和深深的遗憾。这座带有传奇色彩的建筑，令海内外所有的崇拜者一提起它就产生一种神秘的向往。

武侯祠坐落成都市区略偏南的闹市，两棵古榕为屏，一对古狮拱卫，当街一座朱红飞檐的庙门。你只要往门口一站，一种尘世暂离而圣地在即的庄严肃穆之感便油然而生。进门是一庭院，满院绿树披道，杂花映目，一条五十米长的甬道直达二门，路两侧各有唐代、明代的古碑一座。这绿荫的清凉和古碑的幽远先教你有一种感情的准备，我们将去造访一位一千七百年前的哲人。进二门又一座四合庭院，约五十米深，刘备殿飞檐翘角，雄踞正中，左右两廊分别供着二十八位文臣武将。过刘备殿，下十一阶，穿过庭，又一四合院，东西南三面以回廊相通，正北是诸葛亮殿。由诸葛亮殿顺一红墙翠竹夹道就到了祠的西部——惠陵，这是刘备的墓，夕阳抹过古冢老松，叫人想起遥远的汉魏。由诸葛亮殿向东有门通向一片偌大的园林。这些树、殿、陵都被一线红墙环绕，墙外车马喧，墙内柏森森。诸葛亮能在一千七百年后享此祀地，并前配天子庙，右依先帝陵，千多年来香火不绝，这气象也真绝无仅有了。

公元二三四年，诸葛亮在进行他一生的最后一次对魏作战时病死军中。一时国倾梁柱，民失相父，举国上下莫不痛悲，百姓请建祠庙，但朝廷以礼不合，不许建祠。于是每年清明节，百姓就于野外对天设祭，举国痛呼魂兮归来。这样过了三十年，民心难违，朝廷才允许在诸葛亮殉职的定军山建第一座祠，不想此例一开，全国武侯祠林立。成都最早建祠是在西晋，以后多有变迁。先是武侯祠与刘备庙毗邻，诸葛祠前香火旺，刘备庙前车马稀。明朝初年，帝室之胄朱椿来拜，心中很不是滋味，下令废武侯祠，只在刘备殿旁附带供诸葛亮。不想事与愿违，百姓反把整座庙称武侯祠，香火更甚。到清康熙年间，为解决这个矛盾，干脆改建为君臣合庙，刘备在前，诸葛亮在后，以后朝廷又多次重申，这祠的正名为昭烈庙（刘备谥号昭烈帝），并在大门上悬以巨匾。但是朝朝代代，人们总是称它为武侯祠，直到今天。"文化大革命"曾经疯狂地破坏了多少文物古迹，但武侯祠却片瓦未损，至今每年还有两百万人来拜访。这是一处供人感怀、抒情的所在，一个借古证今的地方。

我穿过一座又一座的院落，悄悄地向诸葛亮殿走去。这殿不像一般佛殿那样深暗，它合为丞相治事之地，殿柱矗立，贯天地正气；殿门前敞，容万民之情。诸葛亮端坐在正中的龛台上，头戴纶巾，手持羽扇，正凝神沉思。往事越千年，历史的风尘不能掩遮他聪慧的目光，墙外车马的喧闹也不能把他从沉思中唤醒。他的左右是其子诸葛瞻、其孙诸葛尚，瞻与尚在诸葛亮死后都为蜀汉政权战死沙场。殿后有铜鼓三面，为丞相当初治军之用，已绿锈斑驳，却余威尚存。我默对良久，隐隐如闻金戈铁马声。殿的左右两壁书着他的两篇名文，左为《隆中对》，条分缕析，预知数十年后天下事；右为《出师表》，慷慨陈词，痛表一颗忧国忧民心。我透过他深沉的目光，努力想从中发现这位东方"思想家"的过去。我看到他在国乱家丧之时，布衣粗茶，耕读山中；我看到他初出茅庐，羽扇轻轻一挥，八十万曹兵灰飞烟灭；我看到他在斩马谡时那一滴难言的浊泪；我看到他在向后主自报家产时那一颗坦然无私的心。记得小时读"三国"，总希望蜀国能赢，那实在不是为了刘备，而是为了诸葛亮。这样一位才比天高、德昭宇宙的人不赢，真是天理不容。但他还是输了，上帝为中国历史安排了一出最雄壮的悲剧。

假如他生在古周、盛唐，他会成为周公、魏徵；假如上天再给他十年时间（活到六十三岁不算老吧），他也许会再造一个盛汉；假如他少一点愚忠，真按刘备的遗言，将阿斗取而代之，也许会又建一个什么新朝。我胸中四海翻腾，做着这许多的"假如"，抬头一看，诸葛亮还是那样安静地坐着，目光更加明净，手中的羽扇像刚刚挥过一下。我不觉可笑自己的胡思乱想。我知道他已这样静坐默想一千七百年，他知道天命不可违,英雄无法再造一个时势。

一千七百年前,诸葛亮输给了曹魏,却赢了从此以后所有人的心。我从大殿上走下,沿着回廊在院中漫步。这个天井式的院落像一个历史的隧道,我们随手可翻检到唐宋遗物,甚至还可驻足廊下与古人、故人聊上几句。杜甫是到这祠里做客次数最多的,他的名句"出师未捷身先死,长使英雄泪满襟",唱出了这个悲剧的主调。院东有一块唐碑,正面、背面、两侧,或文或诗,密密麻麻,都与杜甫做着悲壮的唱酬。唐人的碑文说:"若天假之年,则继大汉之祀,成先生之志,不难矣。"元人的一首诗叹道:"正统不惭传千古,莫将成败论三分。"明人的一首诗简直恨历史不能重写了:"托孤未付先君望,恨入岷江昼夜流。"南面东、西两廊的墙上嵌有岳飞草书的前、后《出师表》,笔走龙蛇,倒海翻江,黑底白字在幽暗的廊中如长夜闪电,我默读着"临表涕零,不知所云",读着"汉贼不两立,王业不偏安",看那墨痕如涕如泪,笔锋如枪如戟,我听到了这两位忠臣良将遥隔九百年的灵魂共鸣。

这座天井式的祠院一千七百年来就这样始终为诸葛亮的英气所笼罩,并慢慢积聚而成为一种民族魂。我看到一个个的后来者,他们在这里扼腕叹息,仰天长呼,或沉思默想。他们中有诗人,有将军,有朝廷的大臣,有封疆大吏,甚至还有割据巴蜀的草头王。但不管是什么人,不管来自什么出身,负有什么使命,只要在这个天井小院里一站,就受到一种庄严的召唤。人人都为他的凛然正气所感召,都为他的忠义之举而激动,都为他的淡泊之志所净化,都为他的聪明才智所倾倒。人有才不难，历史上如秦桧那样的大奸也有歪才；有德也不难，天下与人为善者不乏其人。难得是德才兼备，有才又肯为天下人兴利，有功又不自傲。

历史早已过去，我们现在追溯旧事，也未必对"曹贼"那样仇恨，但对诸葛亮却更觉亲切。这说明诸葛亮在那场历史斗争中并不单纯地为克曹灭魏，他不过是要实现自己的治国理想，是在实践自己的做人规范，他在试着把聪明才智发挥到极限，蜀、魏、吴之争不过是这三种实验的一个载体，他借此实现了作为一个人，一个历史伟人的价值。史载，公元三四七年，"桓温征蜀，犹见武侯时小吏，年百余岁。温问曰：'诸葛丞相今谁与比？'答曰：'诸葛在时，亦不觉异，自公没后，不见其比。'"此事未必可信，但诸葛亮确实实现了超时空的存在。古往今来有两种人，一种人为现在而活，拼命享受，死而后已；一种人为理想而生，鞠躬尽瘁，死而后已。一个人不管他的官位多大，总要还原为人；不管他的寿命多长，总要变为鬼；而只有极少数人才有幸被百姓筛选，被历史擢拔为神，享四时之祀，得到永恒。

我在祠中盘桓半日，临别时又在武侯像前伫立一会儿。他还是那样，目光如泉水般的明净，手中的羽扇轻轻抬起，一动也不动。

一九九〇年十二月

康定情歌后面无情的歌

南国冬日，冒着凛冽的海风，我来到福建惠安，看一个给全世界留下了永远的爱，自己却没有得到爱的人。三年前，我到川藏交界的康定，无意中知道那首著名的《康定情歌》的发现整理者是一位叫吴文季的人，原籍福建惠安。以后就总惦记着这件事，今天终于有缘来访他的故居和墓地。

在抗日战争时期，吴文季一身热血投奔抗日，在武汉参加了"战时干部训练团"，后又辗转至重庆，考入中央音乐学院。学院停课期间，为生计他应聘到驻扎在康定地区的青年军教歌。这使他有机会到民间采风。康定地处汉藏文化的交接带，既有汉文化的敦厚，又有藏文化的豪放，尤其是音乐取杂交优势，更显个性。大渡河畔有一座跑马山，那是汉藏同胞，特别是青年男女节日里跑马对歌的地方，吴文季就是在这里采得这首情歌溜溜调的。随着抗战胜利，学校内迁，这首歌也被带回南京。先是经加工配器在学院的联欢会上演出，引起轰动。当时的中国女高音歌唱家喻宜萱就将它带到巴黎的国际音乐节，于是这首歌走遍世界。那是多么浓烈的爱情旋律啊："世间溜溜的女子，任我溜溜地爱哟；世间溜溜的男子，任你溜溜地求哟！"从西部高原吹来的清风，夹着草香，裹着这歌、这情，飘过原野，撒向广袤的大地。大渡河的雪浪和着它的旋律，一泻千里，冲出深山，流过平原，直入大海。

那天晚上我就宿在康定城里。这是一座高山峡谷中的小城，抗战时曾做过西康省的省会。因地处中国内地通往西藏直至印度的咽喉要道，当时是仅次于上海、天津的对外商埠。晚饭后在街上散步，随处可见历史的遗痕。老房子，商店里的旧家具，地摊上的老画片，还有藏区常见的石头、骨头项链、小刀具等。许多外地游客在街上悠闲地转悠着，怀旧，淘宝。市中心修了一个休闲广场，华灯初上，喇叭里播放着《康定情歌》，还有那首有名的《康巴汉子》："康巴汉子呦……胸膛是野性和爱的草原，任随女人恨我，自由飞翔……"河水穿城而过，拍打着堤岸，晚风轻漾，百姓就在广场上和着这歌的旋律、浪的节拍翩翩起舞。不少游客按捺不住，也跳进队伍里，手之舞之，足之蹈之。那坦荡的爱、浓烈的情，我现在想来心中还咚咚作响。《康定情歌》已被刻在大渡河边的石碑上，已登上各种演唱会，通过现代传媒手段传遍全球，甚至被卫星送上太空。但是，很少有人问一问，它的作者是谁。

当我在大渡河边惊喜地知道了这首民歌的发现整理者时，立即就想探寻他的身世。几年来我到处搜求有关资料，而这却将自己推入一种悲凉的空茫。

南京解放后，吴文季在一九四九年五月参加解放军，先后在二野文工团、西南军区文工团、总政文工团工作，曾任男高音独唱演员，领唱过《英雄战胜大渡河》等著名的歌曲。但因为有参加过"战干团"和曾到国民党部队教歌这一段经历，被认为不宜在总政文工团工作，于一九五三年遣送回乡。没有任何处分，也没有任何说法。天真的他以为下放劳动一两年就可返回北京，以至于他走时连行李都没有带全，一批宝贵的创作乐谱也寄存在朋友处。没有想到竟是一去不归。

那天，我从惠安县城出发，找到洛阳镇，又在镇上找到一条小巷。这巷小得仅容一人紧身通过，然后是一处破败的民房。房分前后室，我用脚量了一下，前室只有三步深，墙上挂着他的一张遗像，供少数知情而又知音的人前来瞻仰。地上则散乱地堆着一些他当年用过的农具。后室只能放下一张床，是他劳累一天之后挑灯写歌的地方。吴回乡后，孤无所依，就吃住在兄嫂家，每日出工，参加集体劳动，业余帮镇上的中学辅导文艺节目，一时使该校节目水平大涨，居然出省演出。后来他又被安排到地方歌舞团工作，还创作并排练了反映当地女子爱情的歌剧《阿兰》。他盼着北京有令召还，但日复一日不见音讯。他哪里知道外面的政治气候正日紧一日，一九六二年北戴河会议大讲阶级斗争，一九六四年"四清"运动又开始清理阶级队伍。就这样，直到一九六六年五月一日他不幸病逝，也没有等到召回令，时年才四十八岁。

参观完旧居，访过他的兄嫂，我坚持要去看看他的墓。村里人说，从来没有外地人，更没有北京来的人去看，路不好走。我的心里一紧,就更想去会一会那颗孤独的灵魂。开车不能了,我们就步行从一条蜿蜒的小路爬上一个山包,再左行,又是一条更窄的路。因为走的人少,两边长满一人多高的野草,一种大朵的黄花夹生其中。我问这叫什么花,领路的村民说:"叫臭菊,到处是。很贱的一种花,常用来沤肥的。"我心里又是一紧,更多了一分惆怅。大家在齐人深的野草和臭菊中觅路,谁也不说话,好像回到洪荒的中世纪。

转过一个小坡,爬上一个山坳,终于出现一座孤坟。浅浅的土堆,前面有一块石碑,上书"吴文季之墓",并有一行字:"他一生坎坷,却始终为自由而歌唱。"我想表达一点心意,就地采了一大把各色的野花,中间裹了一大朵正怒放的臭菊,献在他的墓前,深深地鞠了一躬。然后坐在坟前,听头上的风轻轻吹过。两旁松柏肃然,世界很静。我想陪这个土堆里的人坐一会儿,他绝不会想到有这样一个远方的陌生人来与他心灵对话。他整理那首情歌是在一九四四年左右,到现在已经六十多年,那是他精神世界中最明媚、灿烂的时刻;他的死,并孤寂地躺在这里是一九六六年,也已半个世纪。他长眠后的岁月里,回忆最多的一定是在康定的日子。那强壮的康巴汉子、多情的藏族姑娘,那激烈的赛马、跳舞、歌唱、狂欢的场面。这是他一生中最美好的一瞬。音乐史上的许多名曲都来自民间的采风,并伴有音乐家的传奇故事,它如大漠戈壁长风送来的驼铃,久久地摇荡着人们的心灵。吴文季的西康采风,很类似音乐家王洛宾的青海湖边采风。康定的藏族姑娘应该比青海的藏族姑娘更热辣奔放一些。王洛宾与卓玛曾有一鞭情,有相拥于马背、飞驰过草原、陶醉于绿草蓝天的浪漫,因而产生了那首名曲《在那遥远的地方》。我们也有理由猜想,在《康定情歌》后面,在鼓声咚咚、彩旗飘飘的跑马山上,或许也另有一个浪漫的故事。"世间溜溜的男子,任你溜溜地求哟",难道吴家这样英俊的大哥就没有哪位姑娘在赛马时轻轻地抽他一鞭?那时他才二十四岁啊,正是花季。

我在墓边坐着,南国的冬天并不凋零,放眼望去,大地还是一样的葱绿。近处仍是没人深的野草和大朵的臭菊,远处有一座小山,我问叫什么山,陪同的人说不出具体的名字,倒讲了一个曾在山那边发生的著名的"陈三五娘"故事。啊,我知道《陈三五娘》是在闽南一带流传甚广的传统剧目,后来还拍成了电影。大意是穷文人陈三,在元宵灯会上与富家女子黄五娘邂逅,互相爱慕。黄父却贪财爱势,将五娘允婚他人。陈三便和五娘私奔,终于找到了自己的幸福。这是一个闽版的《梁祝》,但我不知故事的原型却是在这里。讲故事者说,他们私奔的路线就是从那个山后转过来,一直朝这边,朝吴的墓地走来。吴文季在这里长大,又酷爱民间音乐,他一定看过这出戏。也许,他在这凄冷的墓里,还在一遍一遍地回味着这个故事。私奔是爱情题材中常有的主题,从"司马相如与卓文君"到《陈三五娘》,传唱不衰。但天上无云何有雨,地上无土怎长苗?当你处于一个不敢爱或不敢被人爱的环境或条件下时,你与谁私奔,又奔向何处呢?

吴文季所留资料甚少。他在总政文工团大约是有一位女友的。离京时,他的衣物、书籍,特别是一些乐谱资料还寄存在她处。但自从下放后，对方的回信就渐写渐少，最后终于音断讯绝。这大约是我们知道的他一生中唯一享受过的一丝爱，像早春里吹过的一缕暖风，然后又复归消失。

山上的风大，不可久留。我起身下山，对地方上的朋友说："墓碑上的那句话应改为：他终身为爱情而歌唱，却没有得到过爱。"

二〇一一年十二月

（编注：本文系作者于二〇〇四年夏访康定初记，二〇〇八年一月访惠安初稿，二〇一一年十二月十六日北京改定。）

西藏日记

一九九二年八月二十四日

上午八时北京出发,开始了期望已久的西藏之行。一行四人,宋署长、王秘书、计财司长和我。先飞成都,原定九点五十五起飞,延误到十二点五十才飞,下午二点五十到成都,陈焕仁局长到机场接,住锦江宾馆。

八月二十五日

六点五十按时起飞。在一万米的高空,身下的云朵幻化出各种奇怪的形状,如棉堆,如地毯,如山峰,如海浪。我们像是天仙驾着云头在窥看人间。最好看的是流云闪开时露出的雪山,如一个巨大的卧兽,脊梁上总是披着白雪斗篷。九点五十宣布即到拉萨,但飞机一直在空中盘旋,到十点二十还不能落地。一会儿,空姐说:"对不起,地面天气不好,我们现在只好再飞回成都。"这样,我们在天上做了一次神游之后,又驾着云头落到早晨出发的双流机场。服务员见到我们大吃一惊,她说:"拉萨一般下午有风,从没有下午着陆的,你们今天是走不了啦。"我们颓然有失。不想,在机场下了一盘半棋,又宣布可以飞了,十二点三十五飞,十三点三十五到。

贡嘎机场,西藏文化厅一行人、六部车已等候了一上午。落地后是欢迎仪式,话剧团的两位女演员献上哈达、糌粑、青稞和酒。这形式觉得未免隆重了些,可能是文化系统的缘故吧。我在内蒙古工作多年,这种场合也顶多是一条哈达。机场离拉萨城八十五公里,约行两个小时,车子沿着拉萨河行驶,远处的雪山和近处的石山上总是覆着白云。蓝天、白云、雪山,还有江水,我一下子置身在一个从未有过的画面里。宾馆门口又有简短的欢迎仪式,两头牦牛和一个戴鬼脸者上下狂舞,这很像汉族的狮子舞。根据事先安排,宋署长代表客人给每头牛的牛角上挂了哈达。

坐下后,主人告之一定不要大运动。其时已下午五点,因早晨从成都动身起得很早,劝我们先少睡一会儿。我大约睡了十五分钟,起来后头紧,两脚软,走路不敢高抬脚,尽量平挪。西藏之神秘,一是过去与世隔绝,环境神秘;二是海拔高,缺氧,让人感到生命的神秘。主人给每个房间放了一个小氧气瓶,告说,不舒服时吸几口。

八月二十六日

昨晚睡得很不好。缺氧反应的特征之一是失眠,而我平时在内地都睡不好,来这里已做好破罐破摔的准备。晚十点三十睡,十一点三十醒一次,凌晨三时又醒,五时醒来再无法入睡。此地天亮比北京迟两个小时,勉强等到七点三十起来,到外面散步。夜里刚下过雨,院子里有两头牦牛吃草,还有几条野狗在游荡。

上午在文化厅谈工作,下午到出版社、书店听汇报。每到一处,总有人在门口列队欢迎,献哈达。哈达是一条一米五长的白绸子,好一点的十五元。礼节太烦琐,也浪费,要改革。我们经常把陋习当传统和个性来保留。这里的出版业落后,主要是市场小,全区二百零二万人,百分之九十五是藏族,一百万文盲,出版内容囿于政治宣传和传统挖掘,原地踏步,不懂得开发和培育市场,在靠补助过日子。这次我们带来五十万元的补助。

晚上,自治区党委副书记丹增请客。席间他建议我们改变行程,到亚东中印边境的乃堆拉山口去看一看。

八月二十七日

上午参观布达拉宫。因为我们是文化厅的客人,又有丹增同志陪同,所以有了特别的优待。

这个宫本是松赞干布由后藏迁来时的驻跸之所。当时这山上有一个小洞,名法王洞。松看中了山下拉萨河滩这块水草丰美的地方,决心迁都。他真是一代伟人,他之于西藏,如汉族之秦始皇。他不但统一了藏族地区,创造了藏文,还统一了这里的教派,确立了佛教的统治地位。在外交上,西结盟于尼泊尔,东结盟于唐帝国。

布达拉宫的大规模建设是在五世达赖时期，实际主持人是大臣桑结嘉措，以后历代都有维修。宫分两部分，白宫和红宫。白宫是达赖办公、起居之所，一般的参观只看这一部分；红宫是历世达赖的灵塔，全天我们破格参观。布达拉宫是西藏王权、教权的集中体现，达赖就是这里的国王、皇帝、教主，最高统治者，也是随心所欲的享受者。所以西藏最好的东西都集中在这里。古今中外，一切封建王宫都是财富和权力的标志。

先说财富。奴隶主与封建帝王相比更是一个土财主，以聚敛财富为目的，而且还一定要把财富放在身边，摆在眼前，死后带到墓里去才甘心。所以这些财富常表现为达赖在白宫里的生活用品，如金碗、银勺，而红宫里的每座灵塔都是用珍珠、宝石、黄金堆砌而成。这又类似内地皇帝的厚葬。一六九〇年修建的五世达赖灵塔，高十四点八五米，周身全部以纯金包裹，又嵌镶珠玉、玛瑙，费金五千三百二十一公斤。十三世达赖的灵塔，用银五百九十多公斤。灵塔旁有一小宝塔，由二十万颗珍珠串编而成。这种奴隶主的财富观与现代资产阶级明显不同，他们不论生前死后都要用金银、珠宝把自己裹起来。从心理上讲，在这一小块地盘上作威作福也很可怜。同是少数民族，他们也没有达到蒙古人成吉思汗和满族人康熙那样开疆略土、封王封侯、修建行宫的威风。这是地域所限，也是奴隶主与封建帝王之别。

再说权力。我们这次直接登上了东边白宫的顶部。这是达赖卧室的房顶，一般人是万不能踩上去的。丹增书记指着下面层层的房子说："这里是达赖政权的军队司令部、监狱、造币厂、印经院。"达赖的房子很像故宫里的金銮殿，房内有一高台，他的座位置台上，左边是藏书室，右边有门通阳台，可俯视拉萨全城。他就在这块方寸之地，在雪山的环抱之中，在农奴的恭顺与教徒们的崇拜之中得到生活上的享受和精神上的满足，论热闹，其偏安于雪山深处，远不如南宋偏安于临安。

这宫殿是藏族艺术的最高体现，正如一切王宫都是本国的一件最大最好的艺术品。首先，它依山而建就体现了这个山地民族的传统意识，他们对山的依赖与崇拜全在这宫殿上表现出来。藏传佛教中有神山说，教徒每年要朝山，转山，山是他们的寄托，是保护神。红山恰好在拉萨河谷平原上，在这座山上建立政治、宗教机构，在山下放牧、种田，正是民族的心理体现。从艺术角度说，宫殿建在山上，俯视平原，收到雄伟、高朗与统领之效。

宫内最多的是佛像，把艺术寄托于佛，佛也就从虚幻的崇拜对象变成了实在的艺术载体和表现手段，所以这满宫的佛，其实是单一品种的艺术。由于宗教的虔诚心理，这里的艺术品都是尽心的力作，就如欧洲教堂里的壁画、雕塑。

这些日子布达拉宫正在做解放以来最大规模的维修，国家特拨了七千万元。宫里到处都是脚手架，我们的参观就在这些架子中间穿行。耳朵里总是隐隐飘着一阵阵的歌声，开始我以为是在唱经，廖厅长说是劳动号子。哪有这样好听的号子？那声音像热浪，像海潮，忽高忽低，忽来忽去，撞击着我的心，震颤着我的神经。音乐特别是民间音乐的力量真是不可抗拒。我们翻上两个楼层，在一个长廊里终于找到了劳动的场面。大约有六十多个年轻人,男女各半分成两组。每人手中拿一根齐胸高的木杆,杆的下端镶有一如碗大的半球形石块,平面向下;杆的上梢系一个红布条,并两个小铜铃铛。厅长说这叫"打阿嘎",就是汉族地区的打夯、砸地面。拉萨附近的山上产一种"阿嘎土",粉碎后以水闷湿,平铺于地,然后就用这种工具去砸。几十人个按着歌声的节拍,提起,放下。男队砸一下女队砸一下,交错落锤,回眸而笑,夯歌互答。歌声、铃铛声、夯锤落地声、跺脚声,真是一首世上少有的交响乐,在雪山下、拉萨河畔的古老宫殿里回荡。我不觉脱口说道:"这样的劳动怎么能不产生爱情?"有句话叫"男女搭配,干活不累",其言不谬。同行的小伙子王秘书,上去抢过一根夯杆,也激动地砸了起来。我举起相机,连拍几张。以后走过西藏的多处寺庙,才知道地面、屋顶都是这样做成。打完后再抹上一层桦木汁,防水,油光发亮。这是西藏特有的土水泥。

一件文物,一个历史建筑,常常有它的二元含义。即建筑诞生之初的本意,如它的功能;它折射出来的意义,如历史的、艺术的、文物的、旅游的等各方面的意义。如颐和园、卢浮宫、金字塔,还有布达拉宫都是这样。布宫,既是王宫又是神殿,它不但代表王权,还代表神权;不但统治着这块土地上的人民,还慑服着他们的心。内地和外国的王宫,无论如何宏伟、威风,但对山野草民来说等于零,因为他们与政治无缘,甚至与文化无缘。那里的教堂、寺庙金碧辉煌,但也只对教徒有用,非教徒从不登门,甚至想也不去想它。只有西藏这个地方,哪怕最偏远的牧民,哪怕他是文盲,也从心里崇拜达赖,永远仰视着布达拉宫。

在拉萨城里，无论你走到哪个方位，一抬头总能看到布达拉宫。不管怎么说，布宫在西藏、在拉萨确实是一个中心，一个政治、宗教、文化的中心。

下午，到西藏日报社座谈。

八月二十八日

来拉萨三天了，每天晚上下雨，白天晴。今天看展佛。展佛又名晒佛。我们赶得巧，雪顿节前一天哲蚌寺举行一年一度的展佛。早晨五时醒来，六时出发，天还黑，公路上已满是车辆和影影绰绰的人群，披着雨衣的民警在值勤，夜幕细雨中涌动着说不出的神秘。一会儿车子离开公路沿山路爬行，路窄又陡，开得很慢。两边的人愈来愈多，扶老携幼，妇女身上多背着孩子，男人手里提着或背着食物，还有要烧的香、纸。这是他们的节日，展佛之后他们要在这山上游玩，野餐，直到日落。

下车后又步行一段，雨停了，云慢慢地散开，我们登上寺庙的屋顶。天亮了，晨曦中满天的浮云如红色的鱼鳞，遥望拉萨方向，一带轻雾中山峦起伏，河水一弯，房屋时隐时现，如佛国中的四大部洲。上午十时，号声吹响，足有半个篮球场大的一幅佛像顺着一面山坡展开垂下，人头攒动，争观大佛。坡上、路旁、洼地都燃起了香火。这香已不是在庙里手中捧着的几根香，而是于山坡上早就垒好的焚香炉，朝山的民众将成袋的艾叶香草倒入炉内，整座山，不，整个世界都沐浴在佛国香气的氤氲之中。

下午，在自治区党委会议室座谈，一抬头窗外就是布达拉宫。

八月二十九日
从拉萨到日喀则。

八月三十日
拜谒班禅真身。十世班禅一九八九年圆寂之后，真身贴了金箔供奉在扎什伦布寺。外面一直传说班禅圆寂后头发和指甲还在生长，这次我们特别留意察看，并不是传说的那样。拜谒仪式很隆重，我们准备了哈达和红包，由署长代表敬献。庙上给我们每人回赠了圣药，用一小块红纸包着，据说能治百病，很灵的。

九月一日
早晨八点十四从日喀则出发，一出城满眼都是青稞田，如内地华北平原麦浪滚滚，一直淹没到远处的山脚。这是我没有想到的，海拔四千米的地方还有这么肥美的农田。藏式农舍用石头砌成，窗户伸出一个浅沿，涂以深蓝色。女人穿藏裙，男人却多着汉装，村口停着拖拉机，和内地没有什么区别。

十点三十到江孜县城，稍事休息去看当地有名的白居寺。寺极大，庙里的塑像是汉、藏、尼泊尔三地的工匠所为，因此兼有三地风格。偏殿中收藏有跳鬼时的各种面具，这是过去没有见过的，照了几张相。有一个万佛塔，八角形，十三级，内塑有一万座佛,为国内唯一。寺中还有一件国宝,一部佛经长一米,宽五十厘米,厚约十三厘米,全部文字为细珍珠、玛瑙串成。寺中金银碗无数。

十一时登上宗山抗英遗址。一九〇四年英军一千四百人从亚东侵入西藏,在这里一场恶战。我军坚守数月,后弹尽粮绝,五百壮士跳崖而死。现在还有残垣断墙、两尊旧炮。守军司令吉布,就是现在自治区副主席吉布的祖父。

十四时从江孜出发。江孜处于丁字路口,向西是日喀则,向东是山南。我们现在是向南到与锡金、不丹交界的边境去。一出城麦田渐渐为戈壁、草滩所取代,成群的黄牛、山羊悠闲地吃草,已从农区过渡到半农半牧区。我们的车子走着走着,前面突然没有了路。原来草原上到处是大大小小的河流,一般都不深,经常淹没路面。我们停车向天边望去,只见明亮亮的水流如一张银网铺在绿色的草地和黑色的石滩上,头上是蓝天白云,远处是雪山。西藏多水,这是我过去绝没有想到的,我所熟悉的祖国西北部陕、甘、宁、青、疆,还有内蒙古都缺水,未想到西南部这海拔四千米处却"沧海横流"。那天飞机一落地,就看到流水滚滚的拉萨河,今天在雪山下又看到漫溢着的大河、小溪,还有大大小小的湖泊,这都是雪山的赐予。而由于水的滋润,这里的牛羊、村庄、杨柳,一派田园风光,与内地没有什么不同。可惜这水进不了黄河水系,向南流进了三江流域,看来南水北调的西线方案还是有道理的。

西藏除了水多,让人最惊奇的就是它的天蓝,蓝得像一块刚出染的布、一块拭净的玻璃、一大块蓝宝石。我实在找不出可以形容的话语。我们从海拔一二百米处一下上到了四千米以上，空间位移到了一个从未见过的世界，就像时间穿越回到了唐宋、秦汉，只有目瞪口呆。人们平常用白色来表示纯洁，其实它远不如蓝色纯净。白虽干净，总还不脱一种实在的颜色，蓝却是空无，是透明。你看一掬水是透明的，但它聚成海，深到不可测时便是蓝；空气是透明的，但它充满天地，天高到不可测时便是蓝。原来无数个透明的叠加便成蓝色。我们平时在城市里看不到蓝色，是因为有妨碍视觉透明的东西，空气污染、粉尘、车辆、水泥的森林；有妨碍听觉透明的噪音，有妨碍心灵透明的名利。地球上，特别是城市里的人生活空间越来越小，人们不停地在地上修修补补，涂涂抹抹，叠楼挖洞，而人与人之间的恩恩怨怨、是是非非、亲亲仇仇又在心与心之间涂抹了一层不透明，生活得很累。这时最彻底的解脱办法是脱离地球飞到外太空去，但这又不可能。于是就只有到高原上来，到世界屋脊上来看蓝天，来做一次蓝天疗法，享受一下蓝色的透明，让自己的身心得到一次彻底的释放。

这是人们来西藏的理由。

一九九二年八月至九月

西藏的佛教艺术*

1.佛的圣地（高原雪山）

西藏这个被称为雪域的美丽而神秘的地方，田野上是奔驰的牛羊，而天际却是生命到此已经静止的、圣洁的雪山。这里是世界屋脊，被称为地球第三极，也许因为她去尘寰最远，佛祖就将他的道场选在这个地方。

2.佛的出现（大昭寺）

一到西藏，我就赶到大昭寺先与这尊佛像合个影。这是公元七世纪文成公主入藏时带来的释迦牟尼像，一般认为西藏有佛从这时起。这佛像单在一间小殿里供着，平时朝拜者只能在门外叩头，我荣幸地可以破例进殿绕佛一周。佛像前供着十四个金碗，碗里点着长明灯；七个银盆，盆内盛满圣水。佛座周

*此篇为配图文字。

围有许多信徒送来的小佛，一般要在这尊佛的大磁场里放三天，它就有了灵验，也就是我们常说的"开光"，然后再请回家里去供。佛光就这样辐射开来，进入千家万户。

3.佛的召唤（寺庙前的经幡）

在海拔三四千米的高原上，天空格外的蓝。蓝天下到处有古寺，每一个寺前都有这种指向天穹的经幡。大凡宗教里的理想福地都在天上。西方天主教堂以它哥特式的尖顶把教徒们的心引向天国，藏传佛教是用这种将帅大纛式的幡柱唤起教徒们对西天的向往。蓝天、大漠、雪原，这伟岸的经幡不愧为一根精神支柱。

4.佛的力量（盖满一面山坡的巨大佛像）

雪顿节前一天，我在哲蚌寺亲见这展佛的盛况。山坡上抖开一幅几百平方米的布制大佛像，信徒们冒雨而来，满山遍野，填沟塞壑。过去在庙里常见的"佛光普照"字样，现在真见到了，其佛力佛威是怎样慑服了千万人的心。过去我也常感叹云冈、龙门、乐山等大佛的历史创作，眼前的情景更使我感到，佛教不愧为"像教"，确实很会通过高大的形象来宣传佛力的恢宏。

5.佛的变形（驱鬼面具）

佛以他慈善安详的形象，昭示西天极乐世界的美好，引导人们静心去求正果，但有时也要化出一副凶相来对付恶魔。因为这个世界上还有邪恶，而对付邪恶只靠心静无为是不能抵挡的。其实佛在劝人行善时也是灭邪扫恶，讲究攻击和出击的，你看《西游记》里观音菩萨不是常出来灭妖，助唐僧一把吗？不过佛在这时却要戴上钟馗式的面具。这张照片摄于江孜白居寺，你看这些驱鬼时用的面具比鬼还恶。

6.佛的延伸（信徒心中的毛主席像）

在日喀则我见到了民间艺人们制的这尊毛主席铜像，脸方额满，身披哈达，很像一尊佛。正像唐朝佛教、印度佛教一入藏就有了一些适应当地的改造，西藏老百姓心中的毛主席就是一尊救苦救难的佛。他们将理念中的佛延伸到现实中来，又将现实中的人推延成佛，就像见到了佛祖释迦。我赶忙走上前去和他老人家合了一张影。我体验到一种思绪，一种文化和一个时代。

7—8.佛的仆人（喇嘛佛事图）

正像皇帝有臣民，最高统领也要有近侍照顾起居一样，佛作为理念中最高最贵之人，居庙堂之上，也有他的贴身仆人，这就是庙里的喇嘛。你看东方刚刚露出一线白，他们就举着法器，踏着冰冷的石板路走出庙门。喇嘛终身将自己许在庙里，在佛前为仆为奴，但对庙外广大的信徒来说，他们又有一种天子身边人的优越感。

9—10.佛是什么？（佛的塑造过程）

位于泽当镇的雍布拉康宫是西藏历史上的第一座宫殿，我在这里巧遇民间艺人正在制作佛像。佛原来是这样由人制成的。照片上我的身旁是一个刚扎好的佛像骨架，架上捆的黄卷子是经文，一个佛身内据说要装进一万卷经。佛身的脊梁处裹着金银珠宝，底座里面是刀枪武备，然后塑泥贴金，它就成佛了。佛给人以精神，佛造了人；人再以这精神做灵魂来塑造佛，给佛一个物化的身子，人造了佛。

11.佛是文化（晒佛节即景）

西藏佛事盛行，但参与其间的未必都信佛。你看，天刚亮，这些在雨中等着观佛的，有党政军民各界人，男女老少四方客。画面正中那个藏族妇女，我与之交谈，知道她是在三天前就动身，步行前来观佛，背上的孩子才两岁。靠墙的喇嘛在凝神眺望，其余的人等就各有所思了。有人看行道，有人看热闹，有人以心观佛，有人用眼看景。反正这是一种客观存在，各人有各人的理解。佛是一种文化现象。

12.佛即是我（佛前静坐）

在大昭寺我盘腿而坐，体验了一回佛的境界。我身后是千百盏酥油小灯，烛光在幽深的大殿里勾出明亮的线条，如城里节日的灯火。我身旁是满满一脸盆酥油块，这是一家人刚刚给佛送来的礼品。他们就这样带上酥油，在庙里点上几盏或几十盏灯，透过一豆亮光沟通佛与我，一切心思都在片刻间得到满足，得到洗涤，实现了自我解脱，就如天主教徒在神父面前跪祷了一回。我静静体验，反观自照，觉佛无处不在，不觉想起我的家乡山西小西天佛寺里的一副对联："因即果，果即因，欲求果先求因，即因即果；佛即心，心即佛，欲求佛先求心，即心即佛。"佛就是我，是信念的凝结，是自我的完善，是自身的寄托。

一九九二年七月

六
域外驻影

和秋相遇在莫斯科

汽车在从机场往莫斯科的公路上飞驰,两边的景物忽闪而过。我突然有一种感觉:像在他乡遇到一个故人,很熟很熟的,但又一下想不起名字。

莫斯科的郊外比北京显得开阔,茸茸的衰草一直铺到天边,草地上红色的小木房,东一座西一座,漫不经心地散落着。而天是洗过一样的,湛蓝湛蓝。路边的白桦林被风轻拂着伸向远方,一抹冷绿中又显出些亮亮的黄叶,像画家随意点染了几笔,天地间疏朗而又清静。八小时前我还在北京机场的大楼里随人流拥来挤去,现在看着这异国的风光,陌生中却又生出一种似曾相识的亲切来。我的头贴在玻璃窗上,细细地体味着,寻觅着。车子进入市区,车流如梭,行人穿着夹大衣在街上漫步,便道上的落叶在他们脚下轻轻地打着旋。一株红衣李树从车窗前急闪而过,红红的如一团旺火。我心中一亮,啊,明白了,我飞了几千公里在这里追上了秋天,一下降落在它的怀抱里。

今年,我与秋相遇在莫斯科。

第二天,我们去参观一个大教堂。这实际是座公园,古老的建筑加上初秋的树林,谐和而幽静。合抱粗的杨树并不太密,却好大一片,深深地望不出去。树叶黄了,风一吹飒飒地飘落下来,而地上的草却还是绿色不减,丰厚如茵,阳光斜射进来,被切割成丝丝缕缕,幻成一幅壮美迷离的奇景。我一头钻进树林,喊道:"快给我照一张,要这树、这草、这光。"要不是顾及客人的身份,我真想就地躺成一个"大"字,去一试大地的温柔与空气的清凉。林间三三两两的游人悠闲地走着,与树林、草坪、秋色融在了一起。

说是公园,可无论如何也没有我在国内香山脚下或颐和园长廊上看到的那种熙熙攘攘。好静啊,人们一个两个,在自自然然地来去,我对着大树,我仰望天空,在品着秋。秋是什么呢?像一只无形的手在空中洒了一把显影剂,于是天高了,云淡了,繁叶抖落了,树干清瘦了,空气清亮了,空间开阔了。热闹的夏就这样显像为沉静的秋。

最使我深得秋味的是基辅的一次聚会。那天苏中友好协会基辅分会邀我们去座谈,基辅本有栗树城之称,协会的小楼更是埋在栗树深处,十分幽静。座谈结束后主人特为中国客人准备了两个小节目。房角原有一架钢琴,这时走上来两位男女歌唱家,他们深情地唱了一支《人生相会只有一次》,这歌声琴声贴着天花板,擦着墙,在身前身后低回慢转,我们沐浴在一个乐声的温泉之中。我想起一个成语,说风景好时曰"秀色可餐"，现在我们就正餐着一曲妙乐，这是何等的精神享受啊。我这样想着，猛一抬头看到厚厚的橡木窗户外那参天的栗树和栗树枝叶后依稀可辨的楼房。街上的汽车正一辆辆地疾穿而过，却没有一点声音，像鱼儿在水里游。我耳听美妙的音乐，眼看无声的车流，久久地凝视那黄绿相间的栗树枝叶，顿悟到一种从未有过的境界。动与静是这样巧妙地结合，这是秋给予的吗？秋真是一个过滤器，它滤掉了夏天的蝉鸣蛙鼓，还要滤掉这尘世的烦恼与躁动。

又一次品秋是到列宁格勒（今圣彼得堡——编者注），这是一个港口城市，又长期是沙皇俄国的都城，这里的秋色是古墙碧水与红叶的组合。当年沙皇的夏宫，现在已是艺术博物馆了，宫前一方清水映着蓝天白云，水旁是大片耀眼的红枫，枫叶顶上露出圆形的金灿灿的屋顶。一个漂亮的孩子穿着鼓囊囊的衣服，露出一个圆脸庞，瞪着一双亮亮的大眼睛，在石梯上一跳一跳地捡树叶。我心中不禁荡起一阵愉快，上去拍拍他的头，用俄语问他是男孩还是女孩，几岁。他仰起脸，先看看身后的父母，说："男孩。"又伸出两个指头，表示两岁。他的父母一直在笑眯眯地看着我这个中国人。这是两位医学工作者，我高兴地邀他们合影。苏方翻译又开玩笑说："你也要和'苏修'照相？"我们都大笑了，大家依在红枫下，还有这个漂亮的孩子。秋阳静静地洒在我们身上，暖洋洋的。

从夏宫回来，我步行回旅馆。涅瓦河顺着街道，傍着宫墙，从市中心静静地流过。白浪轻轻地拍打着两岸黑色的石条，碧水倒映着远处金顶的教堂。秋凉，河边的游人大都风衣绒帽，有的还戴上讲究的手套。几个年轻的画家在河边架起画板，在捕捉秋景和这秋景中的人。我边走，边眺望这水蒙蒙、波闪闪的河面。河对岸是巍巍的冬宫，河面上是那艘著名的阿芙乐尔号巡洋舰，当年这两个新旧势力的代表，现在一个在岸边，一个在水上，都成了供人凭吊的文物。我眼前又浮现出刚才那个小男孩的笑脸。秋风送来河面上的雾气，湿润润的。在这里，或者说在这里的秋景中，我看到的，不只是一个过滤了的季节，而且是一个过滤了的世纪。

一九八九年一月

死与生的吻别

上飞机前还有一小时的机动时间,我坚持要去看看莫斯科的公墓,看看那个特殊的文化角落。

去得匆匆,竟连大门口是什么样子也未及细看,只记得是一条很宽的街,高大的门,门对面好大一片树林,绿涛翻滚着,无闹市的喧嚣,有郊野的清风,气氛是一种淡淡的寂静。一进门,甬道两旁分列着一排排的常青松柏,松柏下是死者整整齐齐的眠床。这里没有中国公墓常见的土堆,也无供骨灰的灵堂,只有绿树护着青石,青石衬着鲜花,猛一看像一个清净的公园或谁家的庭院。

我向一个靠近路边的墓葬走去。墓盖是一面极光洁的花岗石板,石板中央伸出两只大手,也是花岗石雕成,粗壮的腕部,有力的骨节,立时叫人起一种坚实的联想。这两只手轻轻地合拢着,捧着一块三角形的大红宝石。我一时不解了,这组颇具匠心的雕塑,就算是墓碑吗?那么这下面安息着一个怎样特殊的人呢？我在墓前肃立良久，细细揣度着，那双手从石中冲出时的强劲与合拢时的轻柔，那花岗石的纯黑与宝石的鲜红，幻化成一种多层复合的美，将人引向一个深邃的意境。向导过来告诉我，这里安眠着的是一位著名的心脏外科专家，他一生用自己灵巧而有力的手拯救过无数人的生命。噢，我一下明白了，一个人死后用这种含蓄的手法来表达他的生平与事业，表达生者对死者的纪念。最哀切的事情却用最艺术的手法来表达，这是一种多么平静、超脱而又理智的举动啊！我们说长歌当哭，他们却更祭以艺术。

我慢慢地往里去，一股强劲的艺术魅力如磁石般吸引着我。这哪是什么墓地，简直是画廊。所不同的是这里每一件艺术品下还有一个曾是活泼泼的人，那是这件艺术的根，是它的主题。墓碑全部是清一色的黑花岗石，打磨得极光亮，熠熠照人，如一面银镜。有的只简单地在这石面上刻出死者的头像，轻轻的又淡淡的，如一幅随意素描。说是清淡，那不过是艺术的质感，这石与锤造就的作品自然是风雨不去，历久如新的。有的凿成浮雕，死者的形象微微突起在石板、石块或石柱上，若隐若现，好像在天国那边透过云雾回望人间。更多的则是半身胸像和各种含义深刻的组合雕塑。但这偌大的墓地无两块相同式样的墓碑。生者不肯抹杀死者的个性，也决计要表现出自己的匠心。

一位叫依留申的飞机设计师，他的墓碑是一个圆柱形与凹面的组合，圆柱上雕有他的胸像，胸前有三枚醒目的大勋章。那块凹面石块立衬在石柱后面，表示无垠的天穹，天穹上还有些飞机的航行轨迹。看着这一组近在咫尺、盈缩如许的石雕，我顿然如驰骋蓝天，并感到一种凌云的壮志。有一位海军将领，他的墓盖上只有一只大铁锚，黑锚金链，屹然挺立，风打浪涌，不动丝纹。有一组更特殊的墓碑，石柱上横着一个大箭头，上面浮雕着六个人的头像，这只箭头正穿云过雾，急急飞行，原来这六个人是一个派到国外的救援小组，不幸同机遇难。

松柏中有一组男女雕像吸引了我。不用说这是一个合葬墓了，令人吃惊的是，两人全是裸体。男子略向前俯身，依在一石上，右臂弯回，手中握着一柄铁锤；女子偎在他的身后，手执一条轻纱，款款地飘在身后。两人都目视前方，但我切实地感到他们的心是那样相连相通，是一个不可分的整体，最纯真大方的爱是用不得一点遮掩的。原来这对夫妻，男的是雕刻家，女的是一位芭蕾舞演员，都是搞艺术的。我想这组作为墓碑的石雕一定是他们生前设计好，叮嘱后人这样创作的。试想，以我们的传统观念，谁愿在自己的墓前留一个裸体像呢？又有谁敢将自己的亲友雕成一个裸体立于墓上呢？但艺术家自有艺术家的思考。世间虽有山水的磅礴、花草的艳丽，但哪一种美能比得上人体蕴藏的灵感呢？而这种人类的共性之美，并不是随便哪一个形象都可以表达的，只有那些个别的、极富外美条件的人体，才可充分表现这种内蕴的美感。这两位艺术家，一个人是终生为人们塑造这种能表达内蕴之美的外形，另一个则所幸天地钟秀其身，就矢志以自己美的外形去表现人类美的灵魂。总之，他们一生都沉浸在对人体美的追求、创造中。正当他们的事业处于顶峰之时，突然上帝要召他们而去，这是多大的遗憾啊。我好像听见他们弥留之际请求上帝答应他们再给世上留下点东西，上帝说只许留一件，这就是墓碑。于是他们就将自己的一生浓缩在这块石头上。他们要将自己美丽的躯体展示在这里，用这力、这柔、这情，留给后人永恒的美。什么才能久而不朽呢？石头；什么才能跨越生命的"代沟"，无言地表达感情与思想呢？艺术。于是这石头的艺术便成了死者与生者在墓前吻别的信物。

当匆匆的一小时参观行将结束的时候，我没忘记这普通公墓里还有一位不普通的人物——赫鲁晓夫。他的墓在公墓前后大院之间的甬道旁，占地不大。我没想到这样一个曾为超级大国一号领袖的人物，死后却屈身路旁。当他和光明一别之时，就来这里与民同乐了。他的墓碑从艺术角度说也真有个性。那是由三个黑白方格相扣而成的石雕，在最上一格中放着赫鲁晓夫的人头雕像。赫在位时的一件惊世之举就是将斯大林遗体迁出列宁墓，而他现在却被置于公墓堆中。历史人物的功过且由历史学家去评说，但艺术家自有自己的见解。据说，这个墓碑的设计者曾受过赫鲁晓夫的批评，但他并不从个人好恶出发，客观地认为赫这个人是功过参半，所以就用黑白两色夹一人头，赫鲁晓夫的家属也接受了这个方案。我站在那里好一会儿，端详着这件艺术家送给政治家的礼物。

在回去的车上，我自然联想到国内的墓葬风气。一次在南方旅行，老远就见到青山上一片片的白，像长了秃疮一样。那是新修的水泥墓。像这样铲去青松翠柏，铺上冰冷的水泥，且不说破坏水土，于死者又有何益呢？建筑向来标志着当时当地的社会文化。我想起一位建筑师朋友说的话，世界上的建筑可以分为三类：给人住的，给神住的，给鬼住的。那么，通过神鬼之居的庙堂、陵墓同样可以窥见社会文明的一斑。封建帝王可以独占金字塔或十三陵那样大的地下宫殿，而刚才参观的这个苏联公墓，无论贵贱，每人交一笔租金，占地一方，限期十四年。这几年我们国内不少人富了，人住的房子非常现代化，却又按最陈旧的规矩去盖庙修墓，安抚鬼神。看来有了钱，没有文化，没有新观念，还是难超越自我。能懂得向死者献上一件富有审美价值的雕塑，生者与死者之间能以艺术方式倾心交流思想，交流感情，这个民族的文化素养就不会很低了。

一九八九年五月

佩莱斯王宫记

我曾暗发宏愿,如可能,要遍访世界上现存的王宫。因为王是一国权力的最高象征,王宫自然集中了这个国家最好的东西,包括自然风景、建筑艺术、历史文化,等等。所以当罗马尼亚主人邀请我们访问佩莱斯王宫时,我窃喜正中下怀。

车子从布加勒斯特出发,向北驶去,一望无际的平原上刚翻过的土地袒开褐色的胸膛,天边或路旁不时出现一片茂密的森林,我顿然感到大自然的辽阔和这异国风光的美丽。路边靠着公路很近的地方常有农民的住房,这极普通的建筑却令我在车里激动得无法坐稳,欠着身子,贴着车窗,贪婪地向外看。我的第一感觉是:这房子不是给人住的,而是给人看的。大凡给人住的房子,总是面积求大,结构简单,用料用工求省,所以现代民居,要是平房就是一个火柴盒子,要是楼房就是一个大集装箱。而这些房子却绝不肯四面整齐划一,房子的一面或凸或凹,呈折线或弧线的美。我的视线紧紧捕捉着一套扑过来又急急闪过的房子，它的门厅有意不开在正中，而是于房角挖掉一块，像一个熟鸭蛋被切了四分之一，露出蛋黄剖面，颜色和方位都十分雅致。路边所有的房顶都不像中国的房子一样，成一面坡或两面坡，那房收顶时才是建筑师大露一手之际，屋顶伸出许多尖的、圆的、多棱形的高柱，如魔盒子里探出的手。我想这房主人都是些大公无私、为他人着想的人。要是只为实用，大可不必这样复杂，他们却花钱花工，给来往的行人制造了一件工艺品，免费参观，提供美的享受，使许多如我这样的外乡人大饱眼福。这是参观王宫前的一个铺垫，我的情绪先有了一个适应异域的空间转换。

　　车子甩脱平原，渐入山区，远处是白雪皑皑的山峰，公路沿着一条山谷穿行，谷下有河，名佩莱斯河，此地就因河得名。河隐藏在浓密的松树、白桦、冷杉深处，水流潺潺，只闻其声。树特别的高大，一般要二人合抱，密密地插在山坡上。积雪压在落叶上，铺满树下，雪静树更绿，空山不见人，有一种莫名的幽邈。我忽然想起曾看过的一部电影，是描写罗马尼亚古代社会的。公元前，这片土地上生活着达契亚人，这是罗马尼亚人的祖先。公元二世纪罗马人侵入这里，达契亚人开始了与罗马人的长期征战、融合。那片子的外景大约就是在这沟里拍的，也是这树、这水和沟里尖顶的草房。武士们用笨重的铜剑格斗，声震山谷，尸横遍野。印象最深的一幕是：一支军队因败阵归来要执行军纪，处死一半。于是兵士站成一列，一、三、五，单数点名，点到的人出列，伏首到前面的木墩子上，引颈等着巨斧劈下，遵命如流，视死如归。那曾经是一个多么野蛮又多么壮丽的时代。当时我坐在影院,被震慑得如痴如呆,忘乎所在。想不到今天能溯访此地。我停车路边,向深深的谷底、密密的林中眺望,希望那里能走出一两个腰围兽皮、握剑持盾的勇士。山风吹过,树森然不动,只抖下一些纷纷扬扬的雪。

王宫坐落在山湾子里,公路在这里随山的走向回了一个圈,水好像也是在这里发源的。东面是一面斜伸上去的大雪山,凄迷的雪雾一直漫到天外。古树在雪线以下排着奇幻的方阵,忽出沟底,忽涌坡上,森森然如黛如墨,有时消失在远处的雪光中,又如烟如织。王宫在山坡上临谷面南而立。这是一座石木结构的民族式宫殿,它本身就是一座巍然的小山。王宫以厚重的花岗石起墙,越往上越层叠错落,挑出许多的尖顶。用橡木镶拼成各种图案的门窗,衬着皑皑的白雪,掩映在常青松杉和还留着些红叶子的枫树林中,完全是一个童话世界。这王宫的第一位主人是一八六六年从德国来的卡罗尔国王。卡罗尔是中国宋徽宗、李后主式的人物,身为国王却酷爱艺术,这王宫是他亲自参与设计督造的,里面结结实实地收藏着各种艺术品。王宫于一八七五年开始建造,一八八三年基本建成,到一九一四年全部完工时,卡罗尔也已去世了。

王宫共三层,一百六十间房。门向西开,进门就是一个通高三十多米的天井,中央是客厅,墙上垂下十八世纪的壁毯,厅内全套意大利硬木家具。上二楼,左边一武器库收藏着五世纪到十九世纪的武器,有阿拉伯的剑、中国的弓,还有一把关公刀,一副连人带马的骑兵铠甲,据说是全罗马尼亚唯一的了。右边是国王的办公室,室内桌椅的侧面、腿脚处、扶手上全是浮雕,椅子扶手的造型是四个坐着的小人,还都跷着一条腿。桌上的烛台分两层,上下层间有三个顽皮的小儿,做头顶重物状,神色颇惹人爱。天花板是三寸厚的木浮雕花饰图案。另有一写字台,侧面浮雕一老人头像,他勇往向前,长发被风吹向后面,如呼啸的火车头。台角的废纸篓也是皮革精制,上面刺着花纹,墙上有伦勃朗的名画。再往前是天井式的藏书室,二层楼,橡木书柜,有旋梯可上下取书;桌上有信札箱,是王后手绘的箱面。王宫里紧邻办公之地就有藏书室,这大概是欧洲皇帝的习惯。沙皇冬宫里的藏书室也与这差不多,只是更大些。我在中国故宫没有见到这种设施,也许我们的皇帝不如他们爱读书,或者我们现在搞旅游的人不着意展示这些。藏书室后又有一小办公室,小办公室右拐,便开始出现了一大串的客厅。这客厅很类似我们人民大会堂以各省命名的大厅,不过它是以艺术类别或国家、地区命名,而分别收集各地艺术品。

第一个是音乐文学厅,国王在这里接见作家、艺术家。全套桌椅是印度国王送的,黑色硬木,镂空浮雕,据说用了三代人工才完成。还有日本的瓷器。一对中国的大双龙洗,直径约有半米。最可看的是墙上的四幅油画,全以一个少女为题,据说是王后的构思。第一幅代表春天,少女从花丛中走出,和煦的阳光照着她幸福的脸庞;第二幅代表夏天,阳光从浓荫中射下,她的纱裙飘动着,幻化出一种热烈的向往;第三幅,色调转深,那女子低着头,一种秋的悲凉;第四幅,少女半裸着伏在一片雪地上,一片圣洁。这王后是国王上任后三年娶过来的，她也酷爱艺术，是一个作家、诗人，夫妻算是珠联璧合。可以想见他们每天在王宫里就是以这艺术的切磋来打发时日。没有听说过宋徽宗有什么擅画的妃子做伴。李后主的周后只是天生的美貌，他后来又纳了周后之妹，一个更美的美人，为她写了那首著名的"手提金缕鞋"词，却也未见二周与之有什么唱和，看来他们还是不如卡罗尔幸福。

音乐文学厅后是意大利厅，两侧立着米开朗琪罗的三个铜雕，墙上是六幅意大利名画；再前，威尼斯厅，两件拉斐尔复制伦勃朗的圣母像，原件已经失传，此复制件也就成绝响了；再前，阿拉伯厅，满是地毯、挂毯，最有趣的是那几个长枕头，一枕可供十人眠。再前，土耳其厅，然后右折是长廊，长廊尽头再右折是小剧院。到此已绕王宫一周，再下又是武器库了。一九一〇年后这剧院又改成电影厅，舞台上刻有国王的一句话："一切艺术我都喜欢。"国王常在这里观摩演出，有时兴之所至还登台朗诵。这大概又类似我们的唐玄宗了，据说他曾亲自润色《霓裳羽衣曲》，又做导演，又与宫人共舞。卡罗尔虽喜欢艺术，治国方面也没有出什么大错，这一点比宋徽宗、李后主、唐玄宗都强。

从王宫出来，我又在周围的山坡林间徜徉了一会儿。除这座王宫外，旁边还有稍小一点儿的七八处宫殿，现在都做了旅游饭店。有一处就是我们昨晚睡的，内部设施极豪华。但最美的还是周围的白雪、绿树和沟里潺潺的流水。昨晚夜半醒来，皎月在天，雪光映窗，偶有一两声狗吠，或"咔嚓"一声雪压树枝的断裂声。要不是碍着外宾的身份，我真想半夜出户做一回秉烛夜游了。现在再看这景,虽没有昨夜梦幻式的朦胧,但还是一样的静,一样的美。我佩服卡罗尔国王,他用艺术家的眼光选中了这块上帝创造的王土内最美的地方,又用王的权力集中人力在这里创造了一座艺术宫殿。他的后辈尊重这创造,所以他一死,第二代国王就立即重建新宫,把旧宫做了艺术博物馆,直到今天。国王是有至高无上的权力,但权力再大也将随生命而止。可是当他乘有权之时,选择干一件国家民族永远记住的事,这权力便变成了永久的荣誉。卡罗尔选择了艺术,他知道艺术之河长流,艺术之树长绿,就如这佩莱斯的山和水。

一九九二年一月

特利尔的幽灵

《共产党宣言》的第一句话就是："一个幽灵，共产主义的幽灵，在欧洲游荡。"我不知道德文的原义，中文翻译时为什么用了"幽灵"这个词。中国人的习惯，幽灵者，幽远神秘，缥缈不定，威力无穷，看不见，摸不着，似有似无，信又不信，几分敬重里掺着几分恐惧，冥冥中看不清底细，却又摆不脱对它的依赖，大概这就是幽灵。

或许就是这幽灵的魅力，我一到德国就急着去看马克思的故居。马克思出生在德国西南部的特利尔小城，那天匆匆赶到时已近黄昏，我们在一条小巷里找到了一座灰色的小楼，在清静的街道上，在鳞次栉比的住宅区，这是一处很不引人注意的房舍。落日的余晖正为它洒上一层淡淡的金黄。我推门进去，正面一个小小的柜台，陈列着说明书、纪念品，门庭很小，窗明几净，散发出一种家庭式的温馨。最引人注目的是墙上的一张马克思像，不是照片，也不是绘画，是一部用《共产党宣言》的文字组成的肖像。连绵不断的字母排成长长的线，勾勒出马克思的形象，我们所熟悉的大胡子、宽额头和那深邃的目光。我在这张特殊的肖像前默站了好大一会儿。一个人能用自己驰名世界的著作来标志和勾勒自己的形象，这真是难得的殊荣。

故居的小楼共分三层，环形，中间有一个小小的天井。一层原是马克思父亲从事律师职业时的办公室，现在做了参观的接待室。二层是马克思出生的地方，现在陈列着各种资料，介绍马克思的生活情况和当时国际共产主义运动的背景。三层陈列马克思的著作。其实，马克思出生后在这里只住了一年半，他父亲一八一八年四月租下这座房子，五月五日马克思出生，第二年十月全家便搬走了。马克思于此地可以说毫无记忆，他以后也许再没有来过。但是后人记住了它。一九〇四年，这座房子被特利尔一位社会民主党人确认为就是马克思的出生地，党组织多次想买下它，限于财力未能如愿，到一九二八年才用十万金马克从私人手中买下并进行修复，计划在一九三一年五月五日开放。但接着政治形势恶化，希特勒上台，一九三三年五月，房子被没收，并做了纳粹地方组织的党部。直至第二次世界大战结束，社会民主党才重新收回了这座房子，一九四七年五月五日终于第一次开放。

世事沧桑，从马克思一八一八年在这座房子里出生到现在已过了大约一百八十年，其间世界变化之大，超过了这之前的一千八百年，但是世界仍然在马克思的脑海里运行。陈列馆里有一张当年马克思投身工人运动和为研究学问四处奔波的路线图，一条条细线在欧洲大地来回穿梭，织成一张密网。马克思从一开始就把整个地球，把地球上的经济形态、生产关系、科学技术、人的思维，及这个世界上的哲学等等，全部做了他的研究对象。他要为世界究出个道理，理出个头绪。他是如阿基米德或者像中国的老子那样的哲人。他看到了工人阶级的贫困，但他绝不只是想改变一时一地工人的境况。他不是像欧文那样去搞一个具体的慈善实验，就是巴黎公社，他一开始也不同意。他是要从根本上给这个乱糟糟的世界求一个解法。

这座楼里保存最多的资料是马克思的各种手稿和著作的版本。我们最熟悉的当然是《共产党宣言》和《资本论》了。这里有最珍贵的《共产党宣言》第一版。在这之前还没有哪一本书能这样明确地告诉人们换一种活法，能在全世界范围内掀起一场持续百年而不衰的运动。我们只要看一看这橱窗里所陈列的从一八四八年首次出版以来各地层出不穷的《宣言》版本，就知道它的生命力，它怎样为世界所接受，又怎样推动着世界。据统计，《宣言》共出版过七十多种文字的一千多种版本。它传到中国是一九二〇年，由陈望道先生译出第一个中文本。从此，起起落落经历了两千年农民起义的神州大地卷起了一种崭新的风暴，共产主义的风暴。那些在油灯下捧读了麻纸本《宣言》的泥腿子，他们再不准备打倒皇帝做皇帝，而是头戴斗笠，肩扛梭镖，高喊着"全世界无产者联合起来"，呼啸着冲过山林原野。

三楼的第二十二展室是专门收藏和展出《资本论》的。最珍贵的版本是《资本论》第一卷的平装本。《资本论》是一本最彻底地教人认识社会的巨著,全书两百多万字,马克思为它耗费了四十年的心血,为了写作,前后研究书籍达一千五百种。在这之前谁也没有像他这样讲清资本和劳动的关系。恩格斯在马克思的墓前说,马克思一生有两大发现,一是发现了物质生产是精神活动的基础,二是发现了资本主义的生产规律。这本书不只是教人认清剥削,消灭剥削,它还教人认识生产力和生产关系,组织经济,发展经济。甚至它的光焰逼得资本家也不得不学《资本论》,不得不承认劳资对立,设法缓和矛盾。《资本论》是一个海,人类社会的全部知识,经过了在历史河床上的长途奔流,又经过了在各种学科山林间的吸收过滤,最后都汇到了马克思的脑海里来,汇到了这本大书里来。

我看着这些发黄的卷了边的著作和各种文字的密密麻麻的手稿,看着墙上大段的书摘,还有规格大小不一、出版时间地点不同的各种版本,一种神圣的感觉爬上心头。我仿佛是从大海里游上来,长途跋涉,溯流而上,来到青藏高原,来到了长江的源头。这时水流不多,一条条亮晶晶的水线划过亘古高原,清流漫淌,纯净透明。整个世界静悄悄的,头上是举手可触的蓝天白云。夕阳的光线从天井里折射进来,给室内镀上了一层灿烂的金黄。

一百五十年前马克思宣布了"共产主义幽灵"的出现,欧洲一切反动势力真是茫茫然,吓得手忙脚乱。一百五十年后,当我站在特利尔这座小房子里时,西方人已经不怕马克思了,这窗户外面就是资本主义世界。这个世界完整地保存了这座房子,还在它的旁边开辟了马克思纪念图书馆。在对"马克思主义的幽灵"进行了那个"神圣的围剿"后,现在已不得不承认它的存在,并认真地从中汲取着养分。一九八三年马克思逝世一百周年时,当时的联邦德国曾专门发行八百三十二万枚铸有马克思头像的硬币,其中三十五万枚专供收藏。而在此前,德国马克上只铸历届总统的头像。联邦政府国务秘书就此事在议会答辩说:"马克思的政治观点在西方虽有争论,但他无疑是一位重要的学者,应该受到人民的尊敬。"牛津大学希腊文教授休·劳力埃德琼斯说:"现有的大量文献,包括一部分很有价值的,都是在马克思主义的基础上产生的。不仅在历史、政治、经济和社会各门学科中,而且在美学和文学批评领域中,马克思主义都是每个有常识的读者必须与之打交道的一种学说。"他们就像输在对方剑下的武士,恭手垂剑,平心静气地讨教技艺。

从留言簿上看,来这里参观最多的是中国人。马克思主义于中国有太多太多的悲欢,这个幽灵在中国一登陆,旧中国的一切反动势力立即学着欧洲的样子"对这个幽灵进行神圣的围剿"。就是共产党内,在经历了十月革命一声炮响送来马克思主义的一刹兴奋之后,接着便有无穷的磨难。这个幽灵一入国门,围绕着怎样接纳它、运用它,便开始了痛苦的争论。幽灵是万灵之药,是看不见的,是来自遥远欧洲的提示,是冥冥中的规定,是马克思的在天之灵。中国这个封建文化深厚,崇神拜上、习惯一统的国度,总是喜欢有一个权威来简化行动的程序,省却思考的痛苦。

中国历次农民起义总要先托出一个神来。陈胜、吴广起义托狐仙传话,刘邦起义假斩蛇树威,直到洪秀全创拜上帝教,自称上帝的代言人。总之,要从幽冥之处借来一个威严的声音,才好统一行动。于是传播"共产主义幽灵"的书一到中国,便立即有了革命的"本本主义",这种借天上的声音来指导地上的革命所造成的悲剧,择其大者有两次。一次是土地革命时期,王明的"左"倾路线,导致根据地和红军损失殆尽。是毛泽东摒弃了洋本本,包括摒弃了共产国际派来的那个马克思的老乡——军事指挥官李德,而只用其神,只用其魂。他不要德国的、欧洲的外壳,他用中国语言,甚至还带点湖南味道大声说:打得赢就打,打不赢就走,农村包围城市。一下就讲清了中国革命的战略问题。幽灵才真的显灵了,革命重又"六盘山上高峰,红旗漫卷西风"。第二次是新中国成立后,对生产关系的错误估计导致了"大跃进""人民公社"对生产力的破坏,直至全面崩溃的"文化大革命"。是邓小平再次摒弃了洋本本,他再一次甩开强加给"共产主义幽灵"的沉重外壳,用中国语言,甚至还有点四川味道说了一声:不管黑猫白猫,抓住老鼠就是好猫。并大胆问了一句:"什么是社会主义?"一下子就使中国这个社会主义国家跳出了共产主义的狂想,跳出了红色纯正的封闭。

当我们这几年逐渐追上了发展着的世界时,回头一看,不禁一身冷汗,一阵后怕。马克思当年批评大清帝国说:一个人口几乎占人类三分之一的大帝国,不顾时势,安于现状,人为地隔绝于世,并因此竭力以天朝尽善尽美的幻想自欺。这样一个帝国注定最后要在一场殊死的决斗中被打垮。如果我们还是那样封闭下去,将要重蹈大清帝国的覆辙。

读了几十年马克思的书，走了几十年曲曲折折的路，难得有缘，来到马克思最初降临人间的地方，观看这些最早出现在人世的福音珍本。但这时我已不像当年在课堂里捧读时那样，脑海一片空白，心中的思考有如眼前这些藏书一样沉重。我注视着墙上用《宣言》文字组成的马克思肖像，他忽然清晰，又忽然模糊。一会儿浮现出来的是马克思的形象，他的宽额头大胡子；一会儿人不见了，只是一行行的字母，字里行间是百年工人运动的洪流和席卷全球的商业大潮。

我想，我们还是不了解马克思，许多年来我们对他若即若离，似懂非懂。这几年，我们也曾急切地追问：资本主义为什么腐而不朽，打而不倒呢？这个幽灵为什么不灵了呢？但是就在这个房间里，打开这尘封褪色的书稿，马克思老人早在一八五九年就指出：无论哪一个社会形态，在它所容纳的全部生产力发挥出来以前，是不会灭亡的。而新的更高的生产关系，在它的物质存在条件在旧社会的胞胎里成熟以前，是不会出现的。过去我们也曾认真地对照马克思的书，计算过雇几个工人就算是资本主义，数过农民家养几只鸡就算是资本主义。但是我们又忽略了，仍然在这些书稿里，马克思在人们急切地询问他社会主义的步骤时说：现在提出这个问题是虚无缥缈的。恩格斯说得更明白："我们不打算把什么最终规律强加给人类。关于未来社会组织方面的详细情况和预定看法？您在我这里连它们的影子也找不到。"

马克思是一个伟大的思想家，而我们却硬要把他降低为一个行动家。共产主义既然是一个"幽灵"，就幽深莫测，它是一种思想而不是一个方案。可是我们急于对号入座，急于过渡，硬要马克思给我们说个长短，强捉住幽灵要显灵。现在回想我们的心急和天真，实在让人脸红，这就像一个刚会走路说话的毛孩子嚷嚷着说："我要成家娶媳妇。"马克思老人慈祥地摸着他的头说："孩子，你先得吃饭，先得长大。"到一个半世纪后，中国共产党在北京召开十五大，认真地总结本世纪以来的经验教训，指出党绝不能提什么超越现阶段的任务和政策。这就是历史唯物主义。中国俗话讲：日久见人心。心者，思想也。常人之心，年月可观；哲人之心，世纪方知。马克思实在是太高深博大了，在过去的岁月里，无论是东方的还是西方的学者，无论是资本主义的还是社会主义的实践者，其实都才刚刚从皮毛上理解了他的一小部分，便就立即或好或恶地注入感情，生吞活剥地付诸行动。他们经过许多跌跌撞撞、磕磕碰碰之后，再又来到他的肖像前、他的故居、他的墓旁、他的著作里重新认识马克思。

　　从故居出来，天已擦黑。特利尔很小，只有十万人口，却是德国一个古老的城市。街上灯火辉煌，我们找了一家很有现代味道的旅馆，便匆匆住下了。如今我从东方飞到西方，就像唐僧非得要到释迦牟尼的老家去一趟不可，跋涉万里，终于还了这个愿。我带着圣地给我的兴奋和沉思慢慢进入梦乡。第二天早晨一醒来，满屋阳光。推开窗户，惊奇地发现街对面竟是一座古罗马时的城堡，一座完整的城门和向两边少许延展的残墙，距今已两千四百年。城堡全由桌子大小的石块砌成，石面已长满绿苔，石缝间也已长出了手臂粗的小树，就像一位已经石化了的罗马老人。好一派幽远的苍凉，我感觉到了历史的灵魂。而越过城堡的垛口向南望去，还有一座尖顶的古教堂，据说也已经一千四百年。沉重的红墙，窄窄的窗口，里面安置着主的灵魂。城堡和教堂只隔几条街，历史却跋涉了一千年，到它再走进我们住的这座旅馆，又用了五百年。咫尺方寸地，岁月两千年啊！

我注视着这个宁静的历史港湾，不禁想到，凡先驱者的思想，总是要留给我们一长段时间以理解和等待。就在离特利尔不远的乌尔姆，还诞生了德国的另一个大哲人爱因斯坦，他的相对论发表之初，据说全欧洲只有八个人懂，到四十年后第一颗原子弹爆炸，人们才信服了他。而就是现在，许多人对其深奥也还是似懂非懂。我又想起一件事。也是马克思的老乡，天文学家开普勒经过十六年的呕心沥血，终于发现了行星运行规律，他欣喜若狂，在实验笔记上大书道："大事告成，书已写出，可能当代就有人读它，也可能后世才有人读它，甚至可能要等一个世纪才有读者，就像上帝等了六千年才有信奉者一样，这我就管不着了。"

思想家只管想，具体该怎么做，是我们这些后人的事。既然是灵魂，它就该有不同的躯壳，它就会有永远的生命。

一九九七年三月

从容的德国

在德国旅行,我真嫉妒这里的环境。在北京拥挤的自行车、汽车和人的洪流里钻惯了,一在法兰克福降落,就如春天里突然脱了棉袄一样的轻松。宽阔的莱茵河当城静静地流过,草坪、樱花、梧桐,还有古老肃穆的教堂,构成一幅有色无声的图画。我们像回到了遥远的中世纪或者到了一个僻静的小镇,心也静得像掉进了一把玉壶里。

在几个大城市间的旅行,是自己开车走的。这种野外的长途跋涉,却总像是在一个人工牧场里,或者谁家的私人园林里散步。公路像飘带一样上下左右起伏地摆动,路边一会儿是缓缓的绿地,一会儿是望不尽的森林。隔不远,高速公路的栏杆上就画着一个可爱的小鹿,那是提醒司机,不要撞着野生动物。这时你会真切地感到你终于回到了大自然,在与自然对话,在自然的怀抱里旅行。我努力瞪大眼睛,想看清楚那绿色起伏的坡地上是牧草还是麦苗,主人说,不用看了，那全是牧场。这样的地在中国早已开成农田，怎么能让它长草呢？可是一路上也没看到一头牛，说明这草地的负担很轻，大约也是过几天来几头牛，有一搭没一搭地啃几口。它只不过顶了一个牧场的名，其实是自由自在的草原，是蓝天下一层吸收阳光水分、释放着氧气的绿色的欢乐的生命，是一块托举着我们的绿毯。

当森林在绿毯的远处冒出时，它是一块整齐的蛋糕，或者是一块被孩子们遗忘的积木。初春，树还没有完全发绿，透着深褐色。分明是为了衬托草地的平缓轻软，才生出这庄严和凝重。这种强烈的装饰美真像冥冥中有谁所为，欧洲人多数信教，怕是上帝的安排吧。要是赶上森林紧靠着公路，你可以把头贴到玻璃上去数那一根根的树。树很密，树种很杂，松、柏、杨、柳、枫等交织在一起，而且粗细相间，强弱相扶，柔枝连理，浓荫四蔽，这说明很长时间没有人去动它，碰它，打扰它，它在自由自在地编织着自己的生命之网。你会感到，你也在网中与它交流着生命的信息。从科隆到法兰克福，再到柏林，我们就这样一直在草坪上、在树林间穿梭。

当车子驶进柏林市区时，天啊，我们反而一头扎进森林里，是真正的大森林。车子时而穿过楼房，时而又钻进森林，两边草木森森，我努力想通过树缝去找人，找车，或找房子，但是看不到，这林子太深了太广了，和在深山老林里看到的一样，只不过树细了一些。主人说这林子大着呢，过去这里面都可以打猎。我突然想起一种汽车就名"城市猎人"，看来有一点根据。城在林中，林在城中，这怎么可以想象呢？后来在商店里买到柏林城的鸟瞰图，看到市中心的胜利女神如一根定海神针，而周围则是一片绿色的海洋。

在这到处是绿草绿树的环境中，自然要造些漂亮的房子，要不实在委屈了它。在德国看房子也成了一大享受。欧洲人的房子绝不肯如我们那样四方四正，虽则大体风格一致，但各自总还要变出个样子。比如屋顶，有的是尖的，尖得像把锥子，直指天穹，你仰望一眼，它就会领你走进神圣的王国；有的是大屋顶，稚气得像一个大头娃娃，屋顶像一块大布，几乎要盖住整座房子，你得细心到屋顶下去找窗户、门；较多的是盔形顶，威武结实，像一个中世纪的武士。还有一种仿古的草皮屋顶，在蓝天下隐隐透出一种远古的呼唤，据说是所有屋顶中造价最高的。屋顶多用红瓦，微风一吹，绿树梢上就飘起一块块红布。德国人仿佛把盖房当成一种游戏，必得玩出一个味儿来。要是大型建筑，他们就更有耐心去盖。就像全世界屈指可数的科隆大教堂，千顶簇拥，逶迤起伏，简直就是一座千峰山，从一二八四年一直盖到一八八〇年才盖好，至今也没有停止过加工养护，我们去时于"山"缝间还挂着许多脚手架。至于一般的私家住房，就像小孩子过家家一样必定要摆弄出个新样子。德国人常常买一块地，邀几个朋友，自己动手盖房子。他们在充分地享受生活。

和树多房美相对应的是人少。车在公路上行驶时两边看不到人，就是在城里也很少看见人。有几次我有意地目测了一下人数，放眼街面，数不到几个人。这是如中国的长安街、东西单一样的街道啊。一次在市中心广场停车，要向路边的收费机里喂几个硬币，兜里没有，想找人换，等了半天才从街角转出三个散步的老妇人。一次开车从高高的停车场上下来，到出口处自动栏杆挡着，不喂硬币它不弹起。我踩住刹车，旁边会德语的同志就赶快去找人换钱。这是车库门口，不能总挡人家的路。但是大概有十分钟，任我们怎么着急，就像在一个幽静的山坡下，怎么也唤不出一个人影。那条挡板无言地伸着它的长臂，我抱着方向盘，透过车窗，眼前闪出了当年朱自清写的游欧洲的情景：火车爬到半山，一头牛挡住路，车就只好停下来，等着它慢悠悠地走开。欧洲人竟是这样的舒服啊。就像在牧场上不见牛羊，只见绿绿的草；在城里不见人，只见空空的街；生存的空间是这样大，感到心里很宽，身上很轻。

人越少就服务得越周到。在汉堡，大约六七十米就有一个人行过街路口，我们乘坐的庞然钢铁大物不时谦让地驻足给行人让路。有的路口电杆上画一个手掌印，你要过路时按它一下，红灯就会亮起，挡住车流，人过后红灯自灭。虽然车行如海，但人在车海里是这样的从容，如同受到自然恩惠，人受到社会完好的关照。反过来如同对自然的保护，人也十分遵守社会秩序，表现出自觉的纪律性。纪律是社会共同的利益。在国内早听说过，德国人就是半夜过路口，附近无一车一人也要等红灯，这次真是亲身体验。汽车也是这样礼貌，尤其是如执行弯道让直行、辅道让主道之类的规则时，经常谦让得让你发急。而在北京街头，汽车常常要挤着自行车，拨着人的屁股抢路走。是环境的从容养成人性的谦让，当他谦让时不是对哪一个人，是对整个生态环境的满意和尊重。

总之,在德国,无论是在乡间,在城里,都感受到一种被缓解、被稀释和被冲淡了的环境。我们为什么愿意到草原、到海边去旅游,就是因为那宽松的环境。那里空间极大,大到可以尽力去望,没有什么东西会阻挡你的视线;你可以尽力去听,没有什么人为的声音会来干扰你的听觉,只有天籁之音。这时你才感到人的存在,人的主宰。人们为什么要寻找山水,就是为了释放那些在市井中被压缩许久的视力、听力和胸中的浊气。所以当一个城市二十四小时都能给我们一汪绿色、一片安宁时,这是何等的幸福啊。

一九九七年四月

在欧洲看教堂

一

外国人说在中国旅游是"白天看庙,晚上睡觉",中国人在欧洲旅游则是"白天看教堂,晚上中餐馆"。这是两种文化的差异,反映出相互的陌生与不理解。我在初接触教堂时总有一种怪异、神秘的感觉,不愿多看,也不愿细想。但是在欧洲,几乎一抬头就见教堂,主人一安排参观名胜,就是教堂,就像我们出门见绿树、做客必饮茶一样平常,你想摆脱也摆脱不掉。这次到意大利访问又勾起了许多关于教堂的联想。

基督教的起源在公元一世纪。那时,现在的意大利一带连年征战,百姓生活苦不堪言,于是就有救苦救难的基督出现。这也算顺乎民心,是小民幻想和憧憬的表现。算到现在已有两千年,比当今世界上大多数国家和民族的历史还要老。什么东西都怕老,一老就有了资格,有了说法,有了附会、寄托和蕴藉。比如一棵老树,虬枝拂云,浓荫蔽日,有风吹鸟衔的种子落在糙皮枝缝间,又生出些杂花绿草,甚而树上再长出一棵树。树枝上噪暮鸦,枯洞里宿野狐。有好事者就来附会鬼仙,寄托精神,披红献祭,焚香顶礼,它就成了一棵既有物质又有精神的树。但这必须是老树,越老、越枯、越怪就越好,亭亭小树是没有这个资格的。我把欧洲的教堂就比作这样一棵树,你总能从它身上读出许多树以外的东西。

树的主干是政治,是哲学,是世界观。本来一种宗教就是一种对世界的看法,并又依此有了对现实世界的做法。当我在梵蒂冈参观时,立即感到它对世界的影响和干预。那天正赶上一个月末的星期日,每月只有这一天梵蒂冈宫才对外开放。我们去得早,圣彼得堡外广场上还没有什么人,我环顾四周,隐隐感到一种王气、霸气。

这里虽是宗教建筑,但绝没有五台山、峨眉山上绿树映古寺的世外之感,也没有灵隐寺里青烟绕红烛的世俗之情。教堂的正面八根大理石柱巍然矗立,就差没有盘龙在上了,而宽敞的台阶,深幽的门庭,简直就是一座君临天下的皇宫大殿。殿的左右两侧伸出两个弧形的石柱长廊,作环抱状,揽着一个广场,有囊括宇内、怀抱四海之势。这种建筑构思哪里是消极出世的宗教,简直就是积极入世的帝王。

事实上在欧洲,在地中海沿岸,从古代起教皇和世皇就在斗,争夺治民之权,斗得难分难解,教会干预政治从来就没有停止过。公元七五六年,法兰克国王丕平为酬谢罗马教皇助他登上王位，将新夺得的意大利中部大片土地赠给教皇，史称"丕平赠土"。从此，只统治精神世界的教皇也有了土地、臣民、军队、赋税，有滋有味地做起了既有精神又有物质的真皇帝。历史上也多了一个新名词：教皇国。欧洲的政治纠纷、军事争夺、王室更替，甚至科学、思想领域，它都要干预，直到为新国王行加冕礼，其权势到十三世纪达到顶峰。一八七〇年，意大利下决心收复了罗马城四周的教皇领土，教皇避居城西北角的梵蒂冈，直到一九二九年，墨索里尼才和教廷正式签订了条约，承认这个独立的梵蒂冈国。梵蒂冈的正式居民只有一千人，但有自己的军队、报纸，还发行邮票。它在政治思想方面的影响远远超出它这个只有零点四四平方公里的国界，世界上几乎凡有基督教的地方都有它的影子。

我们从梵蒂冈宫出来时，正逢教皇难得的一次出来与教民见面，据说是在哪一个阳台上，白云仙鹤，幽幽邈邈，不见其人，只听见麦克风里隐隐嗡嗡的声音，而我们来时空旷的广场上已是一片黑压压静悄悄的人群。后来我们进去看圣彼得教堂。教堂内富丽堂皇，游人如织，自是一番景象。但是在这热闹之中还有数处恬静，就是立于墙角的几个忏悔室，每个室前默默地排着一行人，最前面的一位已经跪伏在窗下，听着布帘后不识其面的神父为自己做心理解剖。

看着这巍峨如皇宫的教堂，这教堂内外虔诚的大众，你不得不承认宗教是一种力量，一种政治和思想的势力。马克思说"宗教是人民的鸦片"。吉本所著的《罗马帝国衰亡史》中有一段妙论："盛行于罗马世界的各式各样的崇拜，都被人民看作同等的正确，哲学家则把它们看作同等的荒谬，而地方行政官则把它们看作同等的有用。"宗教和政治从来是联姻的，见不得又离不得，互相利用的。

佛教在中国也曾走过同样的路，一时被皇帝利用，封什么护国禅寺、国师，拨给土地、佃户，一时又灭佛烧庙。同是一个唐朝，宪宗时耗资动众，修塔建庙，大迎佛骨，甚至误导百姓倾囊捐银，断臂焦指，以表虔诚。韩愈就因上书反对此事，"一封朝奏九重天，夕贬潮州路八千"。到武宗时就来一个全国灭佛运动，庙宇统统烧光，弄得我们现在考古，研究唐以前的古建筑都很难。这种忽而捧之、忽而摧之，全是利益之争、权术之用。宗教也就忽明忽暗，成了一个难以捉摸的幽灵。

我在梵蒂冈城里散步，时而觉得梵蒂冈宫和圣彼得教堂有一种君临天下的辉煌，时而又觉得它向隅而泣，在咀嚼历史的凄凉。你看教堂阴沉的身影，墙壁、穹顶上那被风雨冲刷的斑痕，它倒像一个历经宦海沉浮的政客。它顽强地坚持自己的立场，狡猾而又宽容地笼络民众，拼死地和政敌搏斗，所以才这样伤痕累累，面色冷峻。

二

宗教为了控制信徒，首先要制造理论，要建立体系，要培养和训练神职人员。因此就要垄断文化，学文化必须进神学院、修道院。现在亚洲有些地方还是小孩子学文化必须进庙。但是人一有了文化，就会表现出自己的个性。所以有一种看似奇怪但又不无道理的现象，教会总是在培养自己的叛逆者。正如马克思所说资产阶级在培养自己的掘墓人，教堂成了诞生新科学、新思想的大棚。英国的培根是神学博士，第一次提出光是由七色组成，大地是个圆球。教会恨得牙根痒，判他终身监禁。波兰的哥白尼到罗马学神学，并任教长，却在神学院研究出一个"日心说"，被恩格斯称为把上帝的宇宙颠倒了过来。意大利的布鲁诺，十五岁进修道院，二十五岁当牧师，却坚信哥白尼的"日心说"，并勇敢宣传，最后被教会烧死。奥地利的孟德尔在修道院里工作了八年，发现了生物遗传规律。就是我们中国唐朝也有个叫一行的和尚，在庙里研究天文，并在世界上第一次实测子午线。到一九七七年，国际天文界还以他的名字命名了一颗小行星。但是恩恩怨怨纠缠最深的要数伽利略与罗马教会了。

中学读物理时就知道了伽利略和他做实验的比萨斜塔。老实说，这次到意大利，最想看的就是这个斜塔，但是万没想到它也是一座教堂建筑。大约在十世纪时，比萨小国在与邻邦作战时得胜，抢掠了大量财富，为炫耀胜利，便要建一个圣迹广场。广场上当然少不了一座宗教建筑，就设计了一座教堂、一个大礼拜堂和一座塔。大约是建塔的钱来得不干净，塔建到三层时就发现向南倾斜，只好停工。又过了九十四年，比萨人不死心，又接着往上盖，并且把每层倾斜一方的柱子加长一点，约到一二六八年终于建成，但仍然是个斜塔。于是这塔就再也没有别的名字，而以"斜塔"显于世、名于世了。当时意大利各城国正在纷纷进行建筑比赛，名作高手，群星灿烂，以至于现在我们仍将这个半岛视为建筑博物馆。但无论是以后的达·芬奇，还是米开朗琪罗，无论是现在仍占据世界第一的圣彼得堡教堂，还是占据第二的圣母大教堂，任何高手也没有这样的绝笔，因为谁也不敢与之比"斜"，现在塔顶仍比中轴线偏斜四点八九米。它就这样巍巍然一直矗立了八百年，真是蚌病成珠，牛黄成宝，世上的事常歪打正着，斜塔反而名声远播，到现在每天来瞻仰的游客十万人众，为它的子孙赚着大把大把的银子。

前面说过，在斜塔建成前后，其他教堂里已经出现过培根、哥白尼、布鲁诺等这些上帝的叛逆。到这塔建成三百年时，一天，塔下走来一个年轻人，这就是比萨大学的教授伽利略。他手里握着大小两只铁球，他要借这举世闻名的斜塔，揭穿一个曾被视为万古不变的真理。过去人们总认为物体从空中落下来时是重物比轻物快，伽利略则认为不管对错，只能靠实践验证。只见他爬上塔顶，双手撒开，抛下大小两个铁球，不一会儿，"嘭"的一声两球同时落地。就这一声，敲开了物理学的大门，我们有了一个新概念：加速度，我们开始了对运动的研究，有了以后的火车、汽车、登月飞船。而曾亲睹这光辉的一刹那的，现在还存在于地球上的，就只有这座斜塔了。伽利略做完实验，从斜塔上缓缓地走下来，伽利略的学生欢呼着、拥戴着他。他满面春风，东望佛罗伦萨、罗马、威尼斯，他的目光穿过教堂的丛林。——他怀疑上帝设计的这个世界。

当时的比萨属于佛罗伦萨国。伽利略自从斜塔实验之后春风得意，却被公爵算计，丢了比萨大学的教授，只好到威尼斯去教书。那时威尼斯被教会摒弃，宗教裁判所也不去管它，因此意大利不少学者都逃到这里来治学。他在这里又发明了天文望远镜，在那本是一片深沉静美的夜空中发现了转动的新星，发现了月亮上的山脉，他一下子把上帝完美的世界给捅了个大窟窿。教会给了他第一次警告，不许他再说话。

他这样憋了九年，直到老教皇死了，伽利略又忍不住写了一本《关于托勒密和哥白尼两大世界体系的对话》，大胆宣传哥白尼学说，又道出了一个从未听说过的新原理——运动和静止是相对的，这就是有名的伽利略相对性原理。这一下又把上帝纸糊的世界捅了个更大的窟窿，从根本上动摇了地球是静止的，是宇宙的中心，并且这还成为后来爱因斯坦相对论的基础。

这次教会再也不能容忍这个叛逆，便把他抓到了罗马，审讯了三个月，昼夜不息，施以酷刑。他最后只得声明："我从此不以任何方法、语言或著作，去支持、维护或宣扬地动的邪说。"伽利略当时是屈服于教会的淫威，他没有像布鲁诺那样勇敢地去接受火刑，他签字了。据说他伏在地上签字时，又悄悄地自言自语："但是地球确实在转动。"一个科学家的良心在受煎熬。伽利略是曾经想和教会搞好关系的，他说："我是上帝忠实的孩子。"他曾寄幻想于他的几个主教朋友，但是，愚昧容不得科学，他还是没有逃脱审判。这年是一六三二年，是斜塔建成的三百六十四年后，宗教裁判所判他终身监禁。

当年，年轻潇洒的伽利略做完实验，迎着欢呼从斜塔上走下来，一条真理——自由落体定理——也随他从斜塔上走下来。现在他已入垂暮之年，更多的真理从他的口里说出来，宗教裁判所的黑牢却一口将他吞进去。

一个科学原理在发现之初总是不为人注意。当年法拉第刚发现磁变电,进行表演时,有绅士问:"可这又有什么用呢?"法拉第说:"先生,不久这玩意儿就会为您交税的。"现在全世界因电而创造的税收已经数不清了。伽利略被终身监禁在一个幽深的教堂里,可外面的世界却在一步步按他揭示的规律演变,就连那些神甫、主教也都坐上了汽车、火车、飞机,去做相对运动,他们看着卫星传播的电视,终于不得不承认地球确实在动,在绕太阳转。实践是检验真理的唯一标准,当天体运行和身边的运动都无数次地证明伽利略是正确的时,主教、教皇们的良心也在无数次地被谴责。终于,他们实在脸红心跳地坐不住了,到一九八〇年才为伽利略平反。但教会与伽利略的这段公案,却拖了三百四十八年。

一条真理被承认却要付出这么长的时间,现在这段历史的见证只有两件了。一是那斜塔。那天,在暮色苍茫时,我在塔下久久凭吊。塔拔地而起,一出就斜。旁边就是笔直冷峻的教堂。但是它背过脸,不理它,只是向大地俯吻下去,好一个叛逆者。还有一件是佛罗伦萨的主教堂,这在意大利也算一景,其规模,就是在全世界的教堂群中也是数得着的。教堂内有一个特点,就是埋葬着教会承认的名人,并都配有大理石雕像。没想到进门后第一个人就是伽利略。他端坐于上,长须齐胸,明眸远眺,右手中捏着大小两个铁球,左手持一个单筒望远镜,象征着他对物理世界和天文世界的重大发现,实际上就是对上帝世界的挑战。教堂大厅的尽头,主教正在布道,蜡烛在昏暗中闪着幽幽的光,虔诚的教徒跪在一排排的长凳前,游客在厅里自由走动。伽利路就这样静观着世界变化。他生前恐怕也想不到,到死也不给他平反的教会，却又把他请到这里，给一把交椅，终日与唱经布道的主教们为伴。

三

教堂虽然是基督的大旗，是他的讲坛、他的行营，但教堂首先又是它自己，是由砖石构造，建成某种形状，又配以某种装饰的房子。它是盛着精神的物质，是相对内容而存在的形式。而形式这种东西又常常可以偷偷地离开内容，或假借内容来实现自己的价值。正如不管是皇帝还是农夫都要穿衣，裁缝就只管他们的形式，只在这一点上实现自己的手艺。中国诗赋的格律，就是离开内容而独立存在的声韵和节奏的美。当主教大人们决心到处修造恢宏的教堂来宣扬圣道时，艺术家也就找到了一种表达自己艺术才能的借口和形式。所以今天我们看教堂，就是对宗教没有一点兴趣，也可以把它当作艺术来欣赏。就如欣赏马王堆出土的金缕玉衣，并不必追究这衣服是穿在什么人身上的。

教会垄断了文化，也垄断了艺术，垄断了建筑。因为它有势、有钱，能调动最好的材料、最好的艺术家来修教堂。与教堂平行的是皇宫，那也是有钱有势的主，你看哪一家不金碧辉煌？因此罗马和欧洲大地上的著名教堂，实际上成了那些伟大艺术家的个人纪念碑。我猜想教会与艺术家之间是心照不宣，互为利用的。我花钱雇你来修教堂，你的才能越发挥得淋漓尽致，教堂就修得越好，就越证明我教的伟大；我被你雇来修教堂，你花的钱越多，教堂修得越大，就越能发挥我的才能，证明我的存在。这

298

种暗中的相互利用,倒给我们留下了一件件艺术精品。

借教堂成名的艺术家当首推米开朗琪罗。米开朗琪罗一四七五年诞生在佛罗伦萨,他的奶娘是位石匠的妻子,也许就是这段缘分,他一生也没有离开石雕艺术。后来他风趣地说:"我是吃铁锤和凿子的奶长大的。"他二十八岁时便完成了成名作《大卫》,至今这件作品被全世界美术院校的学子奉为入门教材。梵蒂冈宫的西斯廷教堂可以毫不夸张地说就是米开朗琪罗纪念馆。这位文艺复兴的先驱,以他人文主义的思想,是反对神权的,但是他被迫两次来梵蒂冈的西斯廷教堂作画。第一次来是一五零八年,画了四年;第二次来是一五三五年,这次画了八年。现在西斯廷教堂成了游人难得一进的艺术圣地,那天我们去瞻仰时,教堂内密密麻麻地站满了人,大家慢慢地挪动脚步,都仰起头看着这四百多年前的珍品。

米开朗琪罗的这些画全部用裸体人物来表达,他是以人的尊严来对抗神的统治。他第一次受聘是来画这个大厅的拱顶,开始他请了几位当时也是很有名的高手画家帮忙,几天后他发现不合自己的标准,然后就一个人来完成这项艰巨的工程。在这块八百平方米的天花板下,他站在脚手架上,仰着脸,要是晚上,手里还举着一盏灯,就这样一直画了四年,到一五一二年完成。不用说别的,就是我们现在仰脸看画,一会儿就脖颈酸疼,他是以怎样的毅力来创造艺术的啊。他第二次被召来是为了在祭坛后的山墙上画一幅《末日的审判》,画高十米,宽九米,两百多个人物,足足画了八年,还是全用裸体。当画快完成时,教皇的一位官员来视察说:"这么神圣的地方,怎么能画这种画?这画不如挂在澡堂子里。"米开朗琪罗非常恼火,此人一去,他就将他的形象画成一个阴间的法官,脚上盘着长蛇。现在这个人还在画上受罪。他的透视技巧十分高超,画上每个人物都像随时要走下来。这幅画当时就轰动了世界。

我挤在人群中,屏住呼吸,和大家一起感受这种艺术的魅力。我只感到四周全是米开朗琪罗的化身,这些人物从两侧的墙壁上,从天花板上,一起拥来,穿越五百年的时空,带着画家的呼喊,向我们诉说人的复兴,文艺的复兴。在教会死寂的殿堂里竟有了这样一个活泼泼的人的世界,这和我们在庙里和石窟所看的冰冷的一个模样的佛祖、罗汉大不一样。大约上帝也承认了内心深处的寂寞,从而暗自屈从了这位艺术家,让他在神殿上打开一扇通向人世的窗户,而实际上也就在众神间为米开朗琪罗留了一把交椅。

米开朗琪罗的创作态度是极其认真的。创作《大卫》时,他用一道屏风挡起来,作品未完成前,不许任何人看一眼。一次他正修改一件作品,有朋友来访,刚扫了作品一眼,他就装作失手把灯掉在地上,屋里一片黑暗。凡是自己眼睛通不过的作品,绝不肯示人;凡是没有新意的作品,他绝不留存。一次,他为雕一个人像,竟一连做了十二个稿样。正是这种执着,这种残酷的追求,使我们在五百多年后还觉得他是一个不可企及的高峰。

罗马和欧洲的著名教堂,大多是经数代名家设计和监督施工而成。世界第一大的圣彼得教堂是公元三四九年始建,以后历次重修,到十六世纪更有拉斐尔、米开朗琪罗这样的大师加入,到一六一二年才完成现在这个规模,前后一千二百多年。世界第四大教堂的佛罗伦萨大教堂一二九六年开工，到一四六一年完成，前后一百六十六年。大圣玛丽亚教堂是公元三五二年始建，一直建到十八世纪，前后一千四百多年。一座建筑的修建动辄上百年，上千年，只有宗教的信仰才能维系这样的工程。这在东方也不例外，中国的云冈佛窟修了五十年，乐山大佛修了九十年，大足佛刻前后七百年。因为朝代可以更替，信仰却没有更换，并且又只有这种宗教迷信式的信仰才能驱使人们将自己的精力、财力去做无限的倾注，并代代相续。一个教堂越是这样一代代地往下传，就越显得珍贵，好像一个十世单传的婴儿。这是欧洲人最爱向客人显示的骄傲。正是在这种传承中，教堂成了一棵独特的艺术大树。如果你细心一点，还会发现这棵大树仍在不断地抽着新芽。现代艺术家就是设计教堂也要张扬自己创造的个性，他们已突破传统教堂尖顶厚墙的冷面孔而更富有人性，这也许是为了适应旅游业的需要。最典型的是芬兰的岩石教堂，建于一九六九年，由蒂莫和图奥莫兄弟两人合作设计。它完全是在一座岩石山顶上挖的一个深坑，搭上玻璃、钢和铜材的大顶棚，十足的现代味道，但仍不失教堂本色。

我认为，教堂对教会来说是布道的场所；对教徒来说，是寻找安慰、洗刷心灵的地方；对艺术家来说，那是他手中的一块石料或者是一块画布。

一九九八年三月

印度的花与树

一般来说，好风景给人的是陶醉，是沉思。但我一到印度南部的班加罗尔，却被这里的风景激动得直想狂呼高歌。

班加罗尔的风景，全在街上的花和树。我们平时说花，不外桌上瓶里的插花，窗前盆里的鲜花，还有花圃里精心侍弄的花，田野里烂漫绚丽的花。可这里却是轰然一树的花，满街满城的花，而且是一色火红的花。一出机场，迎面就是几株叫不上名的大树，满树不是绿叶，全是火红的花朵。车子进了城，就在花树搭成的胡同里钻行。后来我才辨清，这红花树主要有两种：一是我国南方也有的木棉树，花很大，且常年四季地开。另一种是火把树，类似国内的绒线树，有叶，很细碎，花却是特别硕大，红肥绿瘦，反显不出树叶。难以想象，街上合抱粗的巨木擎天而立，不是绿叶扶疏，而是红花万朵，在明媚的阳光下如火苗狂舞，直拥到五六层楼的窗前；又如红绸飘落，直垂到路边，扫着车顶和行人的头。向来赏花，人为主，花为次，花是人手中的玩物、眼中的小景。请供一枝在案头，玉色闲情相共品。而现在，反次为主，这花上下半空，前后一街，将人结结实实地裹在其中，席卷天地八方来，红花热血共沸腾。好像一个酒徒，平时能有一两杯好酒已庆幸不已，现在一下被推到酒海里游泳，醉了，醉了，醉得不知东南西北。

成树的红花之外，还有一种藤类的明利亚花常爬在墙头，紫色的花朵如小儿的拳头，枝叶茂密，曲虬结绕，往往几十米、上百米地盖过墙头，密密匝匝，叠翠压锦。其色彩珠光宝气，明媚照人；其势态却如蓬蒿弃野，生灭由之。每见此景，我不觉生一种惋惜之感。这样的花朵要是在国内，就是案头一枝也足可斗室生辉；要是公园里能有一株，也会叫游人流连驻足的。而在这里却随意委弃，开得这样浪费，可见好花之多，多到抛金撒银的地步。

红花之外便是绿树，树个个大得惊人。苦楝树一伸臂就护住半块蓝天，棕榈树矗立着就是一根旗杆，大榕树的根接地通天，要是照一个特写镜头，你准以为是一片小树林子。总之，一棵树就是一个停车场，就是一个绿色的庭院；一行树就是一条蜿蜒的堤坝，一座逶迤的山脉。树浓荫蔽日，层绿无边，人在树下，如在一座神秘的教堂里一样。对中国大地上的绿色我本就十分留意，天山风雪中松柏的凝绿，华北平原上春风杨柳的新绿，江南池塘中荷叶的碧绿，但是，无论我头脑中的哪种绿都无法形容眼前这异国巨木的绿。这是在北纬十二度的骄阳下被烘烤着的光闪闪、亮晶晶的油绿，举目之中所觉的已不是颜色，而是一种释放着的能量了。

这许多从未谋面的树中有一种阿育王树最引我注意。阿育王（前二七三年—前二三二年）本是第一个统一了印度的国王，其地位相当于我国的秦始皇。他为记功而立的阿育王柱，柱头四面雕着四个雄狮，一直保存至今，印度的国徽就是以它作图案的。现在这种树取了他的名也真够匹配，我一踏上印度的土地就被这种树的神威所感召。在维多利亚博物馆的大院里有两行阿育王树，树干挺立如柱，树冠庞然如山，树叶密不透风，一团神秘的墨绿透出古老、深沉、庄严。树旁是碧波荡漾的水池，再远处是藏有历史见证的博物馆大厅。我仰头看这擎着蓝天的神树，仿佛阿育王在半空中正注视着他的臣民，草木之物能长出人情神威来也真是天地之灵了。我在班加罗尔街头见到的阿育王树却别是一种风度，树冠一离地面就被修成一座铁塔，昂首直立，而枝条却披拂而下，长长的叶片闪着亮亮的新绿，像一个威武的壮士披着新制的铠甲。原来这是一种倒栽的阿育王树，类似中国的倒栽柳，不过没有那种婀娜，倒有一种英武之气。这树也是有灵性的吧？如古人所说牡丹富贵，菊花隐逸，那么，这阿育王树便够得上雄浑博大了。

到班加罗尔的第二天，我们就驱车到迈索尔，又有幸看到了城市之外的田野中的树景。路边时而扑来芒果、波罗蜜树，树上垂着累累的果实，而远处密密的椰子林却看不到边。这奇怪的树种，直到快摸着天时才顶出几片大叶，而叶腋间就是一堆西瓜大的果。这果一年四季不停地熟，人们爬上树摘掉，不久一仰头它又长了出来，仿佛是上帝在天际向臣民无声而又无休止地赏赐。中间有一次我们停车休息，路边堆着如墙如堵的椰子，两个半卢比一个，椰农弯刀一挥，削去椰壳的顶盖，插进一根吸管，椰汁甘甜沁人。车子正好停在一株巨大的火把树下，我手捧阴凉嫩绿的椰果，仰视这株红色的伞盖，美味美景并收心中。真不知造物者为什么特别恩宠这片土地，生命之力在这里竟是如泉水般地四处涌流。

在印度的日子里，无时不在与红花绿树相伴。出门，车在树下钻行；进宾馆，先献上一个花环；访问完，再捧上一束鲜花。一天，我深夜归来，桌上插着一束红玫瑰，茶几上放着水果篮和一洗手小钵，钵中可人的清水上漂着三片殷红的花瓣。灯下，对着这三瓣主人的心香，我独坐沉思，竟不愿上床了。我本无心，这红花绿叶却枝枝叶叶拂不去，直追客人到梦中。我想红花绿树是专为来装扮我们这个世界的，造物者之所以选了这两种颜色，是因为它代表着生命。你看所有的动物、植物，哪个能离了血红素和叶绿素呢？难怪红花绿树这样叫人激动，它是热辣辣的生命将自己奔腾不息的力借了红绿两色来显示给我们的啊！生命不息，花树就永远伴随着我们。

我明白了，当我们爱红花绿树时，其实是在爱自己的生命。

一九九〇年四月

印度土王邦寻旧

在印度旅行,一件有趣的事不可少,就是寻找那些土王的旧踪,在历史的烟尘里发现一点自己的头脑中还没有存入的人和事。

南印度的班加罗尔本就美得让新来者整日兴奋不已,而当你赞美当地的景致时,陪同却故意不以为然地说:"明天到迈索尔去,那才真叫美呢!"从班加罗尔出发,西南行一百五十公里,便是过去的迈索尔土邦国,现在是一个小城。从公路上看开去,两边全是密密的椰林、油绿葱茂的菠萝蜜树和垂着黄鸭蛋似的芒果树,而车子则是在一条大榕树搭成的绿胡同里钻行,不时这浓绿的凉荫中又会闪出一团热辣辣的火焰,耀眼光明,叫你在绿的沉醉中猛一惊醒。那是通体火红、不见绿叶的木棉树或火把树,行行重重,曲径通幽,更增加人的向往之情。

迈索尔到了,这是一片神秘的化外之地,土是一色的红壤,像一块无边的红地毯,而空阔中却玉立着一株一株的棕榈树，树下净无根草，树干通体洁白，拔地而起，到半空再展开她宽薄的枝叶。路边的房子，也都是红白两色，蓝天下绿树中如木偶小屋。这时一座洁白耀眼的城堡出现在天际，我一阵兴奋，驱车上前。原来这里还不是王宫，而是当年的英国总督府，现在做了旅游宾馆。这是一座两层楼的全大理石建筑，内外通体洁白，厚重雄浑。楼梯的扶手，宽得足可以躺下一个人。昔日的舞厅现在是大餐厅，玉栏雕栋，金碧辉煌。主人揭开一方地板，露出里面的弹簧机关，说装了这些东西，跳舞时，随着乐声的急缓、舞步的快慢，地板就砰砰然地颤抖，真是享受的极致了。当年总督夫人的房间如今已是客房，每晚收费四千卢比。房间大约两百平方米，一英寸厚的地毯满铺过去，叠花压锦。吊灯是大理石的，真不知怎样雕成。澡盆也是老式样，一个长瓷盆，三边围着花玻璃屏风，马桶的踏脚和坐处有毛织厚垫。电话是瘦高细挑扁担式的老样子，通体鎏金。总督的房间亦然，只是已改装过。我在楼上楼下走了一趟，恍如那些当年的英国贵族就在眼前，他们着燕尾服，打黑领结，如企鹅般挺胸腆肚。贵妇则袒胸露肩，长裙扫地，一会儿楼梯上飘上飘下，一会儿舞厅里吻手打躬。我才相信，果然有这样豪华的场所来装下那些电影中常见的镜头。一楼大厅有一幅迈索尔二十四代土邦王画像，拄杖披衣，大如真人，目光炯炯，透出一种英明聪慧之气，除了那一堆包头布外，倒也没有多少土味。

离总督府约五公里才是土王的王宫。总督府讲究大理石的纯白、线条的简洁，这里则追求金银的奢华、装饰的繁缛。王宫正面是一个前敞的二层大厅，约有排球场大，供商议大事、发布诏令和举行仪式之用。中间是王座，两边是大臣的席位，再两边墙上有窗格，是供王妃等女眷们躲在墙里窥看仪式之用，那时印度的妇女是不能随便露面的。厅下是广场，如现代大型体育场之广，是一般民众聚集之地。广场右侧有一寺，各种石雕神像叠床架屋地堆砌在墙头屋顶。厅的二层右侧是土王的起居室，内有意大利穿衣镜、比利时的银椅、捷克斯洛伐克的吊灯，而天花板则是缅甸柚木制成。右侧是土王与亲信大臣议事的小议事厅。正中是银大门，浮雕着许多宗教神像故事，唯王可以出入。与门相对是一个二百八十公斤的纯金宝座。厅侧之门为象牙硬木嵌镶，象牙拼镶之处如随手描画般自如，硬木的深红与象牙的纯白相映相照，热烈与娴静共处一平面之中。这两扇门一九三四年曾送至美国芝加哥参加世界艺术博览，颇为轰动。正像中国古代艺术中如秦始皇兵马俑、云冈石雕佛像、甘肃铜雕马踏飞燕、魏碑书法等许多艺术品一样，这两扇门已成美的典范，却不知其作者姓名。我在这两扇门前伫立良久，怅然肃然，向那不知名的艺术家默默致敬。环视厅内，那银门金座有价，怎敌这无名艺人无价心。同时我也惊叹这一小土邦之王，辖地居民也不过我们国内一县之大，却有如此气派的王宫，真令人咋舌。

　　王宫最可看的是后宫，中有一天井式大厅，高如欧洲的圆顶教堂，数十根厅柱全用生铁铸成。此宫始建于一八〇〇年，一八八七年毁于大火，后又从英国请工程师花了四百万卢比重建，虽是封建式样，建筑材料却吸收了资本主义工业社会的文明。环中央大厅有一壁画长廊,共二十六幅壁画,每幅约高两米,长三米,幅幅相连,画的是土王在宗教节日里举行游行的宏大场面。土王坐在一个由八十公斤黄金制成的御辇内,这金辇又放在象背上,象背装饰得彩披拂地,流苏摇缀,两只雪白的牙上还箍了两对宽大的金圈,驾象人坐于辇前象颈上,土王在辇内英姿勃发,前后仪仗逶迤,万众山呼。前几天我在斋浦尔参观另一土王宫遗址时见过真正的象群,昔日王宫仪仗队的象现在正执行着驮游客上山的新使命。印度在一九四七年独立前,全国有五百个土邦王,英国人统治时期还承认这些土王的权力,到独立后政府便取消了他们的割据,赎买了他们的财产。迈索尔小邦国的土王共传了二十五代,最后一位王叫马哈拉加,到一九四七年才去世,他的儿子现在还是这个邦的议员。

中央厅的右侧辟有一个小陈列室,展览着这位末代土王的收藏物。最多的是兵器,各种各样的刀剑,有一把两百年前的古剑,薄而细长,可做缠腰之柔。一种中国兵刃中没有的匕首,形如《西游记》中二郎神的三尖两刃刀,但手把上又有小机关,刺中人后机关一开,两旁又炸出四个小刃,作用如现代子弹中的"炸子"。有一四指钢爪,套在手心里冷不防捏人一把,能致骨碎,属暗器一类。兵器室里面又有一室是土王的猎物标本。看来这个末代土王在气数将尽之前纵情游猎,行踪遍及欧亚非各地,每有猎获就将其中硕大者制为标本,其意大约是记功扬威。封建君王巩固统治的主要手段便是一个字:杀。不杀人时就杀兽,总之要杀气常存。在中国史书中每朝都有皇帝行猎的记载,如有亲射得重大猎物者必恭录时、日、地点,以明圣上英武，现在沈阳故宫中还存有努尔哈赤某年亲猎得一头大熊的标本。我在这个土王的猎物室中漫步，如置身于天然森林，突然眼前冲出一头猛虎，双爪前探，血口盆张。一转身，一头黑熊又人立而起，双掌正要搭在我肩上。眼前独角犀兽弓背疾驰，远处梅花鹿耸耳静立。我一仰头，墙上伸出一头牦牛，两只大角如壮士双臂环抱，眼如铜铃。后退时不小心碰在一个齐人高的灯柱上，用手一摸，原来是一根象鼻，脚旁供人坐的一个圆凳却是一只象脚。

在迈索尔的二十五代土王中最令人印象深刻的是第二十四代王，刚才看到的英总督府门庭里那张画像就是他。二十四代王即位时邦内土地贫瘠，旱灾频频，他励精图治，兴修水利，筑成一历史上闻名的水坝。下午返回时，我们曾驱车到坝上凭吊。坝高不可测，长四五公里。坝外是一汪湖水，碧波浩渺；坝内绿树如烟，田连阡陌。我真不明白这小土王怎能有如此大的魄力，几乎是在平地上筑起这样长的大坝。车在坝上行驶约十五分钟。我在国内还未见过这样的工程。一般建库造坝，尽量取河口狭窄之处，而这条坝则平地卧龙，一虹南北。坝取弓形结构，弓背向水，可加倍受力，十分科学。我们到坝下泄洪口处，激流喷涌而出，浪头常突然跃上渠岸，袭人一身清凉。渠首坝身上有花岗石碑，上刻明此坝是一九二九年到一九三七年修建，十多位工程师的名字都了然其上，并注明他们在此工作的日期，虽有的仅数月，亦不漏掉。比起创作那扇象牙门的艺人，工程师的待遇要好得多，可见第二十四代王的开明。坝旁的数顷土地已开辟成灯光花园，引水环绕其间，花圃成方成格。我们从渠首下来时,已是日暮时分,一会儿灯光齐明,坝上灯柱成一条长龙,花园中的音乐喷泉随乐声节奏的快慢或如礼花冲天,或如彩绸曼舞,且五颜六色,变幻无穷。路边花中都因势因地置有多色灯光,园中心一条人工瀑布两叠而下,浩浩中流,波光闪闪。虽是夜间,游客慕名而至,摩肩接踵,影影绰绰,夜风吹笑语花香,不辨天上人间。土王当年只知兴水利、修农田,未料今日又得旅游之利。灯光花园已成了印度招徕游客的一主要项目,坝头就有一座高级旅游饭店,难怪人们最不肯忘记这位二十四世土王呢!

许多旧迹往往是这样,不管当初修建者的目的如何,最终还是传给后人,作为国家、民族和全人类的财富,如我们现在游金字塔、长城、颐和园。一个人,不管自觉不自觉,只要他为世界留下一份有价值的文化遗产,便可永恒。

一九九〇年四月

平壤的雪

十月二十六日上午在南浦参观时还下着淅淅沥沥的小雨，下午五时回到平壤，天空却飘起鹅毛大雪来。晚上我们驱车行进在去妙香山的公路上，路边的松树经车灯一照，在茫茫夜色中像一排憨笨的熊猫。雪花飘飘，直扑车窗，司机说："你们赶上了朝鲜今年的第一场冬雪。"

妙香山是朝鲜著名的风景区，这个宾馆也修得很有民族特色。我们一下车就被让进热烘烘的房间里。一进门照例要脱鞋的，地上满铺着一层草编薄席，织工很细，还挑出美丽的图案。有很好的沙发，可是大家都抢着坐在地上，地上热乎乎的，原来暖气是在地板下的。这风味古朴的房间里却摆着现代化的家用电器，大收音机、彩色电视和冰箱。我们急忙去调电视，或许能收到北京的图像。没有，只有一个频道。

第二天早晨醒来，一拉开窗帘，大落地玻璃外便是山，还有潺潺的流水。山很近，所以水和树一下就扑在你的眼前，将你紧紧拥抱,你已不知这旅馆的存在,昨晚使用过的电视、冰箱、浴室好像在这山出现的同时,早被一声喝令退得无影无踪。现在只有自然来和你对话了。

这山并不单调,两三层,前后错落成近景和远景,折出一个"之"字形的谷,谷底有水,能听见远去的声音。山上最多的是油松,给山盖了一层厚绿作为底色。绿底子上又有黄色,那是落叶松;又有红色,是枫树;有褐色,是已经红过头的黄松。还有许多杂生的灌木,经秋霜后显出深浅不同、从绿到红的过渡。

但是今天早晨在这复杂的各色之上又突然撒了一层白,就更显出一种奇妙的变化。白,在画中是作为一种原色而衬底的,现时却反过来,白将一团红绿压去。如果她是厚厚的一层,如棉被一样盖下去,也就不说她了。但你想,第一场雪自然是不会太大,而且时间也不会太长,所以这白做不了背景,倒成了点缀。当白雪从天上纷纷扬下时,落叶松和枫树伸手去接它,但它们的叶子小或软,雪花从它们的指间、手掌上滑下来,却将地上的杂草和灌木悄悄地盖住,盖成一片白,黄松倒益显其黄,红枫则益见其红。油松的本领就大不同了,它的针叶密而硬,团团的雪片都结结实实地挂在、压在、镶在叶缝间,整个树成了一个粉团,勾出一个厚重的轮廓。太阳出来了,雪开始变软,绿针刺破了雪团,刺出水来,水又洗净了绿叶,现出明亮的色彩,于是这松树身上竟幻化出静静的白和水汪汪的绿,再披上红色的朝霞,再点缀上黄枝红叶,再隐去脚下平时杂乱的草木山石,再伴奏上远处传来的叮咚的水声,放眼望去,远处隐约空蒙,近处清明沉静,好一幅水彩画,好一首交响曲。这山一夜间竟变成这个样子,真是好看极了,我不禁抚着窗台动了感情。

突然门开了,同伴进来问我在干什么。我一回头,才发现自己还在这座房子里,地上摆着冰箱和电视。第二天一回到大使馆里,我就问昨天北京是否也下了雪。

一九八六年十一月

生存线以上的人生色彩
——在东京所想到的

下午访问八重洲书店。这是一家创办于一九一八年的老店,有三千三百平方米,是日本最大的书店。董事长河相说:"我就是要办一家在日本什么书都能买到的书店。"这个书店有一个特点,没有库房。他说,书就是要卖,所以他以店代库,所有的书都放在店里。窗台上、脚下、楼梯的扶手上全是书,任人随意取拿,就是丢几本也无碍。

那天晚上,书店主人请我们在豪华的"椿山庄"饭店吃饭,饭后到园子里一游。后面有一条河,还有瀑布、竹林,风景之雅有如中国的雁荡山之夜。想不到东京大都市尚有如此雅静之地。翠竹摇曳,草木葱葱,石壁上流着潺潺的水,一束灯光斜打上来,映出粼粼的波。不知为什么,我又联想到白天在书店里徜徉的那个书香世界。我一下悟到,其实人的生活有两个层次,先求生存,再求享受;先求物质,再求精神。就拿今晚来说,说是吃饭,其实主、客都不是为了填肚子,所以这灯光并不为明,而为美,甚至是暗淡的,要的就是一个情调。人们爱月光,就是典型的不为其明而为其美。这时光给人的不仅是亮度,还有情绪、意境。舞台是人生的缩影,于是便有专门的舞美灯光来体现多彩的人生。生活中食也不为饱,而是求味。大大小小的宴会、街头小吃,早已成了交际的手段,成了风情、民俗的展示。至于酒,更与饥渴没有关系了。房也不为遮风避雨,而求华丽。宾馆分五个星级,还装上壁纸、吊灯,地板换成大理石,又换花岗岩,这早与遮风避雨无关了。衣也不为暖,而求美。现在城里早已没有人穿补丁衣服了,服装成了人体美和精神美的延伸。衣服的色、形与暖已毫无关系,甚至宁求其反,要风度不要温度,为了美而不惜挨冻,穿衣成了文化。甚至,干坏事也失去初衷而变得异化。娼不因贫,丐不因穷,盗不因困,他们只是为了得到更多的享受。

对人来说,生存确实是一条起码的分界线,这在经济学家已经把它精确为一个恩格尔系数。人们从这条线出发,可以走向不同的方向,在精神世界里分出不同色彩的人生。

这是我在东京吃过一顿饭后随便想到的。"椿山庄"在东京东北,我们住的新高轮王子大厦在东京南。饭后,讲谈社用车横穿一个东京送我们回来。

一九九五年四月

梁衡，1946年出生，1968年毕业于中国人民大学。著名散文家、学者、新闻理论家和科普作家。

曾任《光明日报》记者、国家新闻出版署副署长、《人民日报》副总编辑。中国人民大学新闻学院博士生导师、中国作家协会全委会委员、人教版中小学语文教材总顾问。

著有新闻四部曲：《记者札记》《评委笔记》《署长笔记》《总编手记》；散文集《树梢上的中国》《觅渡》《洗尘》《把栏杆拍遍》《千秋人物》；科学史章回小说《数理化通俗演义》；学术研究集《影响中国历史的十篇政治美文》《毛泽东怎样写文章》《我的阅读与写作》《官德十讲》等。有《梁衡文集》九卷、《梁衡文存》三卷。

曾获青年文学奖、赵树理文学奖、鲁迅杂文奖、全国优秀科普作品奖、全国好新闻奖和中宣部"五个一工程"奖。

代表作有《觅渡，觅渡，渡何处》《大无大有周恩来》。先后有《晋祠》《觅渡，觅渡，渡何处》《跨越百年的美丽》《壶口瀑布》《夏感》《青山不老》《把栏杆拍遍》等60多篇次的文章入选大、中、小学教材。

ISBN 978-7-5378-5843-4

定价：58.00